SUA FACE ILEGAL

PETER CAREY
SUA FACE ILEGAL

TRADUÇÃO DE **ALEXANDRE RAPOSO**

EDITORA RECORD
RIO DE JANEIRO • SÃO PAULO
2012

CIP-BRASIL. CATALOGAÇÃO NA FONTE
SINDICATO NACIONAL DOS EDITORES DE LIVROS, RJ

C273s

Carey, Peter, 1943-
    Sua face ilegal / Peter Carey; tradução de Alexandre Raposo. – Rio de Janeiro: Record, 2012.

    Tradução de: His Illegal Self
    ISBN 978-85-01-09148-2

    1. Mãe e filho – Ficção. 2. Ficção australiana. I. Raposo, Alexandre II. Título.

11-6046

CDD: 828.99343
CDU: 821.111(436)-3

TÍTULO ORIGINAL EM INGLÊS:
His Illegal Self

Copyright © 2008 Peter Carey

Texto revisado segundo o novo Acordo Ortográfico da Língua Portuguesa.

Todos os direitos reservados. Proibida a reprodução, no todo ou em parte, através de quaisquer meios. Os direitos morais do autor foram assegurados.

Proibida a venda em Portugal.

Editoração Eletrônica: Abreu's System

Direitos exclusivos de publicação em língua portuguesa somente para o Brasil adquiridos pela
EDITORA RECORD LTDA.
Rua Argentina, 171 – Rio de Janeiro, RJ – 20921-380 – Tel.: 2585-2000,
que se reserva a propriedade literária desta tradução.

Impresso no Brasil

ISBN 978-85-01-09148-2

Seja um leitor preferencial Record.
Cadastre-se e receba informações sobre nossos lançamentos e nossas promoções.

Atendimento e venda direta ao leitor:
mdireto@record.com.br ou (21) 2585-2002.

Para Bel

1

Não havia fotos do pai do menino na casa no norte do estado. Ele tornara-se *persona non grata* desde o Natal de 1964, seis meses antes de o menino nascer. Havia muitas fotos da mãe. Lá estava ela com seus cabelos louros curtos, olhos muito brancos contrastando com o bronzeado. E aquela com cabelos pretos era ela também, nem ao menos parecendo ser irmã da menina loura, embora talvez compartilhassem da mesma esperteza.

Diziam que ela era atriz, como a avó. Ela podia se transformar em qualquer pessoa. O menino não tinha por que duvidar daquilo, uma vez que não via a mãe desde os 2 anos. Ela era a filha pródiga, a santa, como o ícone que vovô certa vez trouxera de Atenas — prata brilhante, incenso almiscarado — embora nunca ninguém tivesse dito para o menino como era o cheiro de sua mãe.

Então, quando o menino tinha quase 8 anos, uma mulher saiu do elevador e entrou no apartamento da rua

62 no Upper East Side, e ele a reconheceu imediatamente. Ninguém o avisara para esperar por aquilo.

Era uma típica atitude da vovó Selkirk. Para ela, o menino era um tipo de inseto bonitinho de quem se esperava que soubesse as coisas via sensores, pelos padrões caleidoscópicos nos olhos dos outros. Ninguém sonhou em dizer: esta é a sua mãe que voltou para você. Em vez disso, a avó mandou que ele vestisse o suéter. Ela pegou a bolsa, as chaves, e os três desceram até a Bloomingdale's como se fosse uma padaria. Aquilo era a vida normal. Entre a Park e a Lex. O menino seguiu de perto a esplêndida estranha com a volumosa mochila cáqui às costas. Aquilo que ele sentia pulsando em seus ouvidos era o sangue dela, ouvia-o agora. Ele a imaginara como uma mola tensa, leve, brilhante, loura, como a avó na juventude. Ela era completamente diferente; ela era exatamente igual. Na Bloomingdale's discutiam sobre o seu nome.

— Como você chamou o Che? — perguntou ela para a avó.

— Pelo nome dele — respondeu vovó Selkirk, acariciando os cabelos do menino. — Foi como eu o chamei. — Ela sorriu para a mãe. "Epa!", pensou o menino.

— Soou como Jay — disse a mãe.

A avó voltou-se abruptamente para a vendedora que estava ocupada olhando para a mãe hippie.

— Deixe-me experimentar o Artemis.

Vovó Selkirk era o que chamavam de mulher do Upper East Side: maçãs do rosto proeminentes, cabelos grisalhos bem-cuidados. Mas ela não se definia assim.

"Sou a última boêmia", gostava de dizer, particularmente para o menino, querendo dizer que ninguém mandava nela, pelo menos desde que vovô Selkirk chutou o pau da barraca e foi viver com a Anã Venenosa.

Vovô fizera um bocado de outras coisas, como abandonar a sua cadeira na diretoria e se tornar espiritualizado. Quando vovô se mudou, vovó se mudou também. O apartamento da Park Avenue era dela, sempre fora, mas agora eles o usavam talvez uma vez por mês. Em vez disso, passavam o tempo no lago Kenoza, perto de Jeffersonville, em Nova York, uma aldeota de quatrocentas pessoas onde "ninguém" morava. Vovó fazia cerâmica raku e remava um pesado barco de madeira. O menino pouco viu o avô depois disso. Às vezes, recebia cartões enviados por ele, escritos em letra miúda. Buster Selkirk era capaz de fazer um jogo de futebol caber em um único cartão-postal.

Nos últimos cinco anos, fora apenas vovó e o menino. Ela prendia a isca viva ao anzol para fisgarem achigãs e o chamava de Jay em vez de Che. Não havia outros meninos com quem brincar. Não havia animais de estimação porque vovó era alérgica. Mas no outono havia as maçãs Cox, violentas tempestades, pés descalços, lama quente e as estrelas de vidro moído espalhando-se pelo céu refrescante. Você não aprende essas coisas em qualquer lugar, dizia-lhe a vovó. Ela disse que pretendia lhe dar uma educação vitoriana. Era melhor do que "tudo isso".

— Che era seu nome de batismo, certo?

O pulso da avó era pálido e macio como a barriga de um linguado. Os lados de seus braços que recebiam sol eram bronzeados, mas ela passava perfume no lado branco — sangue azul, pensava o menino, olhando para as veias dela.

— Batismo? O pai dele é judeu — respondeu a avó.
— Esta fragrância é velha demais para ela — disse para a vendedora da Bloomingdale's, que ergueu uma sobrancelha cautelosa para a mãe. A mãe deu de ombros como se dissesse: fazer o quê? — É floral demais — disse vovó Selkirk sem duvidar que ela entenderia.

— Então é Jay?

Vovó voltou-se e o menino sentiu um nó no estômago.

— Por que está discutindo comigo? — murmurou ela. — Não tem o menor traquejo social?

A vendedora apertou os lábios, demonstrando evidente simpatia.

— Quero o Chanel — disse vovó Selkirk. Enquanto a vendedora embrulhava o perfume, vovó Selkirk preenchia o cheque. Então, pegou suas luvas sobre o balcão de vidro. O menino observou enquanto ela as ajustava aos dedos. Eram grossas como couro de enguia e ele podia sentir o gosto daquilo na boca.

— Quer que eu o chame de Che na Bloomingdale's? — sibilou a avó, entregando-lhe finalmente o presente.

— Shhh — pediu a mãe.

A avó ergueu as sobrancelhas abruptamente.

— Siga o fluxo — disse a mãe. O menino lhe acariciou o quadril e achou-o macio, sem espartilho.

— O fluxo? — Vovó abriu um sorriso brilhante, assustador, seus claros olhos azuis furiosos. — Seguir o fluxo!

— Obrigada por comprarem na Bloomingdale's, — disse a vendedora.

A atenção da avó estava inteiramente voltada para a mãe.

— É nisso que acreditam os comunistas? Che! — gritou ela, agitando as mãos enluvadas.

— Não sou comunista, está bem?

O menino só queria paz. Ele seguiu logo atrás, estômago revolto.

— Che, Che! Siga o fluxo! Olhe para você! Não consegue ser mais ridícula do que isso?

O menino olhou para sua mãe ilegal. Ele sabia quem ela era, embora ninguém lhe tivesse dito explicitamente. Ele a conhecia do mesmo modo como descobria as coisas importantes, através de insinuações e sussurros, ouvindo alguém falar ao telefone, embora aquela ocasião estivesse sendo bem mais evidente desde o minuto que ela apareceu no apartamento, pelo modo como ela beijou o seu pescoço e o abraçou, fazendo-o expelir todo o ar dos pulmões. Ele pensara nela durante tantas noites e lá estava ela, exatamente a mesma, completamente diferente — pele bronzeada e cabelos emaranhados em quinze tons diferentes. Usava colares hindus, guizos de prata ao redor dos tornozelos, um anjo enviado por Deus.

Vovó Selkirk puxou as contas hindus.

— O que é isso? É o que a classe trabalhadora está usando agora?

— Sou da classe trabalhadora — disse ela. — Por definição.

O menino apertou a mão da avó mas ela tirou a sua.

— Por onde anda o pai desse menino? Ficam mostrando a cara dele na televisão. Ele também vai seguir o fluxo?

O menino arrotou silenciosamente na própria mão. Ninguém ouviu, mas a avó agitou a mão no ar, como se tentando pegar uma mosca.

— Eu passei a chamá-lo de Jay porque estava preocupada por você — falou ela afinal. — Talvez devesse chamá-lo de João Ninguém. Deus me ajude — gritou, e a multidão se abriu à sua frente. — Agora vejo que fui uma idiota ao me preocupar com isso.

A mãe ergueu as sobrancelhas para o menino e, finalmente, pegou a mão dele. Ele gostou do modo como o tocou, tranquilizador, confortante. A mãe coçou-lhe a palma da mão em segredo. Ele sorriu para cima. Ela sorriu para baixo. Enquanto isso, a avó estava furiosa.

— Pagamos Harvard para isso — suspirou ela. — Bando de Rosenbergs.

O menino não ouvia, apaixonado. Agora, estavam na avenida Lexington e a avó procurava um táxi. O primeiro que passasse seria deles, sempre era. A diferença era que agora sua mãe verdadeira segurava a sua mão e eles entraram no metrô correndo como marsupiais, rindo.

Na Bloomingdale's tudo fora muito branco, muito claro, bronze brilhante. Agora, desciam correndo as escadas. Ele poderia ter voado.

Na roleta, a mãe soltou a sua mão e o empurrou por baixo. Ela tirou a mochila. O menino estava inebriado, rindo sozinho. Ela também ria. Haviam entrado em outro planeta e, ao chegarem à plataforma, o teto estava coberto de ferrugem alienígena e o chão pontilhado de chiclete preto — então aquele era o mundo real que gritava para ele por baixo do gradil na Lex.

Correram juntos para pegar o parador. Seu coração batia forte e seu estômago estava repleto de bolhas, como espuma de milk-shake. Ela voltou a pegar a mão dele e a beijou, tropeçando.

O trem número 6 o levou escuridão adentro, como que estendendo cercas de arame, laços sendo rompidos, toda a sua vida mudando instantaneamente. Ele voltou a arrotar. Os vagões balançavam e guinchavam e ele via brutais cabos grossos na escuridão além da janela. Então, viu-se pela primeira vez na Grand Central e eles voltaram a descer ao subsolo, mãos dadas, juntos e escorregadios como cabritos recém-nascidos.

Ele viu gente morando em caixas de papelão. Um menino cego chacoalhava moedas em uma lata. O trem S esperava, pintado como um guerreiro. Eles embarcaram juntos e as portas se fecharam, cruéis como armadilhas, tchop, tchop, tchop, e seu rosto foi puxado contra o vestido jasmim de sua mãe. Ela acariciava sua nuca. Agora ele era um clandestino, como previra Cameron do 5D. "Eles virão buscá-lo, cara. Vão tirá-lo daqui."

Nos túneis entre a Times Square e o terminal de ônibus de Nova York, um hippie que passava ergueu o punho:

— É isso aí! — gritou.

— Ele te conhece, certo?

Ela fez uma careta.

— Ele é um ESD?

A mãe não esperava por aquilo. Ele andara estudando política com Cameron.

— TP? — perguntou o menino.

Ela quase riu.

— Ora vejam só — disse ela. — Você sabe o que quer dizer ESD?

— Estudantes por uma Sociedade Democrática — disse ele. — E TP é Trabalhista Progressivo. São uma facção maoista. Você é famosa. Sei tudo sobre você.

— Acho que não.

— Você é tipo uma Weathermen.*

— Sou o quê?

— Tenho certeza disso.

— Facção errada, garoto.

Ela o estava provocando. Não devia. O menino pensava nela todos os dias, sempre, deitado no cais junto ao lago, onde ela fora polida, luz do sol angelical. Ele sabia que o pai também era famoso, seu rosto aparecia na televisão, um guerreiro. David mudara a história.

Esperaram na fila. Havia um homem com uma mala amarrada com um barbante verde-claro. O menino nunca estivera em um lugar como aquele.

— Aonde vamos?

Havia um homem cujo rosto era cortado por rugas finas. Ele disse:

— Este ônibus vai para a Filadélfia, garoto.

O menino não sabia o que era a Filadélfia.

— Fique aqui — disse a mãe, e se afastou. O menino ficou só e não gostou daquilo. A mãe estava no outro

---

* Organização radical de esquerda nos EUA dos anos 1960 e 1970. (*N. do T.*)

lado do corredor, falando com uma mulher alta e magra com cara de infeliz. Ele foi ver o que estava acontecendo e ela agarrou-o pelo braço e apertou-o com força. O menino gritou. Ele não sabia o que tinha feito de errado.

— Você me machucou.

— Cale-se, Jay. — Era como se tivesse lhe dado uma palmada nas pernas. Era uma desconhecida, com sobrancelhas grandes, escuras e retorcidas.

— Você me chamou de Jay — gritou ele.

— Cale a boca. Fique caladinho.

— É feio dizer cale a boca.

Ela arregalou os olhos e o arrastou da fila do guichê de passagens e, ao soltá-lo, o menino ainda estava furioso. Ele poderia ter fugido, mas a seguiu através de uma velha porta vaivém até um longo corredor revestido com blocos de concreto branco e que cheirava a urina em toda parte. Quando chegaram a uma porta com a placa INSTALAÇÃO, ela se voltou e se agachou na frente dele.

— Você terá de se portar como um homenzinho — falou ela.

— Só tenho 7 anos.

— Não vou chamá-lo de Che. E você não me chame de nada.

— Você não pode me mandar calar a boca.

— Tudo bem.

— Posso chamá-la de mamãe?

Ela fez uma pausa, boquiaberta, procurando algo nos olhos dele.

— Pode me chamar de Dial — disse ela afinal, enrubescendo.

— Dial?
— Sim.
— Que tipo de nome é esse?
— É um apelido, querido. Agora vamos.

Ela o segurou com força e ele mais uma vez sentiu o cheiro delicioso dela. O menino estava exausto, ligeiramente enjoado.

— O que é um apelido?
— Um nome secreto que as pessoas usam porque gostam de você.
— Eu gosto de você, Dial. Pode me chamar por um apelido também.
— Eu gosto de você, Jay — disse ela.

Eles compraram as passagens, encontraram o ônibus e logo atravessavam o Lincoln Tunnel e alcançavam a tristonha New Jersey Turnpike. Era a primeira vez que ele se lembrava de estar com a mãe. Ele trazia a sacola da Bloomingdale's sobre o colo, sem pensar em nada, apenas atônito e inquieto por ter recebido o que mais desejava.

2

Ele se esqueceu de muita coisa, mas, anos depois, lembrou-se do seguinte: era um bom assento, com um descanso de braço entre eles que a mãe ergueu de modo que o menino pudesse apoiar o rosto em seu braço. Quando baixou a enorme mochila entre as pernas, ela arranhou uma palavra secreta na palma de sua mão, e as unhas dela tinham um rosado natural de concha marinha, os dedos bronzeados.

— Sei o que você escreveu — disse ele.

— Acho que não sabe.

Ele tirou os objetos que trazia no bolso do short e encontrou o lápis amarelo mastigado na ponta. Então, apoiou o cartão de visitas do pai de Cameron sobre o joelho e cuidadosamente escreveu DILE no verso. Quando ela acabou de ler, ele guardou tudo de volta.

— Nossa. Quanta coisa você carrega.

— São meus papéis — disse ele.

— Não sabia que meninos tinham papéis.

Ele não soube o que dizer. Ficaram em silêncio um tempo. O menino olhou para o corredor. Ele nunca estivera em um ônibus da Greyhound antes e ficou feliz ao ver o banheiro na traseira.

— Você é muito alta, Dial — disse ele por fim.

— Alta para uma mulher. Não sou a garota ideal para qualquer um.

— Para mim você é, Dial.

Subitamente ela riu alto, levando a mão à boca. Ele queria poder chamá-la de mãe.

— Você é toda colorida, Dial. — As orelhas do menino estavam ardendo. Ele não sabia de onde vinham aquelas palavras. Vovó ficaria surpresa ao vê-lo falar tanto.

A mãe pegou um cacho de cabelo e puxou-o sobre um olho, como uma máscara, olhando através dos fios, um campo de trigo, cada grão e talo de uma tonalidade ligeiramente diferente. Ela tinha nariz grande e lábios grossos. Era muito bonita, todo mundo sempre dissera aquilo, mas ela era mais bonita do que diziam. Melhor.

— Sou uma cachorra — disse ela.

— Por que cachorra, Dial?

Subitamente, ela beijou o rosto dele.

— É que eu lambo minhas crias...

O menino voltou a ficar tímido e olhou para o corredor. O vidro da janela estava tomado pela luz do sol.

Dial procurava algo na enorme mochila entre as pernas. O menino viu que ela tinha muitos livros ali dentro, doces também. E algumas meias amarelas.

— Como vovó vai me encontrar?

O livro que ela pegou tinha dois cachorros brigando na capa, sangue por toda parte. Ela lhe deu uma barra de Hershey. O chocolate estava mole e deformado.

— Obrigado. Como ela vai me encontrar, Dial?

Ela abriu aquele livro estranho no começo. Ele percebeu com desagrado que ela havia quebrado a lombada.

— Vovó sabia que a gente ia fugir?

— Ahá — respondeu ela, e virou a página.

Enquanto pensava, o menino provou o chocolate derretido.

— O chocolate está bom? — perguntou ela.

— Sim, Dial. Obrigado. É o meu preferido.

Ela baixou o livro dos cachorros sobre o colo.

— Você logo vai falar com a sua avó. Vamos ligar para ela.

— Aonde vamos?

— Você ouviu, Filadélfia.

— Mas, fora isso?

— É uma surpresa, querido. Não fique tão assustado. Será a melhor surpresa que você poderia ter.

Ela voltou ao livro. Ele pensou: "Se a minha avó soubesse que eu estava indo embora, ela teria me dado um beijo de despedida. Além disso, mandaria eu pegar a minha mala e me faria prometer escovar os dentes." Então, sua avó era contra tudo aquilo. "Um bom sinal", pensou.

— Que tipo de surpresa? — perguntou. Ele só conseguia pensar em uma única surpresa desejável. Seu coração voltou a acelerar.

— Uma surpresa muito, muito boa — disse ela sem erguer a cabeça.

Ele perguntou se era um hotel, embora não achasse que fosse, nem por um segundo.

— Melhor que isso — disse ela. E virou a página.

Ele perguntou se era a praia, mas também não achava que fosse. A praia a fez baixar o livro outra vez.

— Você gosta de nadar no lago Kenoza?

— Você sabe do lago?

— Querido, você e eu estivemos lá juntos.

— Não — disse ele, confuso.

— No lago Kenoza.

Mas ele nunca estivera com a mãe no lago Kenoza. Esta era a coisa mais importante àquele respeito. Seria sempre verão em sua lembrança, os lados das estradas repletas de varas-de-ouro e as mulheres do povoado indo até lá para roubarem as hortênsias, assim como as suas mães as roubavam antes delas. Os gansos estariam indo para o Canadá, e os Boeings deixando os seus rastros brancos pelo céu azul — solidão e esperança, expandindo-se como flores de papel na água.

Era sempre verão, sempre um pouco frio, a ausência da mãe em toda parte: nas folhas de bordo, por exemplo, que expunham seus dorsos prateados agitados pela brisa que enrugava a superfície do lago Kenoza enquanto sua avó nadava para cá e para lá entre o cais e um ponto no meio do lago, onde podia alinhar a chaminé do meio com a luz âmbar brilhante do 52. Mais tarde, ele refletiria melhor a respeito de seu avô ausente e sobre a Anã Venenosa, que já fora amiga da avó, mas a pessoa que faria aquelas perguntas seria uma criatura diferente, todas as suas células já mortas, descartadas, transformadas em poeira no ar da cidade de Nova York.

Ele também sabia nadar. Na época, tinha os ombros para isso, mas a água do lago era viscosa e deixava uma sensação gosmenta na pele que o sol não conseguia tirar. Ele nunca perguntou, mas tinha certeza de que eram milhões de coisinhas mortas e pensou nos estridentes sinais do rádio e deitou-se de barriga sobre o cais, e suas costas ficaram pretas e sua barriga branca e fantasmagórica como a de um peixe.

Havia pequenas formigas pretas em toda parte. Algumas ele matava sem motivo.

O menino olhou para Dial. Ela tinha olhos escuros enormes, como uma atriz em um cartaz da Times Square. Ele teria nadado com ela todos os dias que pudesse.

— Você gostaria de ir para uma praia? — perguntou a mãe.

Mas não era o que ele queria.

— Vamos ficar em um hotel?

Ela olhou espantada para o menino.

— Sua criaturinha ultrajante! Vamos para uma casa vagabunda. Provavelmente vamos ter de dormir no chão.

— Talvez tenha tevê — disse ele. Mas não queria dizer nada daquilo. "Não dizer" fazia parte de sua educação.

— Muito melhor que tevê — disse ela.

— É lá que está a surpresa, Dial? Na casa vagabunda?

— Sim, Jay.

Ele ficou tão feliz que achou que ficaria doente. O menino afundou a cabeça entre os seios generosos da mãe e ela acariciou-lhe os cabelos na parte junto ao pescoço, onde nascem os fios mais curtos.

— Talvez eu possa adivinhar qual é a surpresa — disse ele após algum tempo. — Na casa vagabunda.

— Você sabe que não vou confirmar mesmo que esteja certo.

O menino não precisava dizer. Ele sabia exatamente o que era. Exatamente como Cameron previra. Sua vida real acabava de começar. Ele ia conhecer o pai.

3

Exceto por uma única fotografia, o menino nunca vira o pai, nem mesmo na tevê. A avó não permitia televisão em sua casa no lago Kenoza, de modo que, após ajudar a acender as fogueiras no outono, o menino visitava as altas e mofadas prateleiras repletas de livros de bolso — alguns com palavras simples e planas como seixos, outros muitos que guardavam os seus segredos e corpos esmagados de vespas e gafanhotos. Ele conseguia ler um pouco, como gostava de dizer. No andar de cima havia uma biblioteca de verdade com uma escada corrediça e livros pesados contendo gravuras de peixes, alces e pequenas flores com nomes alemães que o deprimiam. No grande sofá rasgado onde ele vasculhava tais tesouros, era comum haver um Kipling, Rider Haggard ou Robert Louis Stevenson abandonado, que a avó continuaria a ler ao entardecer. Nesse cômodo sedoso com manchas de infiltração nas paredes e a visão do lago obstruída por ripas de madeira, havia um grande rádio a válvulas que só tocava estática e um lamento elétrico oscilante, uma tristeza profunda e secreta que ele imaginava vir das profundezas das águas revoltas que se chocavam contra o cais lá embaixo.

Na cidade, no Belvedere, havia uma tevê GE portátil que sempre ficava sobre a bancada de mármore da cozinha. Certa vez, quando achou que a avó estava tirando um cochilo, o menino ligou o aparelho. Foi a única vez que ela o machucou, dobrando-lhe o braço e segurando o seu queixo para que ele não pudesse escapar ao seu olhar. Ela cuspia ao falar. Estava tão furiosa! Ele não podia assistir tevê.

Nunca.

A razão que deu era enrolada como uma velha linha de náilon, repleta de anzóis, iscas artificiais e pesos de chumbo oxidados, mas a verdadeira razão de ele não poder assistir à tevê era simples, e ele a soube através de Gladys, a empregada haitiana: para você não ficar perturbado ao ver a sua mãe e o seu pai nas mãos da *puliça*. Você nunca esqueceria algo assim.

Cameron Fox era filho dos marchands da 5D. Ele fora expulso de Groton por causa de seus cabelos compridos, talvez por outras coisas também. Vovó pagava Cameron para cuidar dele. Mal sabia ela.

Foi no quarto de Cameron que o menino viu um cartaz de Che Guevara, soube quem ele era e por que não tinha pai nem mãe. Nem mesmo Gladys lhe contaria algo assim. Depois que sua mãe e os Dobbs Street Cell roubaram um banco em Bronxville, um juiz entregara

Che aos cuidados permanentes da avó. Foi o que Cameron disse.

— Você tem direito de saber, cara. — Cameron tinha 16 anos. — Seu avô chutou o pau da barraca. Na boa, cara. Ele é um coroa legal. Senti na escada o cheiro da maconha que ele fuma. Consegue dar um jeito de ficar com ele?

Sem chance. De modo algum.

Quando encontraram vovô e a Anã Venenosa no endereço da rua 62, o menino e sua vovó foram para o Carlyle.

Cameron disse para o menino que ele era um prisioneiro político enclausurado no lago Kenoza. Sua avó o fazia jogar ludo, que era um jogo do século passado. Cameron mostrou ao menino uma foto de página inteira de seu pai, que saiu na revista *Life*. Cameron leu a legenda para ele: "Fora de controle". O pai era bem apessoado, cabelos longos e revoltos. Erguia os dedos em V.

— Ele parece com você — disse Cameron Fox. — Você devia emoldurar isso. Seu pai é um grande americano.

Mas o menino deixou o 5D descendo as escadas com cheiro de água sanitária e antes de entrar na cozinha da avó dobrou o pai cuidadosamente e guardou-o no bolso. Foi mais ou menos por essa época que começou a juntar os seus papéis.

No bolso do menino havia obviedades e mistérios. Cameron às vezes tentava explicar mas então parava e dizia: "Isso é muito teórico." Ou: "Você teria de saber mais palavras." Cameron tinha 1,82m, nariz longo e reto, queixo comprido e um olho ligeiramente estrábico. Leu o *Lobo da estepe* para Che até os dois se enfastiarem daquilo, mas também não o deixava assistir televisão. Para ele, a televisão era o demônio. Jogavam pôquer com cacifes baixos. Cameron colocava para tocar um disco de "Country Joe and the Fish" e se sentava com meias de esqui diante do aquecedor elétrico para espalhar a doença de pele que ele esperava salvá-lo de ser convocado para o Vietnã.

O menino tentava, mas nunca conseguiu ver muita coisa. Uma vez ou outra iam a um restaurante com tevê, mas a avó mandava desligar. Ela era um trator. Ela mandava.

Então, quando Dial e Jay saltaram na estação da Greyhound, na Filadélfia, foi um acontecimento ver a tevê em preto e branco em um canto no alto da sala de espera. O Philadelphia 76ers estava perdendo para o Chicago Bulls. Alguns velhos assistiam. E resmungavam. E cuspiam. "Droga". O menino também olhou, esperando que a programação mudasse para *Rowan and Martin*, talvez, ou para alguma outra coisa que ele conhecesse, como *Say good night, Dick*. Ele ficou empolgado quando a mãe saiu para procurar um telefone.

— Não fale com ninguém — disse ela —, está bem?

— Certo — respondeu. Ele olhou para o demônio azul, sabendo que algo maravilhoso aconteceria a seguir.

Os jogadores do Bulls fizeram três faltas antes que a mãe voltasse.

— O que houve? — perguntou ao ver que a mãe ficara triste. Ela se agachou à sua frente.

— Vamos ficar em um hotel — disse ela. — Que tal?

— Você disse que íamos para uma casa vagabunda.

— Os planos mudaram — disse ela, toda atrapalhada com um cigarro.

— Com serviço de quarto? — Ele fingia estar empolgado, mas estava muito amedrontado agora, pelo cheiro dela, pelo modo como ela tentava esconder o que sentia com fumaça.

— Não posso pagar por serviço de quarto — disse ela, e amassou o cigarro sob o salto do sapato.

Com o canto dos olhos, Che viu que estavam passando desenhos animados. Agora, aquilo nada representava para ele.

— Está me ouvindo, Jay?

— Não tem mais ninguém aqui — respondeu. O menino queria dizer: "Quem mais poderia estar ouvindo?", mas ela entendeu outra coisa e o abraçou com força. — Qual é o problema?

— Eu gosto de você, Jay. — Os olhos dela estavam lacrimejantes.

—- Gosto de você, Dial — disse ele. Mas o menino não queria ir com ela lá para fora, no escuro, para junto de ônibus altos que descarregavam fumaça nas pizzarias. Ao subirem as escadas ele imaginou que iam para um lugar ruim.

— O que é isso?

— Um hotel, querido.

Não era como o hotel em Nova York, onde eles ficaram durante uma nevasca, e, com certeza, não era o Carlyle. Ele fora fisgado como um achigã. Algo dera errado.

Tiveram de subir uma escada para chegar à recepção. O balcão era revestido de couro vermelho. Do outro lado, sentava-se uma mulher com fios ligando-a a um tanque de gás. Ela pegou os 15 dólares com uma mão gorda repleta de anéis. Nada de banho e nem aparelhos sonoros de qualquer espécie. Então, caminharam pelos corredores verdes com longos tubos de luz no teto e ouviram som de aplauso vindo das tevês nos outros quartos. O rosto de Dial ficou verde no corredor, depois escureceu e encolheu dentro do quarto. Havia cortinas de renda e um néon vermelho: TROCAM-SE CHEQUES. Uma única cama com uma tevê próxima ao teto.

— Ainda não — disse ela, ao perceber para onde ele estava olhando.

— Você prometeu.

— Sim, prometi. Podemos ficar na cama e assistir tevê, mas você terá de esperar até eu voltar.

— Aonde vai agora?

— Preciso fazer umas coisas. Sobre o segredo.

— O segredo está de pé?

— Sim, está.

— Então, posso ir com você?

— Querido, se você vier, não será um segredo. Não vou demorar.

Ela estava de joelhos olhando para o menino. Pálida. Perto demais.

— Continue aqui — disse ela. — Não deixe ninguém entrar.

Então ela o beijou e o abraçou com muita força.

Depois que a chave girou na fechadura ele ficou em pé embaixo da televisão. A tela estava manchada e empoeirada. Alguém esfregara o dedo ali.

Ele se sentou na cama e ficou olhando para a porta durante algum tempo. A colcha era azul-clara, um tanto amarrotada, suja. Em dado momento, alguém passou pelo corredor e, depois, voltou por onde veio. Ele ficou longe da janela, mas podia ver o brilho vermelho do cartaz de TROCAM-SE CHEQUES.

Dial deixara a mochila em uma cadeira. A abertura no topo estava fechada com um nó, mas ainda dava para ver algumas coisas lá dentro: o livro e uma caixa pequena e brilhante que parecia ser de doce. Naturalmente, foi o que atraiu a sua atenção. Ele a pescou com dois dedos e leu: "Uno é um dos jogos de carta familiares mais famosos do mundo. Tem regras fáceis o bastante para as crianças entenderem, mas oferece desafios e diversão para todas as idades." Ele jogou a caixa de Uno de volta dentro da mochila, pensando que ela não conhecia o filho que tinha.

A tevê estava fora de seu alcance.

Ele arrastou uma cadeira e se sentou, ainda olhando para cima. Podia até mesmo ver o pequeno botão vermelho. LIGAR.

Uma mulher de salto alto passou pelo corredor, rindo ou talvez chorando. Ele subiu na cadeira e apertou o botão.

O menino estava muito perto quando a imagem saiu da televisão, formando-se e aumentando até quase ferir os seus olhos.

Ele viu a imagem, contudo não compreendeu quem a estava enviando: lá estava ele, Che Selkirk, no lago Kenoza, Nova York, ofuscado pelo sol e segurando um achigã. O som era bem ensurdecedor. Tudo ficou dourado com manchas alaranjadas nas bordas. Ele então desligou o aparelho e ouviu a imagem ser sugada de volta para dentro da televisão.

Algo muito ruim acontecera. E ele não sabia o que poderia ter sido.

4

O que dera errado não lhe fora explicado. Teria a tevê provocado aquilo? Tudo o que Dial disse foi:
— Temos de ir embora.
— Amanhã?
— Agora.
Ao fugirem da Filadélfia ele ainda não tivera a sua surpresa nem ligara para a avó. O menino nunca estivera em um avião e, então, lá estava ele voando sobre a terra, em meio a um ar negro que não pertencia a lugar algum. Voaram para Oakland, onde ficaram em um hotel bem razoável. Ele não sabia exatamente onde estava. Não assistiram tevê, mas ela leu o livro todo para ele, aquele com os cachorros brigando na capa. Ele achou que *O chamado da floresta* era o melhor livro do mundo. Dial não disse nada, mas ela já morara no lago Kenoza e sabia que ele vivera em uma casa quase idêntica à de Buck, o cão. A casa do juiz ficava junto à estrada, semioculta entre as árvores, através das quais era possível ver relances

da ampla e fresca varanda que a circundava pelos quatro lados. Assim escreveu Jack London.

Atravessaram a rua até uma pizzaria, então voltaram. Comeram tanto que o quarto inteiro ficou cheirando a pizza, e jogaram Uno, que acabou se revelando muito melhor do que ele esperava. Ele ainda não mencionara o pôquer, mas jogaram Uno no Days Inn.

Dial tentou ligar para a avó, mas ela não atendia. O menino mesmo ouviu. O telefone tocava e tocava.

Quando estavam quase sem dinheiro, foram para Seattle; Dial pegou um bolo de dinheiro e, depois disso, voaram para Sidney, Austrália. Ela avisou que seria uma viagem longa. Ele perguntou se o segredo ainda estava de pé. Ela disse que sim. Ele não se importou na ocasião. Ele a venceu no pôquer. Então, ela o ensinou a jogar paciência. Ela também tinha muitos truques e quebra-cabeças na mochila, anéis que você tinha de descobrir como desmontar, outro livro de Jack London, e durante toda a viagem até a Austrália ele se sentiu feliz. Ele fora libertado por seus pais, exatamente como Cameron previra.

Sidney era uma cidade grande, então pegaram o ônibus para Brisbane. Ele ficou entediado com aquilo. Ambos ficaram. Brisbane era uma cidade muito quente. Dial procurou uma *head shop*, e ele achou que aquilo tinha a ver com seu pai. Mas tudo o que aconteceu foi encontrarem uma hippie gorda e saberem que, caso fossem para o norte, encontrariam lugares que nem estavam no mapa.

— É só cair na estrada sem lenço, sem documento — disse a gorda.

Mais tarde, Dial afirmou:

— Nunca mais quero ouvir essa baboseira hippie.

O menino não contou que Cameron falava aquilo o tempo todo.

Mas Cameron não podia imaginar o menino pegando carona naquele mundo além das escadas com cheiro de água sanitária: o céu estrangeiro, marcado como maçãs do rosto, chuva pesada espalhando-se em uma franja distante. Uma luz amarela e fantasmagórica iluminou a estrada, e uma poeira fina, quente e seca se depositou nos pés do menino, lama em sua língua agora sem-teto, poeira nas agulhas dos *Pinus radiata*.

Fazia uns 38 graus. Continuaram a andar.

Duas pistas para o norte, duas pistas para o sul, um pouco de grama estrangeira no meio. A leste e a oeste havia acostamentos gramados cuidadosamente aparados com cerca de 9 metros de largura. Mais além, as paredes verdes das plantações de *Pinus radiata*, cortadas por trilhas amarelo-fogo mortalmente silenciosas — nenhum gambá ou cobra, nem mesmo um corvo carniceiro poderia viver ali.

O menino não fazia ideia de onde estava. Ele não compreendia os nomes de quase nada, o seu inclusive.

Naquele continente inteiro, ele só conhecia a mãe de rosto largo e ossos compridos com a mochila cheia de jogos. Ela caminhava dois passos largos adiante: saia hippie muito comprida, camiseta, sandálias de borracha, avançando muito rapidamente. O que ele realmente sabia sobre ela poderia ser escrito em um papel de bala. Ela era uma radical, mas aquilo era óbvio como a placa de saída mais adiante.

Ele soletrou o que dizia a placa:
— Caboolture?
— Uma cidade, não é nada. — Ela não reduziu a marcha.
— Que tipo de cidade?
Os cabelos do menino estavam agora disfarçados, pintados de preto, cortados como uma cerca viva, revelando uma faixa de pele clara, não bronzeada, ao redor do pescoço. Ele coçou o topo da cabeça e olhou para a placa — CABOOLTURE — letras pretas e grosseiras sobre uma chapa branca e grosseira, uma coisa feia de caipiras, pensou.
— Que tipo de cidade, Dial?
— Vamos — disse ela. — Uma cidade australiana.
Ele devia ter perguntado outras coisas: onde está meu pai, onde está minha avó, mas às vezes parecia que ela já estava farta dele.
— Babacas — gritou Dial para um carro que passou.
— Tomara que se afoguem. — Ela era tão alta, tão bonita, com aquele passo largo de menino de fazenda. Sua igual, seu sangue, para sempre.
— Ninguém vai nos dar carona aqui, Dial. Estão todos indo para o outro lado.
— Obrigada — disse ela. — Não tinha notado.
Ela não estava acostumada com crianças pequenas.
Os carros na pista para o sul estavam enfileirados, para-choque contra para-choque, faróis amarelos brilhando com a mesma cor do prédio da Pan Am ao entardecer. Era perto do meio-dia. Ele desejava que ela encontrasse um lugar para descansarem da viagem.

— Podíamos ir para essa cidade ou algo assim — disse ele. — Talvez haja um hotel. — Aquilo era o que o menino mais gostava: ficar com ela enquanto a mãe lia, os cabelos dela fazendo cócegas no seu rosto.

— Não tem hotel — disse a mãe.
— Aposto que sim.
Ela parou e se voltou para ele.
— O quê? — perguntou ele. — O quê!
Os cabelos dela tinham tantas tonalidades que nunca dava para dizer qual era a sua cor exatamente, mas as sobrancelhas dela eram pretas e, quando se franziam sobre os olhos, como naquele momento, ela parecia uma bruxa assustadora.

— Tudo bem — disse ela —, agora chega.
Ela fizera aquilo uma vez no terminal de ônibus de Nova York. E também o assustou.

Nesse mesmo instante, uma surrada caminhonete Ford 1964, pintura descascada pelo sol e pela idade, fez uma parada ao sair do posto de gasolina Golden Fleece no lado Brisbane de Caboolture. O motorista acelerou e uma baforada de fumaça azul se espalhou pelas bombas de gasolina e se dispersou no campo de vegetação rasteira onde havia dois cavalos inquietos, seus quadris esquálidos voltados para os carros que passavam.

— Olha só os malditos lemingues — disse Trevor.
O menino não conhecia Trevor, mas logo se familiarizaria com ele, e por um tempo longo e maldito daí em diante sempre ligaria aquele nome àquele corpo em particular: um homem forte, oleoso como um golfinho, revestido por uma grossa camada de gordura que

parecia alimentar a sua pele bronzeada e esticada, dando-lhe um brilho saudável semelhante a óleo de peixe. Tinha uma orelha amassada, cabelos curtos marrom-avermelhados, tão curtos quanto os de um soldado, com cheiro de maconha, mamão e manga. Quando Trevor não estava nu, e ele ficava nu sempre que podia, usava largas calças de pijama indiano e, ao sorrir, como sorria agora para os turistas em fuga, revelava um dente quebrado.

— Previram ventos destrutivos de 200 quilômetros por hora ao largo de Caloundra — disse o motorista. Este se chamava John, o Rabbitoh, mas na verdade era Jean Rabiteau, supostamente de origem francesa. Ninguém sabia de onde ele viera, mas era um homem de uma beleza devastadora com cerca de 25 anos. Tinha maçãs do rosto salientes, cabelos longos e pretos, olhos castanhos e um corpo esguio de ombros largos e cintura fina. Tinha um sotaque nasalado e cheirava a grama cortada, mangueira de radiador e combustível de motor a dois tempos.

— *Bang!* — Trevor imitou duas pistolas com as mãos, que eram largas e atarracadas, como seu corpo em forma de barril. — *Bang! Bang!* — Ele mostrou o dente quebrado e atirou em cada um dos motoristas.

Ao pegarem a estrada em direção à tempestade, Rabbitoh não comentou os assassinatos de Trevor. Ele tinha os seus próprios pensamentos envolvendo almas perdidas e a ira de Deus. Ele se curvou sobre o volante olhando para o céu cada vez mais baixo e a feia luz amarela ao redor de suas bordas borradas.

— Estaremos de volta ao vale quando a tempestade chegar.

Era uma boa previsão, mas acabou se revelando incorreta porque, quando o Ford passou pela entrada para Caboolture, viram a mãe e o menino caminhando para o norte.

Foi Trevor quem pediu para pararem, Trevor que morava em uma paliçada no topo de uma estrada muito íngreme e pouco amistosa, cuja expressão mais comum era "seu despertador é a chave de sua liberdade", que acordava todas as manhãs às 5h e se escondia na mata até ter certeza de que a polícia não viria pegá-lo, Trevor, que via espiões e traidores em toda parte, disse:

— Dê uma carona para ela.

Àquela altura, estavam a uns 200 metros estrada abaixo, mas John parou.

— Dê a ré.

— Não precisa.

Trevor voltou-se e viu Dial correndo em sua direção, cabelos amarelos balançando em ondas serpentes, seus seios pulando como cachorrinhos dentro da camiseta.

5

Dentro do Ford, o menino sentiu cheiros que não conseguiria nomear ou decifrar: WD-40 e maconha, aromas de coisas de hippies que faziam os seus próprios consertos, correntes de poeira em forma de dentes de leão e moléculas de plásticos automotivos que se erguiam no calor mofado, 1961, 1964, 1967.

No lago Kenoza ele se acostumara ao aroma de papel mofado, livros com páginas amareladas, folhas de árvores apodrecidas no fim de novembro, o cheiro das vacas leiteiras do outro lado da estrada. Ao entrar no arruinado banco traseiro da caminhonete de John Rabbitoh, tentou gostar daquilo. Talvez seu pai cheirasse exatamente assim: a clandestino.

— Está bem, querido?

— Estou legal — disse ele.

Quando as primeiras gotas grossas de chuva atingiram o para-brisa como disparos de gelatina, a mãe o puxou para perto de seus seios generosos. Ela era tudo o que ele tinha agora.

— Trevor — disse o passageiro de dente quebrado, sem olhar para o menino. Sua pele era macia e esticada, mas as bordas eram cruas e estragadas, como se o homem tivesse se arrastado por um cano para chegar até ali.

— Dial — disse a mãe.

Trevor agora oferecia drogas, e o menino estava certo de ter atravessado o portal pelo qual esperara toda a vida. Sua avó sempre tivera medo daquilo, de ele ser roubado por revolucionários. Ela nunca falara diretamente sobre o assunto, de modo que ele ouvia através da parede — sua história em sussurros, roçando e arranhando o vidro da janela.

A tempestade abocanhou o carro como se fosse um gatinho. O motorista olhou pelo retrovisor.

— Para onde você vai? — perguntou para a mãe que já estava embaralhando as cartas.

Ela respondeu: "norte", e o menino teve certeza de que aquilo não era verdade. Ele tinha três curingas, o que era muito bom. Ele olhou para ela e passou o dedo na garganta, indicando que ganharia.

— Os lemingues vão para o sul — disse Trevor.

— O que é isso? — Ela juntou a pilha de cartas descartadas, vermelho com vermelho.

— Ciclone — disse Trevor. — Vai arrastar Noosa Sound de volta para o mar. *Bang! Bang!* Essas casas vão ser levadas pela areia como caranguejos.

Praia, pensou o menino. Ele só tinha três cartas. A mãe tinha várias.

— São americanos? — perguntou Trevor. — O que chamamos de ciclone, vocês chamam de furacão.

— Uno — gritou o menino. Triunfante.

— Não sei ler e nem escrever — anunciou Trevor, franzindo as sobrancelhas para as cartas. O menino perguntou para a mãe:

— O norte é muito longe?

A mãe abraçou o menino e ele ocultou o rosto do olhar inquisitivo de Trevor.

— Não gosto de fazer planos — disse ela.

A mãe não distribuiu outra rodada de cartas. Em vez disso, abraçou o menino enquanto atravessavam a tempestade, murmurando que o amava, acariciando-lhe a cabeça.

Quando ele despertou, o carro estava parado. Chovia em suas pernas e a mãe não estava mais lá. Três portas estavam abertas e balançavam violentamente com o vento. Lá fora estava escuro, e a tempestade entrou no carro, levantando as cartas de Uno e jogando-as contra os vidros.

— Dial!

Ele estava só, ilegal, fugitivo. A chuva feria as suas pernas como agulhas.

— Dial!

Ele se encolheu no assento, as pernas nuas retraídas, costas eretas, mãos fechadas em punho. Estava muito assustado para chorar, mas, quando a mãe finalmente voltou, ele gritou:

— Onde você estava?

— Shhh — disse ela, aproximando-se, mas ele se afastou de suas mãos ossudas e frias. Atrás dela, a vegetação se debatia e resmungava no escuro.

— Você me deixou!

— A estrada está alagada.

— Onde está o motorista? — O menino ficou com medo ao ouvir a própria voz, tão alta, como se fosse de outra pessoa.

Dial não se assustou. Ela fez uma pausa, estreitou os olhos e afastou os cabelos encharcados que pingavam sobre o rosto do menino.

— Ele está voltando — respondeu ela calmamente. — Todos vamos voltar, está bem?

— Sim — disse ele.

O menino observou em silêncio enquanto ela remexia a grande mochila cáqui, concluindo que não ganharia doces, nem mesmo chocolate.

— O que vai acontecer agora? — perguntou ele, mas notou que ela não sabia, que nada tinha a oferecer, nem mesmo um doce, apenas um grande suéter azul que ela enrolou nas pernas dele.

6

Não havia muito tempo, Dial estava sentada em uma sala agradável perto de Poughkeepsie, Nova York. Vestia um suéter de casimira, uma saia cinza simples, e o sapato Charles Jourdan já produzira a primeira dispendiosa bolha em seu calcanhar. Naquele escritório particularmente confortável, havia um tapete Tabriz no chão e, na parede oposta, uma pintura, obviamente de Roger Fry. Se já era curioso o fato de uma diretora de departamento de língua inglesa ter uma obra de arte tão cara em seu local de trabalho, a localização de seu escritório, dentro dos portões do Vassar College, pedia uma história que finalmente tornasse tudo aquilo explicável. Dial era socialista, mas esnobe o bastante para achar aquilo irresistível.

Era uma tarde de segunda-feira em meados de outubro. Todo o aborrecimento com o comitê de seleção, o chamado P&B, estava finalmente terminado. O especialista em Pound, que era a primeira opção do comitê, fora gentil o bastante para preferir ir para Yale. A professora de Austen foi adulada, o reitor irritadiço acalmado e agora não havia mais nada a fazer, só desfrutar daquele chá leitoso, e talvez perguntar como esse Roger Fry azul metálico viera parar naquela parede americana onde parecia tão mortiço e erótico ao mesmo tempo. Havia um fogo sonolento na lareira e Dial olhava para os extensos gramados que, apesar dos esforços dos jardineiros — naquele momento havia três deles —, estavam tomados pelas cores enrugadas do outono. Dial experimentou uma deliciosa sensação de posse que nunca se consegue sentir em um parque público.

Como o corpo docente comentara durante todo o dia, os tons escarlates do outono na Costa Leste, o chamado "pico vermelho," estava a apenas um fim de semana de distância. Aquela não era uma sensação como a que sentia em Dorchester, onde as folhas amarelentas dos divisores de estrada sugeriam morte por envenenamento e precipitavam lembranças furiosas de casacos finos demais, pés de vento gelados nos corredores soprando à altura dos tornozelos, sua casa de infância, seu "estúdio".

A diretora recostou-se em sua ampla poltrona azul-esverdeada e voltou a prever o pico vermelho. Aquela era Patricia Abercrombie, uma chauceriana de 50 anos, gorda, rosto redondo, pernas de piano e uma cara triste e pálida com profundas linhas verticais no lábio superior. Para Dial parecia que faltava algo, algum elemento de caráter que a fazia parecer fora de foco ou debaixo d'água. De fato, se Dial agora não era sincera na surpresa que demonstrava sobre o iminente pico vermelho, era principalmente porque, caso conseguisse demonstrar interesse bastante, força de vontade bastante, ela talvez conseguisse penetrar a casca de Abercrombie e, de algum modo, tocar em seu cerne.

Patricia Abercrombie, tendo sido uma garota Vassar há 30 anos, e sendo muito mais brilhante do que parecia, absteve-se de toda aquela simpatia rasa.

— Eu creio... — disse ela afinal, erguendo suas pálidas sobrancelhas ruivas ao erguer a xícara de chá. — Creio que temos uma amiga em comum.

— Sim? — exclamou Dial, para quem aquilo parecia algo além dos limites do possível.

— Susan Selkirk — disse a diretora.

Agora era Dial quem tinha o seu cerne tocado, e não de modo agradável.

— Sabe de quem falo?

— Sim, frequentei a escola com ela.

Os olhos da diretora claramente registraram aquilo pelo que de fato era: uma tentativa covarde de negar uma amizade.

— Susan era amiga de nosso filho — disse a senhora. — Mas, em verdade, ela era nossa órfã.

— Ah.

— Acho que ele está terrivelmente só — disse a diretora.

— Claro — disse Dial, percebendo sua falsa simpatia.

— Esse é o outro lado de tudo — disse a diretora, mantendo o olhar. — Muito triste e muito só. Pobre menina.

Patricia Abercrombie interrompeu-se para escrever algo no canto de seu *New York Times*. Dial observou, atônita. Passara por todo processo de seleção supondo que aquele aspecto de sua história era desconhecido e que, caso fosse revelado, representaria a sua imediata desclassificação. Ela observou enquanto a diretora rasgou uma pequena tira de papel do *Times*. Dial sabia o que era. Era impossível, mas era o número de telefone de Susan.

No outro lado do mundo ela se lembraria da estranha mistura de medo e satisfação que sentiu ao balançar o papel na mão. Patricia Abercrombie sorriu. Daquela vez, Dial não notou as rugas em seus lábios e, sim, o brilho em seus olhos. "Meu Deus", pensou, "quem diabos é você?"

Nada mais foi dito sobre aquele pedaço de papel, e logo ela passeava com Patricia Abercrombie sobre o gramado onde, com a bolha secreta no calcanhar, foi "entregue" aos cuidados do reitor.

Qualquer que fosse a conspiração, esta não foi admitida. Não houve qualquer aperto de mão mais forte em sua despedida e apenas anos depois, ao ler *Vassar Girls*, ela teve alguma ideia do poder excêntrico com o qual topara tão casualmente.

— E o que fará agora? — perguntou o reitor, quando Patricia Abercrombie foi embora, o cartão do seguro social de Dial copiado e seu plano de saúde escolhido.

— Acho que sai um trem para a cidade às 14h.

— Não, refiro-me ao semestre da primavera.

— Sabe — disse ela, e naquele segundo foi fútil o bastante para sentir sua juventude, sua beleza, todas as suas possibilidades. — Sabe — disse ela —, eu não faço a menor ideia.

— Que luxo — disse o reitor que antes fora o seu maior obstáculo. — Que adorável.

Naquela tarde, na estação de trem de Poughkeepsie, Dial, cujo nome real era Anna Xenos, recuperou o que outrora fora a mochila de seu pai, carregou-a com dificuldade até o banheiro, chutou os sapatos longe e despiu-se daquilo que lhe parecia um tipo de empecilho muito enganoso. Sentada na privada, ela guardou tudo na mochila de modo a deixar as roupas da entrevista bem no fundo. Ela vestiu uma meia-calça, uma combinação, nem tanto por causa do frio e, sim, como proteção contra a abrasão do longo vestido nepalês de retalhos vermelhos e marrons cravejado com pequenos espelhos. Ela levara uma sacola de livros de Harvard para a entrevista, que portou casualmente, como as garotas da Cliffy estavam usando naquele ano: às costas, sobre o ombro. Agora, ela guardava a bolsa na mochila onde outrora seu pai transportara cartuchos de espingarda e, ainda sentada na privada, calçou um par de botas largas com franjas. A dor da bolha diminuiu. Ela se apoiou com uma mão e desfez o penteado, sem se importar — apesar de frequentemente dizer o contrário — com o fato de realmente parecer um tanto selvagem.

Ela estava na plataforma dois quando o trem para Albany chegou. Ao embarcar, topou com um telefone logo adiante. Não fosse por isso, jamais teria ligado para Susan Selkirk. Mas ela estava de bem com a vida, cheia de possibilidades à sua frente, e foi até o telefone antes mesmo de se acomodar em uma poltrona. 215? Seria na Filadélfia? Ela não tinha certeza. Custou seis de suas moedas de 25 centavos. Ridículo. Como ligar para um astro de rock ou um autor famoso que a sua tia conhece, algo que você só fez porque podia, porque você não era uma ninguém.

— Oi, Susan. É Dial.

— Por favor, nos dê o seu número — disse alguém que não era a Susan. — Ligamos de volta.

Também havia um número. Ela o deu e ficou feliz ao ver algumas de suas moedas devolvidas.

Ela esperou pela criminosa famosa como se fosse algum tipo de atriz em um filme, apoiando a cabeça no vidro, observando os cabos de força dançando como partituras nos reflexos de seu extraordinário vestido. Estava a ponto de falar com a mulher mais procurada dos EUA. Iria ao MoMA antes que fechasse naquela tarde. Estava hospedada na casa de sua amiga Madeleine na Rua 14, no Lower West Side. Era tudo o que sabia sobre o seu futuro. Não tinha amantes, não tinha pai nem mãe, nenhum lar além de Boston, cujo sotaque ocasionalmente aflorava em sua fala. Ela observou os cabos de força ao longo do Hudson e pensou: lembre-se deste momento, de como o mundo é belo e estranho.

Quando o telefone tocou, ela viu seus cabelos refletidos no céu.

— Alô.

— Ora — disse uma voz estridente de menina —, se não é a "CDF".

— Oi — disse ela, nem um pouco ofendida com a palavra "CDF". Na verdade, ficou muito satisfeita.

— Incrível — gritou Susan. Dial se esquecera de como a voz dela era estridente.

— Que *coincidência* — disse Susan. — Olhe, vou sair de férias. Estava pensando, onde você está?

Dial podia ver os cobradores caminhando pelo vagão. O cobrador podia vê-la. Mas ela podia ver Susan Selkirk no *Boston Globe*, fotografada do telhado do Bronxville Chase Manhattan com algo que podia ou não ser um revólver em sua mão. Foi aquilo que acontecera com o ESD. Estudantes por uma Sociedade *Democrática*?

— Falando sério — exclamou Susan. — Eu estava falando com minha mãe sobre você. Agora mesmo.

— Sua mãe se lembra de mim?

— Ela se lembra mais de você do que de mim. Mas olha só, eu estava querendo dizer oi para o meu rapaz.

— Que rapaz?

— Ele foi seu rapaz também.

Ao telefone, atravessando o Croton-on-Hudson, Dial corou, puxando os cabelos pelas raízes, olhando para o reflexo de seu rosto no vidro.

— O bebê — disse Susan Selkirk. — Pelo amor de Deus. Estou falando do meu filho.

— Certo.

— Ligue de volta — disse Susan Selkirk subitamente. — Hoje à noite. Pode fazer isso por mim? Por favor, por favor. Agora não é bom.

— Vou ver o *Poderoso chefão* com Madeleine.

— Vai ver a droga do *Poderoso chefão*?

— Claro. Por que não?

Houve um silêncio e Dial não tentou preenchê-lo.

— Claro — disse Susan —, por que não!

Outro silêncio.

— Preciso de um favor — disse Susan afinal. — Se não por mim, ao menos que seja pelo Movimento.

Dial era uma tola. Susan sabia que ela era uma tola. Ela foi até o fundo do vagão, carregando sua mochila pesada e desajeitada, rindo incrédula de si mesma e de Susan Selkirk, que ainda dava ordens como se a revolução fosse um negócio familiar. Pelo Movimento! Por favor.

Ela enfiou o número de telefone na bolsa e deixou que seu humor fosse influenciado por coisas maiores, pela grande luxúria do tempo, um dia de outono com sol e o Hudson calmo como vidro. Se Susan Selkirk a afetara de algum modo, fora apenas para destacar a riqueza de sua nova vida que se intensificava a cada dia: Vassar, MoMA, Manhattan, todas as possibilidades sugeridas por aquele passeio delicioso junto ao Hudson com o sol baixando sobre os penhascos dourados.

Quando o trem entrou no subsolo na Rua 125, ela já tinha se esquecido de Susan Selkirk. E foi somente bem mais tarde da noite, ao calcular os seus gastos e contar o dinheiro que lhe sobrara na bolsa, que encontrou o pedaço de papel. Quando ligou, não foi por causa da profunda amizade que sentia por Susan. Mas ela tinha todo o tempo do mundo, de modo que combinou encontrá-la perto da rua Clark, no Brooklyn. Muito tipicamente, Susan mandou duas desconhecidas interrogá-la, e mais uma vez ela ficou curiosa demais para se sentir decentemente ofendida.

Mais tarde, tudo o que ela se lembraria era dos dentes das duas: grandes e longos em uma, pequenos e quadrados na outra, mas ambas as jovens tinham dentes perfeitos, sinais claros de riqueza que contradiziam as suas roupas fora de moda, que eram uma espécie de retrato deprimente da infeliz classe trabalhadora. Seus cabelos eram cortados desairosamente com tesouras de cozinha e tinham um quê de crítica que fazia Dial se sentir alta, bonita e frívola demais para estar em sua companhia.

— Você conhece o menino, certo? O filho dela?
— Conheci uma vez. No primeiro ano.
— Ela quer ver o filho.
— Susan?
— Não usamos nomes, certo?

A que tinha dentes longos era alta e magra. Seu suéter desalinhado era de casimira cinza. Ela acendeu um cigarro e fumou-o com ambas as mãos metidas nos bolsos do casaco de liquidação.

— Certo — disse Dial. Não lhe adiantou ter percebido os dentes privilegiados, o suéter caro. Nem subestimar a autoridade moral que ela aprendera a respeitar. Ela nunca estaria suficientemente à esquerda para Susan, para o ESD ou para ela mesma. Ela achava que os estudantes de esquerda eram fantasistas, embora, quando os maoistas lhe disseram que ela seria fuzilada após a revolução, ela tenha se sentido inclinada a acreditar que era verdade.

— Ela vai sair de férias, entendeu?

Dial compreendeu que a palavra *férias* era um código para outra coisa, mas estava olhando para os cabelos louros da jovem, perguntando-se se havia algo naquele rosto sem maquiagem, algo sob aquelas sobrancelhas escuras, que pudesse passar a Dial algum sinal de humanidade.

— É perigoso — disse a jovem, olhando sobre os ombros para um plátano surrado e sem folhas, como se os seus galhos trêmulos pudessem esconder um microfone. — A avó a deixará levá-lo.

— A Sra. Selkirk não faz ideia de quem eu sou.

— Sim, faz. Vai se encontrar com ela às 11h e trará o menino de volta às 12h. Pronto. É tudo o que pedimos. Você terá feito a sua parte.

"A minha parte", pensou Dial. "Sua cretina condescendente."

— Você chegou a conhecer Phoebe Selkirk? — perguntou para a mais baixa. — Já a viu pessoalmente?

— Ouça, Susan está implorando. Você sabe: tipo *implorando,* bicho.

"Você disse o nome dela, idiota", pensou Dial. "Além do mais, de onde vem essa baboseira de 'bicho'?"

— Ah, claro — disse ela.

— Você sabe por que a velha confia em você? Quer saber? Ou quer apenas ficar aí sendo sarcástica?

Dial deu de ombros, mas obviamente queria saber.

— Você nunca falou com o *Post*.

Isso era absolutamente verdadeiro. Não apenas com o *Post*, mas nem com o *News,* nem com o *Globe,* nem mesmo com o *Times*. E era por isso que ela ligaria para a vovó Selkirk: porque a velha ao menos vira o aço no cerne de Dial, que, embora não suportasse o jeitão de Upper East Side de Phoebe Selkirk, nunca trairia a sua confiança. Dial era assim.

Ela introduziu dez centavos em Brooklyn Heights, e um telefone tocou na Park Avenue.

— Alô, aqui é Anna Xenos.

— Sim, estou sabendo.

Os Selkirk eram como animais de zoológico. Que estranho ela conhecer toda aquela gente.

— Sim. Aqui é Anna. Oi.

— Eles lhe deram o endereço de meu apartamento?

— Conheço seu apartamento, Sra. Selkirk. Lembre-se de que já trabalhei para vocês.

— Quando se tem a minha idade, todo mundo já trabalhou para a gente.

— O que quer que eu faça?

— Eles lhe disseram.

— Sim, de modo geral — afirmou Dial enquanto pensava: por favor não me aborreça demais.

— Muito bem — disse a senhora. — Venha amanhã às 10h45. Deve trazê-lo de volta em uma hora.

— E é só isso, certo? — Ela pensou: *deve*.

— Você vai cobrar?

— Ora, por favor, ouça o que está dizendo! — disse ela. E devolveu o telefone aos cuidados dos puritanos. Ela podia não fazer o que lhe pediam. Dial olhou para a via expressa Brooklyn-Queens lá embaixo se perguntando por que, de todas as coisas extraordinárias que podia fazer em Nova York, perderia tempo com aquilo.

Bem, havia o menino; mas quem se lembrava de que ela carregara o peso de sua vida esperneante de maio a setembro de 1966 — cruéis infecções de ouvido, dentes pontudos como estilhaços de quartzo atacando de dentro para fora, febres altas, banhos frios, todos os cheiros de cravo, merda e óleo de jasmim que ela misturava com

Johnson & Johnson de modo que ele sempre estivesse com cheiro de príncipe ungido. Ela achou que o amava naquela época.

— Você vai com ela à Bloomingdale's — disse a mais alta, recusando-se a se reclinar ao seu lado no parapeito. — Ela quer comprar um presente para Susan. Você vai acompanhá-la enquanto ela faz a compra. Então, você pegará o presente e tomará o trem 6 na Grand Central, depois o ônibus, e depois atravessará a passagem para o terminal de ônibus de Nova York. Susan encontrará vocês dois lá.

— O número com que falei era na Filadélfia.

— Sim. Correto.

— Sou de Boston. Não conheço o terminal de ônibus.

— Basta andar, Dial. Certo? Nós vamos ficar de olho em você.

Dial pensava: "Espere até eu contar isso para Madeleine." Madeleine era uma judia de Long Island com um pai comunista. Quem mais compreenderia os sentimentos confusos que ela agora sentia no peito, seu desprezo pelo suéter de casimira, a culpada certeza de que aqueles infelizes ladrões de banco estavam no lado certo da guerra.

— Se não por mim, ao menos pelo Movimento —, dissera Susan Selkirk.

Ela sempre caía naquela conversa, sempre.

7

Não havia nada no saguão do Belvedere que ela reconhecesse de sua visita anterior. Não se lembrava do piso de mármore xadrez, nem do imenso falso vaso grego. Fora em maio de 1966, havia seis anos, um tempo em que sua fala ainda estava repleta do sotaque de Boston. Hoje ela só se lembrava dos fins decepcionantes que os Selkirk davam ao seu dinheiro: sofás fora de moda e mesas de canto de jacarandá combinando. É bem verdade que havia um de Kooning na parede da sala, mas ela estava muito nervosa para olhar para a tela. O apartamento sugeria que não houvera uma ideia nova em mobília no último século.

Ela foi do porteiro ao ascensorista carregando a sua grande mochila e impondo, com seu mochilão e passos largos, o seu direito de estar ali.

O ascensorista olhou para seus seios com olhos escuros que ela achou parecidos com o do pai.

— *Efharisto* — disse ela.

— De nada — disse o imigrante, transferindo sua atenção para as luzes do painel.

Quando as portas do elevador se abriram no apartamento, ela sentiu e se lembrou do cheiro incongruente de torradas queimadas. A cozinha muito pequena e comum era parcialmente visível no corredor à esquerda. O céu da Park Avenue estava bem à sua frente e, naquela hora da manhã, o sol estava tão claro que demorou algum tempo até ela perceber a pequena criatura, que tinha um nimbo brilhante ao seu redor, como uma raposa assustada em um prado matinal.

— Olá — disse ela. — É você?

Para sua imensa surpresa ele se jogou em direção a ela que, despreparada para 6 sólidos anos de crescimento, foi deslocada pela sua robustez, pela largura de seus ombros, pelo peso de seus ossos, sua densa e carente vida secreta.

— Não é possível que você se lembre de mim — disse ela, deliciada, soltando a mochila.

O menino não respondeu, apenas a abraçou como um animalzinho selvagem, esfregando o queixo contra a sua perna.

Phoebe Selkirk talvez estivesse ali todo o tempo, mas demorou um pouco para Dial perceber sua presença.

A visitante fez uma tentativa frustrada de se separar de seu admirador.

— Bem — a velha estendeu a mão —, parece que mais uma vez temos a pessoa certa para o trabalho.

Ela envelhecera e Dial, julgando sentir o seu esqueleto no cumprimento, soltou-lhe a mão abruptamente e sorriu com ansiedade.

Phoebe Selkirk parecia menos confiante, mas obviamente ainda era bonita, com maçãs do rosto proeminentes e cabelos grisalhos e fortes que facilmente se moldavam ao corte superficialmente simples: alto na nuca, com os fios da frente voltados para sua mandíbula talvez excessivamente determinada.

— Agora! — disse a avó.

A esse simples comando, o menino a soltou, e a visitante, sem se voltar para olhar para Dial, saiu correndo pelo corredor.

Dial se viu dizendo que viera com muito prazer, dando-se conta, com alguma surpresa, de que estava sendo perfeitamente sincera.

O menino apareceu outra vez, atrás da estante de livros.

— O azul?

Ele sorriu para ela.

— Aquele com zíper — disse a avó.

Quando o menino voltou a desaparecer, a velha pegou um saco de papel pardo da prateleira e o empurrou com força em direção a Dial.

— Pegue, pegue — ordenou a Sra. Selkirk rapidamente.

Dentro do saco, Dial encontrou livros, um jogo de cartas, barras de chocolate.

— Rápido, pegue.

Quando Dial hesitou, a Sra. Selkirk ajoelhou-se diante da mochila da visitante e a abriu.

— Ela vai se atrasar — disse a avó, enfiando tudo lá dentro. — Ela nunca é pontual. O menino vai precisar de distração.

Dial ergueu uma sobrancelha.

A velha entendeu a repreensão. Sim, sou mandona.

— Este serve? — disse o menino.

O suéter azul Cambridge produzia um reflexo azulado ao redor dos interstícios de seus olhos cinza aveludados.

— Que cabelos bonitos — disse Dial. Então se sentiu uma idiota por ter dito algo tão extravagante.

Mas ele ergueu a cabeça para ela como se a estivesse convidando a tocá-lo.

A avó não sorriu exatamente, mas seus lábios estremeceram ligeiramente enquanto passava as mãos bronzeadas nos próprios cabelos. Dial pensou: ele tem os mesmos cabelos. Bom gene. O suéter azul era igualmente privilegiado, as texturas densas e ligeiramente gordurosas da Nova Zelândia, a lembrança de muitos hectares contida em suas costuras.

— Bem, vamos? — disse a Sra. Selkirk, animada, estendendo a mão para o menino e, ao mesmo tempo, tocando Dial ligeiramente no cotovelo. Com isso e com outras pequenas coisas, Phoebe Selkirk demonstrou estar bem-disposta em relação a Dial, mas era impossível não ver, no elevador, no saguão, que ela sofria de algum modo. Havia uma tristeza quando ela tocou o menino no ombro, na cabeça, quando enrolou as mangas do suéter em seus pulsos.

— Essa "saída" — disse ela, revirando os olhos ao dizê-lo — deveria ser das 12h às 13h.

— Sim, eu sei.

— Ela vai se atrasar, portanto não fique nervosa.

— Eles disseram 12h.

— Acredite, ela vai se atrasar. Venha por volta das 14h, pronto. Até 14h30, tudo bem. Gostaria que ela pudesse vir aqui. Ela poderia ter vindo. Nada teria acontecido. Diga-lhe isso. Rápido, esses sinais de pedestres só ficam abertos um segundo.

Dial ficou surpresa ao se descobrir disposta a demonstrar simpatia, mas achava muito indelicado oferecê-la, muito indelicado, como uma grosseira boneca de barro ao lado de algo fino.

— Ela poderia ter vindo ao apartamento — continuou a Sra. Selkirk, um tanto ofegante por causa da travessia da Park. — O pessoal do prédio preferiria morrer a denunciá-la. Eles a conhecem da vida inteira.

Aquilo lhe pareceu uma noção muito temerária, mas Dial não fez qualquer comentário direto.

— Susan é sua filha — disse ela, feliz em poder dizer qualquer coisa.

— Infelizmente — disse a Sra. Selkirk. — Também é filha do pai.

Na Lex, a velha chamou o menino de Jay pela primeira vez. Dial não se incomodou. Em verdade, até apoiou a mudança. Ela sempre achara Che um nome ridículo, uma indicação de tudo o que havia de errado com o chamado Movimento. Se vai andar por aí carregando fotos do presidente Mao, você não vai conseguir nada com ninguém. Mas ela não tinha certeza de ter ouvido direito. Na vez seguinte ouviu "Che" e, quando perguntou o nome dele na Bloomingdale's, ela o fez com absoluta inocência. Mas a velha se encrespou. Era como se ela acidentalmente tivesse roçado uma água-viva venenosa.

Dial não era mais uma bolsista miserável. Ela não precisava ouvir aquilo. Era uma professora do Vassar, não que aquela vaca velha o soubesse ou pensasse em perguntar. Anna Xenos tinha os seus episódios de raiva e ela teria preferido ir embora não fosse por aquele menino adorável que certamente não precisava de mais torturas em sua vida. Dial olhou para ele com pena, observou sua mão ansiosa acariciando o braço da avó enquanto a idiota comprava o Chanel. Dial teria dificuldade de imaginar uma compra mais perversa ou mal-intencionada: Chanel para uma mulher que dera o nome de Che para o filho e que era inimiga de classe de seus pais.

Com o presente embrulhado em mãos, a avó encarou Dial. Por um instante ela hesitou, olhando para o presente, talvez se dando conta do que acabara de fazer. Então o empurrou violentamente de encontro à mensageira.

— Quer que eu o chame de Che na Bloomingdale's?

"Esta mulher enlouqueceu de tristeza", pensou Dial.

À porta, subitamente, sentiu-a agarrar o seu braço.

— Vá logo — sibilou Phoebe Selkirk —, vá agora. Se algo acontecer com ele, eu mato você.

Ao ouvir isso, Dial pegou a mão do menino e correu, rindo histericamente. "Meu Deus", pensou, enquanto a mochila batia às suas costas. "Meu Deus, como seria ter Susan Selkirk como filha, uma criatura que atearia fogo a tudo que você possuísse, isso para não falar naquele menino perfeito, com suas pernas perfeitas de menino, meias frouxas, canelas esfoladas e suéter caro feito de pelo de merino, o rosto, a cara do pai, meu Deus."

Ele olhava para ela com adoração, olhares furtivos, sorrisos. Ela pensou quão glorioso seria ser amada, ela, Dial, que nunca fora amada por ninguém. Ela sentiu que o absorvia, sua mão pequena e úmida dissolvendo-se dentro da sua.

Caminhando sem fôlego através da passagem da Times Square até o terminal de ônibus, um sujeito aproximou-se, sorrindo. Grandes anéis, emblemas na jaqueta jeans. Ele ergueu a mão para saudá-la.

Seria um maluco?

Ao se cumprimentarem, ele lhe entregou um pedaço de papel. Quão ridículo era aquilo.

— Era um TP? — perguntou o menino.

— Ouça o que está dizendo — disse ela. — TP!

— Você é famosa. Sei tudo sobre você.

— Não, não, de modo algum. Acho que você se esqueceu de mim completamente.

Ela olhou para a criaturinha. Um adorável papagaio. O que ele poderia saber sobre TP, malditos maoistas com suéteres de casimira, homens berrando, orgasmos de trinta segundos.

Ela abriu o papel que tinha em mãos.

— O que é isso, Dial?

— Um endereço, querido.

— De onde?

Ela olhou para seu rosto ansioso, dando-se conta de que ele não fazia ideia do que estava a ponto de acontecer. Ninguém lhe dissera nada. Essa gente com seus malditos filhos, jogados aqui, arrastados para lá, roubados por juízes, dados para avós, segurando a sua mão. Não cabia a ela começar a educá-lo. Ela fez o que lhe mandaram: encontrou o portão dez. Uma fila começava a se formar e, através do vidro escuro, ela viu um ônibus, o motorista comendo de uma quentinha amassada.

— Quando embarcamos? — perguntou para ninguém em particular.

— Não faço ideia. — Era um homem negro com o rosto marcado por rugas profundas. Devia ter 70 anos e via-se claramente a marca do trompete em seus lábios.

— Aonde vamos, Dial?

— Este ônibus vai para a *Filadélfia,* garoto.

Dial recuou no corredor lotado, e lá estavam ela e o menino, agachados, observando os portões 9, 10, 11 através da floresta móvel de pernas. A fila no portão 10 cresceu. Ela ficou esperando, como previsto. Ela queria lhe dar o chocolate, mas quem poderia saber quanto tempo esperariam ali? E ele parecia estar contente, seu corpinho agarrado à sua perna.

— Faz alguma ideia do que estamos esperando?

O menino baixou a cabeça e olhou para o sapato.

— É muito interessante — disse ele.

Ela ainda sorria quando viu, ao fim da fila, ombros curvos dentro de um London Fog. Era o tipo de casaco que se encontra na calçada da rua Howard, dobrado ao lado de sapatos e fios elétricos.

— Fique aqui — disse Dial para o menino.

A feia irmã revolucionária lhe entregou um envelope quando ela se aproximou.

— Aqui.

Quando Dial pegou o envelope, sentiu a mão do menino puxando o seu vestido. Do outro lado do corredor estavam a sua mochila, sua bolsa, sua carta do Vassar, tudo lá dentro. Ela segurou o ombro do menino.

— Fique aqui — falou, furiosa. — Não se mexa. — Quando voltou, a irmã feia havia ido embora e o menino estava aborrecido com ela.

— Jay — disse ela, coração disparado —, você não deve abandonar a mochila. Minha carteira está aí dentro.

— Você me machucou — disse ele.

"Merda", ela pensou.

Dial olhava para duas passagens de ida e volta para a Filadélfia.

— Cale-se, Jay — disse ela.

— Você me chamou de Jay — gritou ele.

— Cale a boca. Fique caladinho.

— É feio dizer cale a boca.

Ela não iria para a maldita Filadélfia.

— Venha. — Ela o tirou da fila do guichê de passagens e o levou por um corredor estreito, longe da multidão. O lugar fedia. Cheirava como se alguém morasse ali.

O menino estava rebelde. Ela tentava ler as passagens. Estava tão estressada que quase não percebeu a débil escrita a lápis em letra infantil: *Mudança de planos. A Sra. Selkirk espera que você vá à Filadélfia e volte hoje à noite. Você será ressarcida de suas despesas.* Havia um número de telefone da Filadélfia.

Então, teria de ir. Sem mais nem menos. Ora, que se danassem. Gente rica. Ela jantaria com Madeleine naquela noite.

Os passageiros embarcavam. Ela voltou a olhar para as passagens. Só estaria de volta ao terminal de ônibus de Nova York perto da meia-noite. É assim que você trata o seu filho, sua vaca rica e mimada?

— Você não pode agir como um bebê — disse ela para o menino, agachando-se à sua frente para que ele visse que ela estava falando sério. — Você terá de se portar como um homenzinho.

— Só tenho 7 anos — disse ele. Seus lábios tremiam. — Você não pode me mandar calar a boca.

— Tudo bem. Desculpe.

— Você não pode.

— Tudo bem. Você está certo.

Ela estendeu a mão e ele a aceitou.

— Vai me chamar de Che? — perguntou o menino quando ela se levantou.

— Claro. Che. Combinado.

Ainda assim ele hesitou.

— O que foi?

— Posso chamá-la de mamãe?

8

Uma árvore caiu na Austrália. O carro hippie penetrou em sua copa, como um tijolo sendo forçado para entrar num sapato. Galhos se chocavam e se rompiam sob os pneus e dava para senti-los contra o chão, erguendo-se como ossos ou espigões quebrados contra seus pés descalços.

— Pare! — gritou a mãe.

O menino agarrou o banco da frente e olhou por sobre o ombro do motorista, que fedia a manteiga rançosa. As folhas dançavam sobre o para-brisa como se estivessem em um lava a jato, derramando chuva. Então, um sacolejo. Ele bateu com a boca no assento e sentiu gosto de sangue. Então viu um galho enorme, arqueado, branco, ossos aparentes através de uma barra de folhas.

— Arcobotante — disse o Rabbitoh, aquele que tinha cabelos pretos compridos.

A mãe abraçava o menino, muito preocupada. Ele sentia o peso da árvore, roçando e se chocando contra o teto como um barco amarrado ao cais. O ar rugia, levando em sua garganta um martelar mais claro e mais forte. Ele queria poder ir para casa.

Trevor acendeu um baseado e, quando estava na metade, o menino viu-o se voltar em seu assento e oferecê-lo para a mãe, mas ela deu um tapa no cigarro que lhe era oferecido. Não devia ter feito isso.

— Você está doido!

Fagulhas caíram de sua mão e ela as apagou contra o assento. Um segundo depois ela pegou a mão do menino e a esfregou como se também tivesse pegado fogo. Ela devia ser cuidadosa.

Calmamente, Trevor consertou o baseado danificado. O menino não conseguia ver se ele ficara aborrecido. Ele não disse uma palavra, mas emitiu um som semelhante ao que fazia Jed Schitcher, que vendia carne de veado no outono. O nome de Jed Schitcher estava nos pacotes dentro do congelador da avó, mas agora o menino estava pensando na faca de esfolar de Jed e nele respirando pela boca, o estômago azul esbranquiçado e fumegante nunca visto.

— Estou com uma criança aqui — disse a mãe.

— Olá garoto — disse Trevor. — Você está com hippies selvagens. Então, tudo bem, garoto? — Sua voz aumentou de volume quando ele prendeu a fumaça.

O menino não gostava que o provocassem.

Um galho caiu no teto e a mãe gritou.

— Regra número um: nunca pegue MS — disse Trevor.

O menino não sabia o que MS queria dizer, apenas que devia ser algo ofensivo para a mãe e para ele.

— Quer dizer mãe solteira, não é mesmo? — perguntou Dial.

Trevor limpou os dentes.

— Nos leve a um abrigo, só isso, tá?

— Aqui *é* um abrigo — disse Trevor. — Não há melhor abrigo que este.

— Por favor — disse a mãe. — Sei que somos um pé no saco para vocês. Desculpem.

— Acho que deviam nos levar à cidade — disse o menino.

Aquilo provocou um grande silêncio no carro. O menino esperou com o coração pulsando nos ouvidos. Então o motor pegou e Dial apertou a mão dele com força. O carro voltou à estrada. Em pouco tempo, chegaram ao pequeno povoado de Yandina onde não havia nada, exceto uma violenta escuridão.

Havia folhas e galhos por toda parte e as ruas pareciam estarem descascadas, ondulando como estanho derretido.

— Não há abrigo por aqui, querida — disse Trevor.

Mas encontraram uma luz acesa.

— Aí está — falou Trevor. — A maldita estrela de Belém.

Rabbitoh direcionou os faróis amarelos para a entrada do Yandina Caravan Park.

— Se quiser matar seu filho, vá em frente.

— Estamos bem — disse o menino. — Muito obrigado.

Ele sentiu a mãe hesitar. Então entendeu o que ela estava vendo através do para-brisa: um senhor e uma senhora idosos com pernas nuas e capas de chuva pretas, gente pobre, amarrando o seu trailer instável ao bloco de banheiros. O idoso tinha varizes. Portava um longo cabo de náilon azul — sem peso, brilhante, oscilando na tempestade.

Uma folha de papel amarelo se chocou contra o para-brisa e, quando saiu, apareceu outro homem — rosto vermelho, olhos azuis de 110 volts, cabelos longos e brancos erguendo-se na noite.

A mãe baixou o vidro, e a tempestade pulou no carro como um gato, ocupando o banco traseiro e molhando o interior do para-brisa.

— Cinco dólares para vocês — gritou o homem. — Espaço para todos. Tenho um belo e limpo Globe Trotter.

O menino começou a recolher as cartas de Uno, mas a mãe o puxou para fora antes que ele terminasse.

— Aqui — disse ela —, aqui estão os 5 dólares.

Trevor e Rabbitoh fugiram como covardes, subitamente dando ré em direção à estrada, e o cascalho que levantaram feriu as pernas descobertas do menino. Ele e a mãe correram para o trailer que estremecia sob a tempestade.

Então, como o menino se lembraria quando virou apenas uma memória na mente de um adulto, o gerador parou.

Na Rua 76, no Upper East Side, sob efeito hipnótico, ele mais uma vez veria o proprietário de olhos assustadores acendendo dois lampiões de gás que rugiam como jatos a quarenta mil pés. Naquele momento ele fora reconhecido, teve certeza, e correspondeu ao olhar. Anos depois ele compreendeu: ele queria ser apanhado. Após a hipnose, bebeu Armagnac no Carlyle, flertando discretamente com a garçonete.

— Você não me é estranho — falou ela.

Em um minuto, os dois estavam escada acima sob o metal amassado e a mãe o abraçou na cama oscilante.

— Aqui é melhor, Dial. Estamos bem.

— Você me deixou orgulhosa — disse ela. — Você falou por nós dois.

Sempre que se deitava, pensava que a mãe viria resgatá-lo. Agora ele estava com ela e sentia-se seguro no meio da tempestade. Ele adormeceu e, quando foi jogado para fora da cama, já haviam se passado muitas horas.

9

Ao longo da noite o trailer foi sacudido de modo tão imprevisível, com tanta força, que parecia que realmente poderia matá-los. Dial nada podia fazer a não ser abraçar o menino, ouvir os murmúrios da adenoide de seu sono, enquanto suas pernas doíam por conta de todo terror que ela baniu de seu abraço.

Houve calmarias, mas sempre que a tempestade voltava, batia mais forte. O trailer começou a se erguer e voltar a cair, e o barulho logo ficou tão alto que o mundo físico perdeu toda coesão e Dial se viu agarrando-se aos eixos de um trem fantasma. Ela não podia largar, não podia fazer aquilo parar. Ficou rígida na cama, sussurrando para o menino: rezas, pensamentos, desejos, coisas que ela esperava que abrissem caminho em seu cérebro adormecido.

Não havia lua nem relâmpagos que ela pudesse ver. Quando foi derrubada da cama, sentiu-se cair em um mar de tinta, o corpo abraçando a criança adormecida.

Ela bateu a cabeça. Viu estrelas. Pensou: "História em quadrinhos."

— Está tudo bem, querido, está tudo bem, querido.

— Ela não perdeu os sentidos, mas sentia o teto às suas costas arrastando contra o chão, rangendo sobre pedras enquanto o trailer era arrastado e ela permanecia rígida, antecipando algum horror, lâminas perfurantes, enxadas letais no meio da noite.

— Querido. Che.

Ele não respondeu e ela pensou: "Está morto."

— O que houve, mamãe?

— Shhh — disse ela, sentindo o terror daquela palavra mesmo em meio àquele outro medo. — Shhh. É só chuva.

— Estamos bem?

— Shhh — ordenou Dial.

Então, ouviram um som sem sentido, como um corvo de lata mexicano gigante batendo as asas contra as paredes. Ela pensou, "o que importa quem é a mãe dele? Estamos sendo destroçados".

— Estamos bem, querido, vai acabar logo.

Então ele ficou muito quieto.

— Che?

Ele havia dormido.

Os cobertores haviam caído com eles e ela o cobriu, mantendo o ouvido perto da boca do menino para saber se ele estava vivo. Ela tentou sentir-lhe o pulso, mas ele se livrou com um puxão irritado e dormiu com o nariz para baixo e o traseiro para cima.

Talvez estivesse em coma. "Homicídio culposo", ela pensou. Eles foram arrastados e açoitados, rodas para o ar, barrigas para o céu até que, finalmente, o movimento passou a não ser muito pior do que o de um barco atracado bem firme. Seu sono foi interrompido por algo branco e afiado. Um feixe de luz atravessou as suas pálpebras. Ela abriu os olhos, viu formas peludas aveludadas e então o relâmpago. Não, não era um relâmpago. Parecia oxiacetileno. Uma equipe de resgate. Cuidadosa, ela se desvencilhou do menino, deixando-o com os braços abertos, lábios roxos.

Sentada no teto ela via através da metade superior da porta uma cascata de fagulhas em meio à chuva, a cobra dançarina de um fio elétrico partindo de uma Kombi. Figuras vestidas com sacos de lixo estavam em pé diante daquela máquina estranha enquanto a água lambia os seus pés, vermes elétricos revolvendo-se dentro do coração de plástico derretido do rio.

Dial encontrou sua mochila, e então percebeu que estava bem debaixo de uma goteira. "E daí?", pensou. Estavam vivos. Seu xale estava encharcado, mas os passaportes estavam a salvo dentro de suas bolsas plásticas. No fundo ela encontrou alguns papéis, uma massa encharcada de horários de trens e instruções de como chegar a Vassar, afora sua carta de nomeação. Não era nada. Conseguiria outra facilmente, mas ela se sentou de pernas cruzadas na penumbra intermitente, pegou o envelope e cuidadosamente abriu as quatro pontas de modo que a carta ficasse exposta, molhada e vulnerável, mas inteira graças a Deus. Não significava coisa alguma, mas ela a segurou com ambas as mãos, como se tivesse medo de romper sua gema oculta. Cuidadosa, esticou-a no teto de alumínio que agora era o seu chão. Então, usando o xale molhado, começou a esticá-la e, quando ela alisava a última bolha, o papel rasgou ao meio. "Foda-se." Ela o amassou com o punho, fazendo a água escorrer em seu colo. "Foda-se, foda-se, foda-se." A maldita diretora dera-lhe o número de Susan, mas ninguém a obrigara a ligar. Ela nem mesmo gostava dos Selkirk. Vassar devia aceitá-la de volta. "Fodam-se eles, foda-se tudo." Ela nem mesmo sabia que estava chorando. Mas o menino sim.

— Está tudo bem? — murmurou ele.

Ela não tinha escolha. Tinha de estar bem. Ela voltou para a cama e o abraçou.

— Está chorando, Dial?

— Estou bem, querido. Não dormi muito bem, só isso.

— Por que está chorando?

— Não é nada, querido. Foi algo que aconteceu há muito tempo.

10

O que acontecera havia muito tempo foi que ela se portara como uma completa idiota. Havia muito tempo e bem recentemente. Ela acreditava nas pessoas, sempre acreditou. Por exemplo, ela acreditou no que estava escrito na passagem: *Mudança de planos. A Sra. Selkirk a espera de volta hoje à noite.* O pior era que ela acreditou naquilo porque a escrita era muito obstinada, muito obtusa, muito sem imaginação. Ela fora tão esnobe que não percebeu a mentira. E se deixou usar para roubar o menino.

Ele era um menino adorável por diversos motivos, mas não era seu filho. E aquela definitivamente não era sua vida.

A estação da Greyhound na Filadélfia era um lugar horrível e não foi sem muita relutância que ela o deixou sozinho na sala de espera. O telefone ficava junto à porta, perto dos banheiros, diante da porta dos fundos da pizzaria. Ela ainda não sabia que fora manipulada. Ela estava sendo obediente e esnobe ao mesmo tempo. Ela ligou para o número da Filadélfia escrito na passagem. A linha estava ocupada. Quando a moeda foi devolvida, uma viciada com a pele muito branca, cabelos louros ralos e olhos inchados saiu da pizzaria. Seus olhos se encontraram antes que Dial pudesse desviar o olhar.

— Olha só, querida.

A mulher segurava um colar de pérolas. Faltava-lhe uma das unhas.

— Faz uma oferta, querida. Faço um bom preço para você.

O número estava ocupado. Ela balançou a cabeça ao ver as pérolas. A mulher tinha uma linha vermelha que subia do tênis até o joelho de uma das pernas. Dial se curvou sobre a bolsa e tirou quatro moedas de 25 centavos e percebeu que estava sendo mal-interpretada.

Ela inseriu as moedas e ouviu o telefone tocar na Park Avenue. A mulher estava bem atrás dela. Ela podia sentir seu mau hálito, o cheiro de antisséptico.

Atenderam do outro lado.

— Alô.

Ouviu-se um ruído, como um chocalhar de cubos de gelo.

— Alô.

Era um homem. Ao fundo, ouvia-se uma voz feminina.

— Quem é? — perguntou o homem, talvez obedecendo ao que lhe dizia a mulher. Dial ouviu um almoço de três martínis na Park do outro lado do anoitecer.

— Anna Xenos.

— Anna Zeno — disse o homem.

"Idiota", pensou, quando o sujeito tapou o bocal do telefone.

Ouviu-se um farfalhar, um xingamento furioso. Aliviada, Dial percebeu que a mulher das pérolas fora até a porta do banheiro onde parecia estar enrolando o colar em uma folha jornal.

— Onde está você? — explodiu Phoebe Selkirk em seu ouvido.

— Na Filadélfia — claro.

Houve um longo silêncio.

— Você está com o meu menino.

— Claro.

Outro longo silêncio e, quando ela voltou a falar, sua voz atingiu outro registro.

— O que você quer? — perguntou a Sra. Selkirk.

— O que eu quero? — disse Dial. Ela devia ter dito: "Eles me deram uma passagem e um número de telefone. O número não responde. O que devo fazer?" Mas ela estava olhando para uma mulher doente e muito estranha que passava por ali, de olho em Dial, sua jaqueta de náilon roçando ruidosamente contra a parede.

— O que você quer, sua desgraçada?

— Sra. Selkirk, não fale comigo assim. Não sou mais sua funcionária.

— Você não devia sair de Nova York. Devia trazê-lo de volta para cá. Onde está? Diga-me agora.

— Estou tentando ligar para o maldito número que me deram. É o que estou tentando fazer. Há uma viciada me perturbando e seu neto está sozinho. Aqui estou. Agora *você* me diga o que devo fazer.

Aquilo provocou uma extraordinária gritaria para a qual Dial não estava preparada. Outra vez o homem e a Sra. Selkirk discutiram. Outra vez o bocal foi tapado.

— Alô — disse ele.

— Por favor, poderia me dizer o que fazer?

— Certamente deve saber, minha jovem, que sabemos quem você é, e que esta ligação está sendo rastreada.

A mulher com o colar de pérolas estava parada diante da porta da sala de espera. Dial pensou: "Não entre aí." Mas ela entrou, escorregando, um pouco fora de controle.

— Você faz alguma ideia de com quem está lidando? — perguntou o sujeito, que parecia um idiota por sua fala arrastada.

— Ligo de volta — disse Dial.

Ela voltou correndo para a porta da sala de espera onde viu que o menino pegara os seus papéis e os enfileirava ao seu lado no banco. Acima dele, uma televisão sem som mostrava um retrato de Susan Selkirk: BOMBA EXPLODE NA FILADÉLFIA. DOIS MORTOS.

A mulher das pérolas estava logo atrás, olhos na tevê.

— O que houve? — murmurou Dial.

— A maluca se explodiu.

— Aqui?

— Perto de Temple. Que idiota.

— Quando?

A mulher balançou a cabeça, como se quisesse dizer: "quem sabe?" e estendeu-lhe o embrulho de jornal como se tivessem concluído a negociação. Presa pelo olhar sinistro da outra, Dial abriu a bolsa de trocados e deu-lhe três notas de 1 dólar.

— Deus a abençoe — falou a mulher, e entregou-lhe o embrulho.

— Você está com infecção — disse Dial.

A mulher a encarou, então ergueu o lábio superior em um sorriso.

— Sua perna — disse Dial.

A mulher balançou a cabeça e começou a rir descontrolada, mancando ligeiramente ao sair à rua.

Dial desembrulhou o jornal e não ficou surpresa ao encontrá-lo vazio.

— Quem era? — perguntou o menino quando ela voltou.

"Susan Selkirk estava fazendo bombas. Ela queria que eu levasse o filho dela para uma fábrica de bombas!"

— Preciso ligar para Nova York — disse ela.

Ela amassou o jornal e jogou-o na lixeira.

Ao olhar para cima, viu a sua fotografia do livro do ano da faculdade na televisão.

Ela pensou: "Eles acham que eu me explodi."

O menino ainda remexia seus papéis. Ela pegou um deles.

— O que é isso? — perguntou Dial, obrigando-o a olhar.

— D-i-1-e — disse ele, erguendo o cartão.

Neste momento, apareceu uma fotografia do menino na tela.

— Eu sei — falou ela. — Adoro seus papéis. — O coração dela estava disparado. Seus olhos estavam em toda parte, no cartão, na tela, na mulher da rua que agora caminhava em direção a um homem com uma pasta.

O noticiário acabou.

— Volto logo, querido — disse ela. — Você está bem?

Ele ergueu a cabeça. Que criatura estranhamente contida era aquela, dobrando os seus papéis de modo que ficassem do tamanho de um maço de cigarros, empilhando-os cuidadosamente um em cima do outro.

— Estou bem. — Ele sorriu para ela, erguendo a mão esquerda para mostrar seus dedos aberto e seus elásticos. — Estou legal.

No Belvedere, deviam ter visto o noticiário, ou não. Talvez soubessem que Susan Selkirk estava morta. O telefone foi atendido por outro homem, mais frio, mais claro, com sotaque do Brooklyn. Seriam os policiais, assim tão rápido?

— Oi, Anna. Tudo bem?

Ela nem dissera o seu nome.

— Fui instruída a vir para a Filadélfia — falou ela para quem quer que fosse. Só estava fazendo o que a família me pediu para fazer.

— Anna, a Sra. Selkirk entregou a criança aos seus cuidados durante duas horas.

Um policial diria aquilo? Será que não sabia que poderia amedrontá-la? Em sua mente ela podia visualizar a passagem de ônibus, a caligrafia. Então entendeu: Susan Selkirk a usara para roubar o filho.

— Então — disse o homem que, obviamente, era um policial. — Quais são os seus planos agora, Anna?

— Voltarei de ônibus — disse ela, pensando que tinha um cheque de bolsa de estudos emitido pelo estado de Massachusetts, dois mil dólares, na carteira.

— Certo. Vai voltar à cidade. A que horas, Anna?

— Ah, voltarei no próximo ônibus — disse ela. Rua acima havia um serpeante letreiro de neon:

TROCAM-SE CHEQUES.

— Então está perto da rodoviária — disse o homem.

Ela viu o brilho de giroscópios da polícia no chão brilhante do corredor.

— Então, até lá — disse ela. E desligou.

— E agora? — perguntou o menino quando ela voltou. Ele já estava prendendo seus papéis com elásticos quando ela se agachou à sua frente. Não era estranho alguém tão novo ser tão organizado? Ela podia ver a rua sobre os ombros. A mulher das pérolas estava sentada no capô de um carro de polícia.

— Vamos ficar em um hotel — disse ela. — Que tal?

— Você disse que íamos a uma casa vagabunda — disse ele, mas voltou a sorrir, olhos tão arregalados e confiantes que ela teve vontade de dizer para ele não se sentir assim.

— Mudança de planos — disse ela. Mas não disse: sua mãe nos ferrou.

Quando ele guardou seus papéis, ela o levou na direção dos lavatórios, entraram pela pizzaria e saíram em outra rua. Ela não fazia ideia de onde estava ou para onde iam, mas, quando encontraram um hotel, soube que tinha de ser aquele. As escadarias tinham o cheiro da mulher com a infecção ou de desinfetante misturado com alguma coisa que o cheiro de desinfetante deveria esconder. Ela pagou com seu próprio dinheiro. Pegou um enorme chaveiro e levou o menino pelo corredor de portas numeradas, cada uma ocultando alguém mau ou triste, pensou.

Não havia sombras no quarto.

— Para onde vamos agora? — perguntou o menino.

Ela o abraçou com força e, então, começou a agir casualmente, procurando o dinheiro de Massachusetts na bolsa. Tudo o que ela sabia é que estava em apuros. Ela fora enganada. A única testemunha que podia salvá-la havia se matado com seus hábitos desleixados. Dial a chamava de Trapalhona em segredo, é claro. Trapalhona sujara de manteiga os balcões de Somerville. Ela era incapaz de fazer uma cama, quanto mais uma revolução.

Dial estava triste por ter de abandonar aquele menino. Ela o beijou e se fechou para o mundo. Ela ocupava a cadeira de Alice May Twitchell. Ela era professora assistente do Vassar College. Portanto, aquilo não podia ser verdade, ela ter aparentemente virado fugitiva, atravessando um corredor assustador na Filadélfia.

11

A mãe e o menino estavam à deriva, juntos em um trailer, com a bolsa de livros da Harvard entre eles, e o menino fingia que a tempestade furiosa era apenas o borrifar do barco no lago Kenoza, em seu rosto e em seus pés, e a mãe era morna e indistinta e ele a apertou com força, seus lábios contra o braço dela, acontecesse o que acontecesse. Ele dormiu e quando despertou a luz era cinza como a névoa do East River e o trailer balançava, mas não mais sacolejava. A água pingava ao seu lado, acumulando-se no lago verde-claro do tapete.

Como poderia estar feliz? Era quase impossível. Ele fora arrancado de seu solo, arremessado ao léu. Apesar de tudo, anos depois ele se lembrava claramente: um breve período de profunda tranquilidade.

A porta estava no teto, abrindo-se para um céu cinza-claro. Ele estava despreocupado, restaurado.

Um peru fez glu-glu. Então alguém tentou acionar uma motosserra. Então veio o gatinho, e o gatinho não estava nem um pouco tranquilo.

A princípio o menino nem mesmo reconheceu aquilo como uma criatura viva, mas como algo tenso e pontiagudo, metal, plástico, um arranhar do qual era preciso chegar perto para se descobrir o que era, uma pequena caixa torácica coberta de pelo de rato de esgoto e olhos verdes selvagens. Ele caminhou por cima das gavetas da cozinha nas quais ele e Dial estavam deitados. O menino percebeu todo o seu medo, fez um ruído de ronronar e abriu a boca.

— Pobre gatinho. Como veio parar aqui?

Ele tirou a camiseta e agasalhou o gatinho: boca rosada pedinte, olhos verdes acusativos, dentes afiados ameaçando revanche.

Dial cedeu seu cardigã para transportar o gato. Era cinza com listras azuis e tinha bolsos grandes o bastante para caber um livro. Num deles, puseram o gatinho. Assim, o menino o levou através da porta virada de cabeça para baixo com o vidro na parte de baixo.

— Viu isso? As árvores ficaram peladas, um cabo de força caiu, fagulhas amarelas na chuva. Os caretas parados de braços cruzados, olhando para o rio marrom furioso que agora lambia a beirada dos banheiros.

— Ele teve sorte de nos encontrar, Dial.
— Quem?
— Buck.
— Buck?

Dial não sabia, mas o menino quase chamou o gato de Kipling, por causa do "Gato que Andava Sozinho", por causa da avó, por causa do livro vermelho e dourado no andar de cima, pelo cheiro de papel com cem anos.

Em vez disso, chamou-o de Buck, por causa do cachorro do livro de Jack London: "Ele fora subitamente arrancado do seio da civilização e arremessado no coração de coisas primordiais."

— O que é primordial, Dial?

Ela mordeu o lábio inferior e disse:

— Seu doidinho. Primordial.

— O que é?

— Coisas selvagens — disse ela —, a lei da selva.

— É um bom nome para o gato — concluiu o menino.

12

Durante toda a vida, Anna Xenos se lembraria daquele momento, ao telefone na estação da Greyhound, quando ela deveria ter se explicado para quem quer que estivesse falando com ela. Contudo, cada uma das milhares de vezes que trilhava aquela opção ela chegava à conclusão de que não havia escolha alguma: na verdade, ela tinha começado a criar isso tudo antes da Filadélfia, no Vassar, no escritório da diretora, quando fora elogiada por conhecer Susan Selkirk, quando pegou o número de telefone, quando olhou para os jardineiros e para as folhas de outono e achou que pertencia àquele lugar. Aquele fora o seu erro fatal e era profundo como uma rachadura no calcanhar, uma pequena fenda que ia até o osso. Ao telefonar para Susan Selkirk ela estava sendo que nem a mãe, trazendo para casa a prataria do patrão, saboreando sua ligação com gente famosa.

— Olá, CDF — falara Susan Selkirk, a piranha condescendente.

Como se sente?

Uma completa desconhecida, caminhando descalça no meio de uma estrada vazia a caminho de Yandina, Queensland, Austrália, com um belo menino à mão e um gato na droga do bolso, e trazendo às costas tudo o que possuía no mundo. A estrada estava vazia, coberta de folhas e gravetos, um ou dois galhos, mas de modo geral estava lisa e estranhamente chapinhante por causa da chuva. Se havia um meio de sair dali, ela não sabia qual era, e mais de uma vez lamentou não tê-lo deixado naquele quarto de hotel. Isso pode até parecer cruel para quem é sentimental ou gosta de animais, mas agora ele estaria com a avó, a salvo, em uma cama, no outro lado do mundo.

Ela era do sul de Boston. Aquele povoado não se parecia com nada que lhe fosse compreensível. Não havia loja de conveniências ou delicatéssen que ela reconhecesse, apenas um gracioso posto de correio, pequenos chalés comuns com cercas vivas e tinta descascando. Havia um bar que se assemelhava aos bares de pescadores ao longo do Delaware, em Callicoon, janelas com trabalhadores braçais à espreita, vidro sujo protegendo as bravatas sexuais dos idiotas.

— Dial, veja.

O menino achara uma garrafa cheia de leite e já enfiava a unha suja na tampa de alumínio.

— Pare.

Ela pegou a garrafa. O coração do menino começou a bater muito rápido, num súbito terror de transgressão.

— Onde achou isso?

— No degrau de uma varanda.

— Querido, este lugar é muito pobre. Compreende? Nós não roubamos. Não queremos ser presos.

Ele olhou para ela, ofendido.

— Podemos nos meter em *tantos* problemas — insistiu Dial.

— Por beber leite? — Ele ousou erguer a sobrancelha.

— Sim, por beber a droga do leite.

Ela jamais se tornaria mãe. Durante toda a vida observara as jovens irlandesas, uma nova ninhada a cada estação, barrigas estufando-lhes os jeans.

— Você não devia gritar — disse ele.

— Ah, por favor! — Sem estender-lhe a mão, ela devolveu a garrafa ao degrau surrado e atravessou a estrada deserta numa diagonal até o posto de correio, uma casa de ripas de madeira com uma varanda pintada de branco. Ele veio correndo atrás e ela sentiu um prazer ridículo e selvagem naquela vitória.

— Podemos comprar comida de gato, Dial?

Contra todas as suas inclinações, ela riu e o beijou.

— Não — disse ele. — Falando sério. — Como se ele não pudesse aceitar tal intimidade. — Podemos? — perguntou.

Ela ergueu uma sobrancelha.

Não havia ninguém por perto afora uma mulher estranha com passo de pato que emergiu da rua junto ao bar, uns 50 metros adiante.

— Buck está com fome — disse o menino, mas Dial estava sem suas lentes de contato e tentava entender o que via. Não era uma mulher. Talvez fosse um hippie. A saia era um sarongue. Seus seios estranhos logo se revelaram como uma calça, estufada como um par de salsichas, que ele trazia ao redor do pescoço. Ela nunca vira Trevor caminhar, mas era assim que ele andava, um tipo de gingado heterossexual.

Dial removeu o cardigã e o entregou para o menino, o gato protestando e esperneando.

— Você pode fazer carinho nele até encontrarmos comida.

Dial observou Trevor se aproximando. Ela pensou: "Minhas axilas estão fedorentas."

— De onde veio? — perguntou.

Eles não haviam se despedido em bons termos, mas naquela manhã parecia que tinham uma história em comum. Trevor respondeu com um sorriso contido, como se estivesse mascando tabaco, que surgiu no canto de sua boca.

— Olá, menino — falou o hippie, removendo a calça volumosa do pescoço. — Olá, gato.

Longe daquele carro horroroso ele era diferente, olhos maiores, menos doidão talvez, e emanava uma surpreendente aura de boa saúde. As gotas de chuva em sua pele marrom faziam-na parecer um casaco bem oleado ou um vegetal saudável. Das pernas da calça tirou um mamão grande, um cacho de bananas pequenas, os cortes ainda despejando seiva branca, uma enorme abobrinha verde, outro mamão, este com um largo trecho verde-claro no dorso, e uma berinjela roxa, todos úmidos e lustrosos.

— E mais — disse ele.

Uma garrafa de leite.

O menino olhou para Dial e ela coçou a cabeça como se admitindo que deixaria que ele ganhasse aquele round. Foi com evidente prazer que ela olhou o menino observar Trevor, enquanto este removia a folha de alumínio. Ele inclinou a cabeça com atenção enquanto o hippie molhava a ponta quadrada de seu dedo no leite e oferecia à boca cheia de dentes afiados do gatinho.

— Dê a sua mão — disse ele para o menino com aquele seu sotaque musical.

Dial observou com aprovação quando Trevor molhou o dedo do menino no leite extremamente cremoso, guiando-o para a língua desesperada do gatinho. Ela gostou dele então, mais do que imaginava ser possível.

Trevor entrou com eles na varanda. Não era alto, na verdade era 5 centímetros mais baixo que Dial, mas ela ficou aliviada ao perceber que ele possuía uma verdadeira autoridade física quando se agachou, derramando leite diretamente na concha da mão.

— Nosso trailer capotou — disse o menino.
— Pode crer — concordou ele. Claro.

Trevor pegou uma faca com cabo de madeira do bolso da calça e enfiou a lâmina no mamão, que se abriu como um livro, uma ilustração colorida de um *Carica papaya*. Trevor tirou as sementes negras com um movimento rápido, segurando-as enquanto pingavam de seu punho fechado.

— Machuquei o braço — falou o menino. — Caí da cama.

— Coma — disse Trevor.

E jogou as sementes por cima do parapeito.

— Enfie a cara aí dentro — disse para o menino, dando a outra metade para Dial. Ele não olhou para ela, mas, ao pegar a fruta sumarenta, Dial pressentiu certa ambiguidade da qual não gostou. Aquilo a fez hesitar, mas ao mesmo tempo ela se viu pensando a respeito da própria aparência, que seus cabelos estavam oleosos e sem corte. "Meu nariz é enorme", pensou, antes de aceitar o mamão. Ao terminá-lo, percebeu que não tinha mais nada, nenhum plano, nenhuma estratégia e, quando o chefe do correio chegou para abrir a loja, viu como ele olhou para seu rosto sujo de mamão, para seu nariz grego arrebitado.

13

O menino comeu seis bananas pequenas, talvez oito, e sua barriga estava esticada feito um tambor. Havia uma torneira junto à escada e, quando ele lavou as mãos, viu sementes pretas brilhando sobre a terra. Ele pegou e lavou as sementes, pousando-as sobre a calçada de concreto. Quando alinhou dez sementes, ele as virou para que secassem do outro lado então as guardou com suas outras coisas no bolso de trás, onde havia também insetinhos assustadores cheias de pernas.

De volta à varanda, serviu leite para Buck, que cheirou o pires e deu-lhe as costas, preferindo a bainha do longo vestido hippie de Dial. No Best Western em Seattle, o menino vira Dial costurar aquela mesma bainha roxa com bordados azul esverdeados. Aquilo fora nos dias logo após a Bloomingdale's, embora eles já estivessem lendo *Caninos brancos*. Ele tinha um passaporte. Seus cabelos foram cortados e tingidos e ele acreditava que a bainha do vestido da mãe era tudo agora, não apenas para ela, mas para ele também. Na alfândega, pensou ter ouvido que estava contido pelas costuras. Provavelmente era um som além da capacidade de audição dos adultos, mas agora Buck definitivamente ouvira algo, como um maço de cartas sussurrantes sendo embaralhadas, talvez, ou duas folhas verdes roçando uma na outra. Suas orelhas listradas de cinza se eriçaram. O gato saiu silenciosamente e foi até a varanda do correio. Ele bateu uma vez na bainha, mas a mão de Dial baixou acariciando-o.

Buck fez xixi. O menino serviu-lhe leite para que soubesse que gostava dele mesmo assim, mas o gato inclinou a cabeça e observou o leite pingar.

— Buck, Buck, Buck. — Ele tentou agarrá-lo, mas Buck gingou para o lado e pulou sobre a bainha.

Dial conseguiu agarrá-lo. Então Buck berrou. Dial desenganchou suas garras e o entregou ao menino, que guardou a pequena e feroz criatura dentro do casaco, que fechou com um nó amistoso.

— Vá levá-lo para passear.

Ele levou Buck escada abaixo, mostrou-lhe as sementes e lavou duas para ele. Ensinou-o a contar. Buck tentou matar os insetos e então ficou confuso e voltou a subir os degraus. O menino lavou mais sementes e as alinhou, cerca de trinta, antes de lhe mandarem tirar Buck dali outra vez.

— Para onde posso ir?

Queria dizer: não me mande para longe de você.

— Há um memorial de guerra muito interessante — disse Trevor.

— Estou bem aqui — disse o menino.
— Vá — ordenou Dial.

Ele enfiou Buck no cardigã e pendurou-o no pescoço. No outro extremo da rua, em frente ao bar Wild West, viu uma estátua solitária em meio a um gramado. Na velha capela perto da Rua 116, ele vira lajes de mármore com os nomes dos estudantes de Columbia que morreram na Guerra Civil. A avó o levara até lá. "E esses jovens querem fazer outra guerra civil", dissera ela.

Referia-se ao seu pai e à sua mãe. O menino já tinha idade bastante para saber que ela não devia falar com ele daquela forma.

"Nunca acham que vão morrer", disse ela, a voz afetando aquele tom, um tipo de agitação que a avó guardava para coisas assim. Ela não sabia quão mal soava aquilo. Ela não sabia que ele ouvia a respiração dela à noite.

"Eu sei", dizia ele, para evitar que ela ficasse boêmia, para fazê-la se calar.

Quando o menino desceu os degraus da varanda do correio, ele teve de pular sobre Rabbitoh, que esticava suas longas pernas bronzeadas.

O céu estava cinza, pesado e furioso. Subia vapor do asfalto. Ao chegar ao memorial, viu um lagarto cor de bronze passar sobre os olhos mortos do soldado.

Luzes amarelas chegaram piscando feito um carro de polícia: era um caminhão. O motorista olhou para ele e ergueu um dedo do volante. Era um aceno local, mas o menino não sabia que sinal era aquele. Ele não estava muito preocupado, mas voltou correndo para o correio onde Buck escapara e pulara sobre o parapeito. Ele tinha uns 20 centímetros de comprimento, boca rosada e pelos eriçados.

Dial riu para ele e Buck voou em sua direção. As garras de arame farpado encontraram a adorável bainha roxa e, quando Dial se levantou, ele ainda estava pendurado ali. Ninguém poderia imaginar quão confuso ele ficou. Trevor estava recostado, apoiado sobre um cotovelo, mas bastou esticar a mão para agarrá-lo. Ao ser puxado, Buck berrou.

— Largue, seu pestinha.

As garras estavam presas. Trevor puxou com mais força. O vestido rasgou. Uma inundação de notas verdes de 100 dólares atravessou o ar cinza ciclônico.

Os olhos arregalados da mãe vasculharam a rua, então se voltaram para a porta aberta e escura do correio. Ela pegou uma única nota dentre os dedos do pé, longos e retos.

Trevor ajoelhou-se, soltou as garras do gato da bainha rasgada e entregou-o para o menino.

— Suma — disse ele.

A garganta do menino estava seca. Ele se aproximou de Dial, por trás.

Rabbitoh avançou pelo chão como um macaco agachado dançando, com suas mãos longas recolhendo as notas espalhadas que ele empilhou e alisou ao se aproximar.

— Não se preocupe — disse ele. — Está tudo bem.

Ele passou sua pilhagem para a mãe, inexpressivo. Ela protegeu com a mão tudo aquilo que sobrou do veludo rasgado.

— Se você nos conhecesse — disse Trevor — não ficaria assim.

— Assim *como*? — perguntou a mãe.

— Como se tivesse se borrado nas calças — disse Trevor.

Dial jogou a cabeça para trás e riu desajeitada, como um menino gordo no primeiro dia de aula.

O menino não conseguiu ver o rosto dela, apenas o brilho nos olhos dos dois homens.

14

Enquanto vestia as calças, Trevor não tirava os olhos da mãe.

— Seria melhor darmos um passeio — disse ele.

Dial não se moveu.

— Conversinha — insistiu Trevor, a boca se abrindo no lado esquerdo.

O menino observava tudo. Sua garganta estava ficando muito seca.

A mãe segurava a bainha rasgada, indicando que as notas de 100 dólares cairiam caso ela se levantasse. Aquele dinheiro era a sua vida e morte; ela deixara isso muito claro quando o recebeu de amigos do pai do menino. Com dinheiro, você pode pagar os policiais, alugar um quarto com banheiro, um hotel de verdade. Se alguém quiser feri-la, então lhe dê algum, dobrado. Era como a avó pagava o zelador, o supervisor, Eduardo, num envelope todo Natal. Acha que eles realmente gostam de você?

— Não pode andar — sugeriu Trevor.

— Ahã. — As faces de Dial estavam rosadas como chiclete.

O menino pensou: "Dê o dinheiro para ele. Faça-o ir embora." Ele esperava encontrar o pai em Sidney, mas o lugar para onde foram estava cheio de viciados que não sabiam o nome dele. Ele queria que o pai chegasse de carro na rua, agora mesmo.

— Ei, Rabbitoh — chamou Trevor.

Jean Rabiteau voltara a se sentar nos degraus da varanda do correio, limpando as unhas com uma faca de prata. O objeto parecia afiado. Ele dedicava uma preocupante atenção àquele trabalho tão simples.

— Pode pegar o carro?

Rabbitoh se levantou. Quando estava de pé, tirou o chapéu e afastou os cabelos pretos brilhantes dos olhos. Ele voltou a pôr o chapéu e baixou-lhe a aba para ocultar seus pensamentos. Então saiu em direção ao bar Wild West, sem pressa, mas empinado e com os pés descalços.

— John e eu — disse Trevor — podemos cuidar das suas coisas.

O menino então pensou: "Dê o dinheiro logo para ele. Faça-o ir embora."

— Pelo menos estamos em dois — disse Trevor.

Dial riu, mas suas mãos ficaram úmidas e escorregadias.

Trevor ergueu uma sobrancelha pálida, revelando uma antiga cicatriz no meio.

— Ninguém a está obrigando a nada — disse ele afinal. Ele fez uma pausa para ver o sol passar sobre as longas pernas da mãe. — Podemos levá-la de carro até

Nambour — disse ele. — Aquela cidade grande com o engenho de açúcar.

Era uma cidade horrível. O menino vira as cruéis chaminés negras, os cargueiros de cana de açúcar rolando com um rugido de trovão, um pesadelo no lado escuro da terra.

— Nambour — disse Trevor. — Você esteve lá ontem.

Enquanto ele falava, o Ford surgiu diante do correio, arranhando o para-choque no meio-fio. Rabbitoh estava com o cotovelo para fora da janela, mas o que o menino mais notou foi um lampejo prateado em sua mão oculta.

— Você pode voltar a Nambour — disse Trevor. — Se quiser, querida, deixamos você lá agora.

A mãe olhou por sobre o ombro para onde o carteiro de olhos tristes selecionava a correspondência.

— Podemos discutir isso em um lugar menos público?

O menino preferia que o carteiro os observasse, mas Trevor pegou a mão da mãe e a conduziu escada abaixo. Ela segurava a bainha como uma dama de honra no casamento de seu primo Branford.

O chão do carro estava inundado de água suja da tempestade. O menino manteve Buck dentro de seu abrigo de lã. Ambos, gato e menino, observavam a água espirrar no chão do carro. Enquanto aceleravam pela estrada, quatro cartas de Uno encharcadas saíram flutuando na água sob o banco da frente. Buck se debateu, depois ficou quieto.

O braço de Trevor estava apoiado sobre o topo do assento, feito uma cobra. Deixaram a estrada, passaram por cinco casas pequenas. Então o asfalto acabou e Trevor se virou no assento para olhar para Dial, cujos pés estavam debaixo de sua saia de hibiscos.

— Você podia consertar a bainha — disse ele. — Tem uma agulha?

Dial olhou-o com um certo ar de desprezo.

— Você tem?

Dial não se mexeu.

— Ou pode saltar do carro — falou Trevor subitamente. Ele se afastou bruscamente. — Estou cagando — continuou ele. Mas parecia não estar porque se voltou outra vez. — Se for ao banco em Nambour, vão chamar a polícia antes de você sair da agência. Meu Deus, caia na real.

O estômago do menino estava com gosto de fundo de lata de atum.

— Por favor — disse Trevor, e exibiu o dente quebrado —, você não faz ideia de onde está ou de quem eu sou, portanto não seja sarcástica. Você é americana. Você não se daria conta caso tivesse o rei na barriga.

O carro reduziu, então parou. Ninguém falou. Eles deviam ter saído do carro nessa hora.

— Desculpe — disse Dial.

Em resposta, o carro começou a avançar devagar entre as paredes de vegetação, e as cartas de Uno voltaram para baixo do banco e apenas três retornaram: duas vermelhas, uma amarela.

— O que está acontecendo? — perguntou o menino. Ninguém mais o ouvia.

O carro deixou a estrada de terra e pegou algo pior, uma certa trilha que serpenteava por uma serrania, ao longo de uma encosta marcada com profundas marcas de pneu.

A mãe agarrou o banco da frente.

— O que está acontecendo aqui?

"Dê logo o dinheiro para eles", pensou o menino.

Buck se remexeu e reclamou. Trevor mandou-o calar a boca. O carro bateu no acostamento e um galho de acácia entrou pela janela aberta de Dial e deixou uma longa linha de sangue do olho até a boca. Desciam a encosta em zigue-zague sobre um longo trecho de lama amarela — mergulhando, derrapando, John rodando o volante inutilmente, o menino sentindo o vômito na garganta.

Houve um último sacolejo e algo pesado tombou no chão de metal. Pararam em um trecho plano onde alguém dirigira em círculos.

— O que é isso? — perguntou a mãe.

— O banco — disse Trevor.

O menino achou que talvez não vomitasse. Ouviu corvos, viu carros queimados, um bocado de carvão, fogueiras extintas.

— Vamos deixá-la contar — disse Trevor.

O estômago do menino parecia uma bola de futebol cheia de ar viciado. Ele ficou com a mãe quando ela tirou o dinheiro da bainha.

— Vai dar isso para eles?

— O que você acha?

— Mas o que vai acontecer conosco?

Ela o abraçou e o beijou no pescoço. Por estar nauseado, ele se afastou.

— Não tenho tempo para isso — respondeu ela.

A seguir, deu o dinheiro para os hippies. Primeiro pousou-o sobre o capô quente da caminhonete. Então Trevor contou. Depois John. Eram 18.100 dólares americanos.

— Preciso vomitar — disse o menino.

— Tudo bem — falou Dial. — Onde fica o cofre?

Trevor meneou a cabeça em direção à floresta.

— Teremos de andar muito?

— Deixe isso com o papai aqui — disse Trevor. O menino observou quando ele se esgueirou em meio aos arbustos, sem cintura, sem bunda em suas calças de pijama. Então ele foi atrás, estômago revolto enquanto corria.

15

Ele vomitou nos cambarás e sobre os próprios pés. Ele afastou o gato e vomitou em sequência — galhos e ramos cortados, banana e mamão. Coisas de seu estômago, coisas que nunca comera, se espalharam sobre as amoras.

Ele nada tinha com que se limpar exceto o cardigã. Ele cuspiu. Havia um mar de samambaias além das amoreiras, parecendo espinhas de peixe, cobrindo uma ampla ravina. Ele pegou algumas e se limpou o melhor que podia.

Vomitar era horrível, vergonhoso, misturado com suas lembranças de cartas de Uno encharcadas e sementes de mamão. Ele pediu desculpas ao gato por causa do cheiro. As árvores eram mais espaçadas ali. Tinham cascas cinzentas e retorcidas. Pássaros de diferentes espécies empoleiravam-se no alto das copas cáqui, mas havia outro som, como água, talvez vento.

Ele acariciou a cabeça ossuda do gatinho, mas até mesmo as pontas de seus dedos pareciam sujas e fedorentas. Ele ouvia um rio, ou o vento no alto das árvores, ou os dois sons misturados.

Sentia cheiro de umidade. Umidade ele conhecia. Bosques de bordo no verão, coisas podres, lama negra. Ele se aproximou do canto esquerdo da passagem, não muito longe dos outros. Estavam às margens de um rio, não havia dúvida. Uma árvore grande caíra, suas raízes encrostadas de lama e seixos expostas ao ar como entranhas ressecadas. O tronco, que formava uma ponte entre as margens, tinha a largura de um homem de pé e ele logo encontrou um lugar, bem abaixo da terra revolvida, onde era possível pular em suas costas largas, como as costas de um elefante ou de uma foca escorregadia. Ele caminhou ao longo do tronco, com o gatinho miando baixinho, até o lugar onde a madeira se estilhaçara, amassara e se cravara na terra. O cheiro de umidade era fétido.

Garras de aço se cravaram em sua pele.

Ele gritou.

O menino pulou para o chão macio. Machucou o pé. Deixou cair o gato. Rasgou a camisa.

— Fique quieto — disse Trevor, que apareceu do nada, uma marmota feiosa, completamente nu, coberto de lama e terra. — Fique quieto.

O menino gritou amedrontado.

Trevor tirou a camisa do menino pela cabeça. A dor ia e voltava sem motivo.

— Peguei — disse Trevor.

Então, ergueu uma formiga brilhante, com uns 5 centímetros de comprimento, uma coisa australiana fedorenta, furiosa, plastificada, preta e agonizante.

— Formiga buldogue — disse ele.

O menino ficou imóvel, nauseado, envergonhado, dor ainda pulsando, enquanto Trevor caminhou em meio à grama alta em direção a Buck, que bebia algo. Trevor também encontrou água, suficiente para tirar um pouco da lama do corpo. Ele se sacudiu como um cachorro. Então agarrou o gato e o prendeu embaixo do braço.

— Veio ver onde o meu dinheiro está escondido? — Ele tinha olhos azul-claros, duros como azulejos de banheiro quebrados.

O gatinho estava com medo, boca escancarada e rosada, como se estivesse no dentista.

— Não, senhor.

Trevor devolveu o gato e pousou ambas as mãos nos ombros nus do menino. Não apertou e nem machucou, mas era um toque pesado e impiedoso.

— Você não gostaria de ver.

— Quero me lavar.

— Entendeu que é algo que não deve ser visto?

— Eu vomitei — respondeu o menino. — Preciso me lavar.

Certa vez, não fazia muito tempo, ele fizera cocô nas calças. Fora lavado em público por um homem malvado que usava botas.

— Venha — apontou Trevor.

O menino ficou aliviado ao sentir que ele o tocava com mais gentileza.

— Veja — apontou Trevor.

O menino olhou para o chão. Era a umidade cujo cheiro sentira, um arco-íris borrado, moitas grossas de mato queimado.

— Cobras.

Ele não viu cobra alguma. Tudo o que viu foi água.

— Ali. O que pensa que é?

Ele pensou e disse:

— Um osso?

— Não é boa ideia vir procurar o meu dinheiro. Você me entendeu?

Naquele momento o menino viu o dinheiro, na árvore caída. Embaixo do tronco havia uma cavidade apodrecida onde viu um plástico azul, claro como dia.

— Entendeu? — Os olhos de Trevor eram frios de doer.

— Sim, senhor.

— Não me chame de senhor — disse Trevor.

O menino lavou braços, pernas e a frente do corpo. Ele não olhou para onde estava o dinheiro.

— Está bem agora?

— Sim, obrigado.

— Não volte aqui sem mim, está bem? — A voz não soava grosseira.

Com o canto dos olhos, o menino podia ver o plástico azul. Era tão evidente, como cuecas aparecendo pelo zíper de um short não fechado.

— Fique sempre olhando para o chão — disse Trevor, quando prosseguiram na trilha.

O menino obedeceu.

— Onde está seu pai?

— O quê?

— Onde está seu pai?

Trevor imitou o dar de ombros do menino.

— O que isso quer dizer?

— Não sei, senhor — respondeu ele, o coração feito uma máquina de lavar dentro de seus ouvidos. Ele achou que o pai estivesse em Sidney, mas ninguém sabia o nome dele.

Trevor pegou o queixo do menino e ergueu-o, de modo que não havia como ele escapar ao interrogatório.

O sangue do menino martelava em seus ouvidos. Ele olhou para os olhos frios de Trevor e deixou-se ver em sua totalidade.

— Está certo — disse Trevor ao soltá-lo. — Está certo.

O menino compreendeu que seu segredo fora tocado. Houvera algum tipo de diálogo.

16

Ela passara por Sidney e Brisbane, tendo apenas barras de chocolate, Coca-Cola, sua energia e força de vontade para chegar do outro lado. Era o que ela estava acostumada a fazer. E, é claro, havia mais que barras Hershey naquilo. Após a morte de Susan Selkirk, ela confiara nos homens de Harvard para salvá-la. Ela conhecia gente famosa, Dave Rubbo, Bernadine Dohrn, Mike Waltzer e Susan Selkirk, obviamente. Fugindo com Che ela confiara no Movimento, mais particularmente naquele representante da Estudantes de Harvard por uma Sociedade Democrática cujo pênis aveludado ela já tinha adorado ter entre os lábios. Foi ele, com sua mão enorme pousada levemente sobre o seu antebraço, que a convenceu que eles estariam a salvo na Austrália.

— Temos gente por lá — declarou ele.

Que baboseira aquilo acabou se revelando.

Foi o Movimento que forneceu os passaportes, assim lhe foi dado a acreditar, embora a definição do Movimento por volta de 1972 variasse de acordo com quem você estivesse falando. Alguns, como Waltzer, estavam fazendo campanha para os democratas; Bernadine Dohrn e os outros haviam formado a Weather Underground. Susan Selkirk pertencia a uma facção que ameaçara balear Mike Waltzer. Em vez disso, entrou na clandestinidade e se explodiu.

Dave Rubbo disse estar em aliança com os Panteras Negras. Mostrou para Dial um AK-47 e deu-lhe passagens aéreas de São Francisco a Honolulu e dali para Sidney, Austrália. Ele a assustou. Dial pegou os maços de dólar sem entender direito a transação. Ela comprou castanhas, doces e histórias em quadrinhos para o voo. Ela não tinha guia de viagens, nem nenhum dinheiro australiano. Ela nem sequer fazia ideia de como *era* a Austrália. Ela jamais imaginara que houvesse tomates na Austrália, ou pepinos. Ela não conhecia nenhuma obra literária ou musical daquele país. Por que deveria? Era apenas temporário. Ela insistiu nisso ao longo de todo o trajeto até Yandina, através da tempestade, e quando teve o dinheiro roubado. Foi apenas quando Trevor e o menino entraram na mata, momento em que ficou sozinha para encarar o volume na calça de Jean Rabiteau, que ela percebeu que caíra em uma armadilha da qual não sairia facilmente.

Ela pegou um galho robusto, com cerca de 1,20m de comprimento.

— Você toma pílula?

O galho estava chamuscado pelo fogo, preto como veludo em suas mãos. Olhando para os olhos excitados de Rabbitoh, pensou: "Esse cara não tem ideia do que eu posso fazer com ele."

Rabbitoh avançou e ela viu que aquele sempre fora seu destino. Ela tinha um pai com ferimentos a bala em ambas as mãos. Devia ter confiado naquilo.

— Calma, garota.

Ela viu a frágil clavícula do sujeito, sentiu o calor do sol tropical nas costas, ouviu as moscas tentando entrar em seus ouvidos.

Dial golpeou e ele recuou, tropeçando. Esse momento a esperara durante toda a vida. Aquilo estava fadado a acontecer, mas como saber? Quem poderia ter-lhe dito? Quando, em 1957, estava encolhida à entrada da Escola Latina de Meninas, esperando que o zelador chegasse para trabalhar, era isso que havia do outro lado daquela porta verde brilhante, não a prataria que sua mãe desejava para ela. Garfo de peixe, de salada, de jantar. O garfo de peixe é mais curto, com dentes mais largos para separar as espinhas. O de salada é mais curto que o de jantar e tem um dente mais largo que os outros no lado esquerdo. Assim, é possível cortar a alface sem usar a faca. Ela não teve tempo para pratarias. Ela quebraria a droga da clavícula daquele sujeito caso fosse preciso. Ela não imaginava o que aconteceria a seguir. Em Nova York ela não conseguia imaginar a Filadélfia. Na Filadélfia, ela não poderia ter imaginado Seattle. Em Seattle ela não poderia imaginar a Federação Australiana de Trabalhadores da Construção Civil, para onde levou o menino e seu pedido de ajuda. Ela se sentou sob o néon perguntando-se quem cuidava da indústria de roupas australiana, quem escolhera aqueles zíperes chineses para pôr em casacos marrons e verde. "A Albânia", ela pensou, "deve ser assim."

Mas Dial foi legal. Ela sorriu para eles.

— Desculpe — disse aquele jovem em particular. Era alto e magro, com cabelos assustadoramente curtos. Sentaram-se em uma cafeteria na rua Harris, a Ultimo. Che punha açúcar em sua Coca-Cola. O jovem falava com seriedade, olhando para algum lugar acima do ombro de Dial.

— Isso não é algo com que devamos nos envolver. — Ele falava assim, educado, insípido. Para Dial, parecia ser inglês e, quando envolveu a xícara de chá com as mãos, ela o viu como alguém em um filme dizendo *chefe*.

Ele era tão completamente *careta*. Era obtuso, tinha o corte de cabelo militar.

— Você sabe quem *é* Dave Rubbo, certo? — E ela não estava errada ao pensar que ele saberia. Aqueles meninos haviam passado por muita coisa desde os tempos de movimentos políticos em Somerville, indo de brincar de política a fazerem uma revolução. Ela estava ali porque havia uma aliança, Dave o dissera. Aquele idiota australiano supostamente era a vanguarda, mas acabou contrariando tudo isso.

— O executivo não vai apoiar, Dial. Não é como se você tivesse desertado e nós tivéssemos de escondê-la.

— Desertado de quê? — perguntou ela, vendo o refrigerante de Che borbulhar e derramar na mesa. O rapaz a encarava diretamente.

— O quê?

— Você está brincando! — disse ele, limpando o refrigerante.

— A Austrália está no Vietnã?

As bochechas dele estavam ruborizadas, os olhos azuis e frios.

— Certo? — Ela tentou se recompor. Vietnã.

Mas ele já estava se levantando, um menino sério e magro, queixo reto, com pesadas botas de operário e uma camisa quadriculada.

— É uma vergonha — disse ele. — Vocês nunca aprendem nada sobre os países que ferram.

Mas ele não entendera quem ela era.

— Sou do ESD — disse ela. — Amiga de Dave Rubbo.

Ele se levantou com as mãos grandes agarrando as costas da cadeira, olhando para ela, o vestido, os cabelos louros que ela lavara naquela manhã. Ele riu pelo nariz.

— Boa sorte, cara — disse ele, voltando-se para Che.

— Obrigado — respondeu o menino.

Foi apenas na estrada Bog Onion que ela não pôde mais ignorar a extensão da mentira de Dave Rubbo, mas àquela altura ela tinha outros problemas para tratar.

Quando Trevor voltou à clareira, Dial atirou o galho aos pés de Rabbitoh e foi até o menino. As mãos dele estavam pegajosas, mas ela as segurou com força.

— Aonde vamos?

— Sempre há um caminho pela frente.

Ela puxou o menino, que resistia, em direção à estrada.

— Ora, vamos. — Rabbitoh a seguia, braços abertos. — Não fique tão nervosa.

— Vamos levá-la de carro — disse Trevor. Ele teve de erguer a voz porque já estavam bem no alto da primeira colina. - Quer um recibo?

— Recibo de um maldito roubo? — pensou Dial. Mas ela tinha mais dinheiro, fosse de quem fosse. Ela precisaria dele também, e tudo o que ela sabia era que precisaria comprar um mapa, descobrir onde estava. Ela precisava ir para um lugar onde ninguém soubesse de seu tesouro oculto, aquele dinheiro que ela não podia trocar.

Seu nome era Anna Xenos. Xenos significava pessoa deslocada, estranha, um homem que chegara à ilha de Jacinto anos antes do nascimento de Cristo.

— Não quer saber onde moro? — gritou Trevor. Foi um berro que preencheu o vale de árvores outonais.

Ela fez uma pausa, olhando para os dois homens.

— Você devia pegar o endereço dele — disse o menino baixinho.

Se ela estivesse mais calma teria respondido, mas ela já tinha muitas batalhas em curso em sua mente. Imaginava os seus corpos em decomposição, o dela e o de Che, sendo encontrados na floresta.

— E quanto ao nosso dinheiro, Dial? Não devíamos pegar o endereço dele?

— Cale a boca — falou ela. — Está bem?

Ela o largou para trás e seguiu adiante, furiosa.

— Você poderia, apenas uma vez, não ter uma opinião? Você tem 7 anos, pelo amor de Deus!

Ela esperou que ele lhe dissesse que tinha quase 8. Ele não o fez. Ambos caminharam mais um tanto, um pouco mais devagar.

— Ele conhece o meu pai — disse o menino.

Ele parou e ficou na frente dela, braços retos ao longo do corpo, tão na defensiva que seus olhos cinzentos ficaram pequenos como buracos de agulha.

— Não — negou ela. — Ele não conhece.

— Acho que conhece, Dial. Estou certo disso.

"Você vai acabar maluco com esse negócio de não saber quem é", pensou Dial.

— Ou então ele sabe *a respeito* de meu pai — disse o menino. Em seguida, enfiou as mãos nos bolsos diminutos e olhou para ela, um sorriso rígido e assustador em seu rosto.

— Não, querido.

— Ele pode dizer para meu pai onde estamos.

— Querido, não faça isso consigo mesmo.

Ela não pretendia ser grosseira, mas o queixo dele começou a tremer e ele teria caído no choro se não tivesse ouvido o Ford subindo a colina em sua direção. Ela tirou o menino da estrada e apertou-lhe o rosto contra a barriga mas, quando o carro parou ao seu lado, ele se libertou.

— Venham — disse Trevor, o braço forte pendurado à janela aberta. — Entrem.

—Não, obrigada — falou ela. Mas o menino já havia entrado no carro.

— Nada vai acontecer — disse Trevor. — Ele pede desculpas. —E apontou para o motorista. — Ele é um cretino.

— Supostamente sou cristão — disse Rabbitoh, olhos brilhando como os de um animal em meio a pelagem escura.

— Por favor, Dial, podemos?

Ela abriu a porta, e ela e o menino sentaram-se juntos, com o gatinho no cardigã entre eles.

— Desculpe-se — ordenou Trevor.

Ela não o achou desagradável com sua autoridade, o corpo de buldogue, o pescoço grosso.

Rabbitoh pediu desculpas e ela o viu se curvar sobre o volante. Dial pensou nos prazeres da submissão, assunto sobre o qual ela conhecia mais do que estava pronta a admitir.

— Shhh — disse ela para Rabbitoh, como se ele fosse uma criança a ser perdoada, não um babaca com uma faca afiada e um senso de posse sexual.

Trevor voltou-se e encarou-a nos olhos.

— John lhe fez um recibo — disse ele lentamente.

— Você não o quer, tudo bem, mas posso dá-lo para o menino? Está com o meu endereço postal? — perguntou para o motorista.

— Está — disse o outro.

Trevor entregou o pedaço de papel para o menino, que pareceu lê-lo, embora não fosse possível ter certeza do quanto daquilo era representação. Ele dobrou o papel com muito cuidado antes de tirar o elástico para acomodá-lo com o resto de suas coisas.

Abandonados na estrada, viram o Ford dirigir-se a uma vida secundária deixando uma fumaça azul sobre o asfalto. Foram deixados sozinhos no calor sem sombras, fustigados pelos caminhões, a poeira rodopiando ao redor deles.

— Podemos parar de ir a lugares, Dial?

— Em breve — disse ela.

17

Sinceramente, ele gostara mais de Oakland, onde simplesmente ficaram juntos no hotel, comendo pizza, jogando cartas. Ela lia para ele, às vezes durante horas, e de noite também. Ele estava mais feliz do que jamais estivera, por tê-la para si afinal, e a possibilidade do pai, aquela nuvem elétrica de surpresa pairando sobre ele como vapor de uma porta de banheiro aberta. Ela se sentava de pernas cruzadas na cama e puxava a saia sobre o colo. Ela tinha uma boca grande e o beijava muito, com hálito muito suave e pálido.

— Podemos parar de ir a lugares, Dial?

O menino percebeu que ela fez uma pausa a fim de ouvi-lo com atenção, seus olhos pousando com seriedade sobre os dele.

— Logo — disse ela. — Primeiro temos de ir a Nambour, querido.

— Talvez não precisemos, Dial.

Ele havia recolhido cuidadosamente o baralho de Uno encharcado do banco de trás do carro. Ela pegou o baralho com delicadeza, ajoelhou-se junto à estrada e guardou-o no bolso de fora da mochila.

O menino a observou, pensando: "Os joelhos dela devem estar doloridos."

— Precisamos ir para Nambour agora — disse ela.

— E se formos pegos?

A boca dela se voltou para baixo. Ela não sabia que ele percebera aquilo, o modo como toda parte de baixo de seu rosto podia parecer desossada.

— E se eles a tirarem de mim? — perguntou o menino.

Ela nem mesmo olhou para o menino. Em vez disso, ergueu a mochila nos ombros e começou a desembaraçar os cabelos com os dedos.

— E se eu conseguir pegar o nosso dinheiro de volta, Dial?

— Shhh.

— Porque eu sei onde está.

Os dedos dela ficaram presos em um nó e ela deu um puxão, fazendo uma careta. Aquilo deve ter doído.

— Você é um menino muito valente — disse ela afinal —, mas é melhor esquecer o que viu.

— Por quê?

— Porque estou mandando.

Ela acariciou a cabeça dele, mas o clima agradável se perdeu.

— Vai ser legal, Dial, tentar recuperá-lo.

— Shhh — disse ela.

— Vamos seguir a corrente.

Aquilo deveria fazê-la rir. Não fez. Ela começou a andar com o polegar esticado e ele foi encarregado de levar Buck sob o sol abrasador, ao longo do acostamento de cascalho irregular e em meio à poeira asfixiante ao lado da Bruce Highway, onde finalmente pegaram carona com o gerente de uma fazenda de cactos que os deixou perto do ginásio.

Havia árvores ao redor da escola, mas tudo o mais havia sido cortado em Nambour havia muito tempo, de modo que não havia sombras. Eles se coçavam e estavam doloridos, a mãe e o menino. Estavam sujos, rasgados, "selvagens" aos olhos locais. A mãe tinha uma picada infeccionada na panturrilha.

— Ela tinha 10 mil dólares dentro da bainha —, murmurou. Esse dinheiro que sobrou estava preso por um pedaço de arame fornecido pelo plantador de cactos.

Ele começou a pensar em um hotel. Não precisa ser de luxo. Tinham de fazer assim agora.

Foram até uma loja de automóveis com grandes vitrines, e o menino ficou ao seu lado e sentia o que ela estava pensando, que ela tentaria comprar um carro novo com dólares americanos. Ele desejou que ela não comprasse. Ela abriu a porta e entrou. O ar-condicionado era muito legal, mas foi só isso.

— Acham que somos baratas — murmurou ela ao saírem de volta à rua. — Fodam-se — disse ela, e voltou a abraçar os ombros do menino.

— Sim, Dial — falou o menino. — Fodam-se.
— Logo poderiam ir a um hotel e ela leria para ele. Havia um na rua principal. Tinha ar-condicionado e televisão em cores, ele tinha certeza.

Em vez disso, foram a uma lavanderia. Havia uma hippie tirando roupas sujas de um saco de lixo. Eles olharam para ela.

Então, encontraram uma galeria onde o cheiro podre e adocicado de açúcar de Nambour foi superado por essência de patchuli e bananas podres.

— Estamos procurando hippies, Dial?

Ela não respondeu.

— Será que vendem livros aqui?

Mas era uma loja de comida natural. Acima dos feijões secos, junto a uma pilha de latas de melado, havia um quadro com anúncios de massagistas, aulas de meditação e danças para a lua. Também havia quatro fotografias coloridas de duas cabanas compridas com belos telhados. Ela olhou para as imagens.

— O que é isso, Dial?

Ela leu em silêncio, franzindo as sobrancelhas e o nariz.

— Quem mora aí?

— Este lugar está à venda.

— Vamos ficar em um hotel.

— Shhh. Ouça. Tem cerca de 5,5 hectares e fica no limiar de uma floresta — disse ela. — Há uma nascente-d'água. Tem quinhentas árvores frutíferas e uma horta. Veja, tem mamão, como aquele que Trevor comprou para você.

— Podemos ficar em um hotel, por favor?

— E uma plantação de café — disse ela — e laranjeiras, limoeiros e três tipos de bananas, inclusive banana-maçã.

— O que é banana-maçã?

Ela não sabia mas não queria admitir.

— É na floresta, não é?

Ela pousou o braço sobre o ombro do menino e voltou a acariciá-lo.

— Você sabe o que são formigas buldogue? — perguntou o menino.

Dial estava surda como um cão ao sentir um cheiro bom.

— Há muita informação aqui — disse ela. — Tudo menos um número de telefone.

— Não há telefone — falou a mulher por trás do balcão. Ela tinha um rosto bonito, como a menina do cartaz dos Beach Boys que Cameron pendurara em sua parede. *Good Vibrations* era a canção mais importante dos últimos dez anos. Ele sabia disso.

— São americanos? — Ela tinha cabelos longos, olhos azul-claros e pele bronzeada e brilhante.

— Somos de Buenos Aires — disse Dial. — América do Sul.

— É mesmo? — A jovem franziu as sobrancelhas. — Então, estão gostando da Costa do Sol?

— Estamos interessados neste lugar, em Yandina.

"Não", pensou o menino, "por favor".

— *Yandína*.

— Estamos interessados.

— Não tem água corrente. — A jovem balançou a cabeça e sorriu. Ela não simpatizou com eles, e o menino gostou daquilo. — Não tem eletricidade — disse ela, meio cantarolando. — Não tem tevê.

— Onde fica esta propriedade? — perguntou Dial.

— Esta propriedade — começou a jovem imitando o modo como Dial falara — fica ao largo da estrada de Remus Creek.

— Vamos, Dial — chamou o menino —, quero ir embora.

Mas Dial cruzou os braços.

— Onde fica exatamente?

A jovem deu de ombros. Ela pegou uma maçã manchada de uma vasilha plástica e esfregou-a na barriga.

— Vá até o correio de Yandina — disse afinal. — Pergunte por lá.

Ela pousou delicadamente a maçã à sua frente e escolheu outra da mesma vasilha plástica.

— Isso no seu bolso é um gato?

— Exatamente.

A jovem inclinou a cabeça para o lado e pareceu admirar as maçãs. Então, pegou uma faca e começou a cortar a primeira.

— Duvido que aceitem gatos por lá.

O menino gostou de ouvir aquilo.

— O que alguém teria contra um gatinho? — perguntou Dial, tirando o gato adormecido do bolso e beijando-o no focinho.

— Bem, há o que eles chamam de pássaros *australianos*. E os gatos matam os pássaros. — A menina ergueu a cabeça, sem sorrir. — As pessoas não gostam disso.

— Bem — disse Dial, acariciando a cabeça de Buck —, ele é um gato australiano, portanto acho que também mora aqui.

A jovem continuou a cortar a maçã e eles finalmente saíram da loja.

119

— Vamos encontrar outra casa — consolou-a o menino. — Ainda melhor.

— Eles odeiam americanos — disse Dial.

— Eles gostariam de você se soubessem quem você é.

— Não queremos que saibam, não é mesmo?

— Estamos na clandestinidade, Dial?

— Gosta disso?

— Cameron disse que você viria e me levaria para a clandestinidade. Então eu meio que sabia. Vamos encontrar uma casa comum — falou ele, pensando que devia ser em uma rua comum onde seu pai poderia encontrá-los. Certamente precisariam de um telefone.

Caminhavam em meio ao calor nevoento em direção ao hotel. O ar estava inebriante, açucarado, e logo estavam na estrada onde caminhões e vans passavam, furiosos, barulhentos e desagradáveis. Então veio um Peugeot soltando grossas nuvens de fumaça, um Peugeot 203. Era o único modelo de carro que ele conhecia, mas ficou muito aborrecido quando viu Dial erguer o polegar.

— E quanto ao hotel?

— Shhh.

— Por quê, Dial, por quê? — disse ele, ainda correndo atrás dela na direção oposta à que desejava ir.

Mas ela já havia chegado ao carro.

O motorista do Peugeot era um hippie, rosto e dentes compridos, barba irregular. Tinha ombros estreitos e magros e braços cabeludos e finos, como os de Cameron.

Ao entrarem no banco da frente, ouviu-se um ruído como o balanço de uma lona: um galo com asas com quase 2 metros de envergadura tentava levantar voo no banco de trás.

— Meu Deus! — exclamou Dial.

— Meu galo! — O motorista deu um tapa sobre o ombro, mesmo dirigindo, enquanto o menino se abaixava em meio à poeira e jornais amarrotados, pegando o rabo do gatinho que fugia para debaixo do banco. Ele se arranhou no braço ao fazê-lo, mas ao ressurgir entre as pernas da mãe tinha pego Buck pela nuca.

— Adam — apresentou-se o motorista, olhando atentamente para ele.

— Dial — disse a mãe.

O menino estava furioso por causa do hotel e não disse nada.

— E para onde vão? — O motorista tinha uma barba preta falhada e sobrancelhas pesadas que se erguiam enquanto ele olhava para o menino.

— Precisamos ir à estrada de Remus Creek — respondeu Dial.

O menino resmungou.

— Shhh — falou Dial. — Precisamos fazer isso primeiro.

Adam estava sentado muito perto do volante, sobre o qual apoiava o peito, e esticava o nariz descascado em direção ao vidro.

— O que é aquilo? — Ele apontou, voltando o rosto em direção a um grande posto de gasolina com palmeiras à venda. Ele era um idiota consumado, mas olhou diretamente para o menino, que não soube como responder.

— Refere-se às árvores?

— É Ampol?

O menino não entendia o modo como falavam os australianos, palavras como carne moída em suas bocas. Ele não gostava deles, em geral.

— A marca — exclamou o hippie —, a maldita marca.

— Esso — disse Dial.

— Certo — falou o hippie. — Claro. Estamos bem agora — afirmou ele, mas obviamente não enxergava. — Digam-me quando virem o parque de trailers. A quem vão visitar em Remus Creek?

— Vimos um lugar à venda.

— Ah — disse Adam, sorrindo para ambos. Ele deveria ficar atento à estrada. — Catorze acres. Quinhentas árvores frutíferas.

— Esse mesmo.

— O que é isso?

— É um gatinho.

— Ali é o parque de trailers?

— Não consegue ver? — perguntou o menino. Não se importou em não ser gentil.

O motorista parou no meio da estrada, do outro lado de um pátio de tratores. Um semirreboque os ultrapassou por dentro, tocando a buzina, a carreta serpenteando e erguendo nuvens de poeira.

— Mais um pouco — disse Dial.

Então, entraram abruptamente em meio à poeira. Ninguém morreu, o galo se alvoroçou, o cano de descarga chacoalhou, eles sacolejaram em meio a uma trilha esburacada e o carro se encheu de penas e de poeira.

O menino não iria aonde aquele hippie estava indo.

— Acho que temos um problema com o gato — falou.

Dial cutucou-o com força. Doeu.

Adam olhou para a esquerda e para a direita.

— Como pode haver um problema com um gato?

— Foi o que disse a garota na loja de comida natural.

Adam emitiu um som de peido.

— Comida natural. Ah, cara. *Cara!* Comerciantes de melado. Pesticidas. Inseticidas. Estão acrescentando genes de malditas águas-vivas na cana de açúcar. Isso é comida natural.

— Foi onde vimos o anúncio do lugar que está à venda.

— Ah, sim — disse Adam —, já estão chegando. Já estão chegando. — Ele continuou, descendo uma colina íngreme e esburacada até chegar a um regato estreito. — Não precisam se preocupar com nada.

Estavam em uma estrada mais macia, quase arenosa. O caminho era plano, serpenteando em meio a árvores com troncos brancos como ossos.

— Conhece o lugar? — perguntou Dial. — Pode nos deixar lá perto?

— Perto — falou Adam, jogando o carro violentamente para a esquerda, derrapando de traseira em um íngreme acesso de veículos de terra batida. — Quinhentas árvores frutíferas — disse ele, pisando no freio. — Pode soltar o gatinho. Aqui é campo aberto. Cem por cento orgânico.

18

Era horrível. Eles jamais poderiam morar ali. Ao entrarem na maior das duas cabanas e verem as pequenas moscas pretas andando sobre cadeiras e mesas, as bolas de pelos cinza entre as largas rachaduras das tábuas do chão, ele notou a expressão de surpresa de Dial ao olhar para os papéis de parede de um amarelo pálido. Ela jamais compraria aquele lugar.

Estaria melhor na prisão. Francamente. Não podia ser pior do que ficar num abrigo cheio de goteiras. Havia uma pia de cozinha encardida na parede dos fundos e a bancada estava abarrotada de potes, panelas e latas de tinta. Ali, à luz mortiça de um basculante, o pequeno Adam finalmente encontrou uma chaleira e então girou o registro de uma estranha torneira de bronze. Escorreu um fio-d'água, e nada mais.

— Ah — disse ele —, não tem água.

"Melhor ainda", pensou o menino.

Adam tinha cerca de 1,65m e a mãe, 1,78m. Ela vinha olhando-o de cima educadamente, mas agora que não tinha água, ela fechou os olhos lentamente. Ela baixou o gatinho no chão e saiu para um deque estreito onde se sentou de pernas cruzadas, pálpebras baixas.

Seu pai jamais o encontraria ali.

Já Buck estava em outra. Ele não sabia o que tentava comer primeiro. Perseguiu uma borboleta prateada através de uma mesa baixa de madeira e então pulou em um mar de almofadas bordadas com espelhinhos, que atacou durante algum tempo.

Adam foi até a fachada, xícaras chacoalhando no caminho. Ele enfiou o nariz descascado entre os objetos da bancada de trabalho — um emaranhado de tubos de plástico para irrigação, uma motosserra, um pedaço de calha e muitas outras ferramentas: um martelo, algumas chaves de fenda, um facão, diversos sacos de papel marrom que acabaram revelando um conteúdo de parafusos de telhado.

— Ah! — Ele ergueu um binóculo de ópera.

O avô do menino também tinha um binóculo de ópera. Sua avó ficou muito triste quando ele o levou para seu Ninho de Amor.

Adam exibiu os dentes compridos.

— Vamos — disse ele, então ergueu as sobrancelhas. — Tour.

Dial não voltou do deque, de modo que o menino teve de ser educado. Ele seguiu Adam até o lado de fora. Perguntou:

— Tem muitas formigas que mordem?

— Está vendo aquela cambará, acima das laranjeiras?
— Adam agachou-se na lama e apontou colina acima. — É bom ficar longe dali.

O menino queria ficar longe de tudo aquilo.

— Sempre olhe dentro dos sapatos antes de calçá-los — falou Adam.

Mas o hippie estava descalço. Parecia um mendigo louco, com pés grandes e dedos dos pés iguais aos das mãos. O menino seguiu seus passos sobre o chão quente e macio, ao redor da chamada horta, que na verdade parecia uma floresta, pés de maracujá selvagem trepados nas cercas de arame. No posto grande na esquina seguiram uma trilha estreita, a grama alta fazendo cócegas nos joelhos nus do menino, como se fossem coisas mordedoras, com olhos e pernas.

— De vez em quando soltávamos as cabras aqui — disse Adam. Era óbvio que o menino não entendia o que ele estava dizendo. Foi somente depois de eles terem cruzado o terreno assustadoramente penumbroso do bananal e descerem uma encosta íngreme que ele levou o binóculo aos olhos.

— Esta é a melhor parte do terreno — disse Adam afinal. O menino sentiu pena dele, por ser tão pobre a ponto de achar que aquele lugar era bom.

Adam agachou-se e apoiou o seu instrumento em uma tela anti-insetos amarrada à extremidade do cano em uma espécie de buraco enlameado.

— Cave — disse Adam —, o lençol freático baixou.

Ao ouvir "lençol freático", o menino imaginou algo impossível, mas agachou-se ao lado do magrelo desnutrido e ambos cavaram com as mãos, arrancando a lama densa e atirando-a no chão escuro do bananal até encontrarem água suja.

— Esta água é boa — declarou o homem, olhando para a gosma amarela.

Ele encontrou uma lata de tinta enferrujada e disse para o menino derramar a água amarela da lata dentro do cano enquanto ele deitava no chão e levava o ouvido à tubulação. Em dado momento ele se levantou, empurrou o cano dentro d'água e repôs a tela de anti-insetos.

— Pronto — disse ele. — Acha que pode fazer isso sozinho?

O menino sabia que nunca o faria.

— Acho que sim — respondeu ele.

— Bom rapaz — disse Adam.

De volta à cabana, Adam mostrou-lhe os tomateiros selvagens que se espalhavam como veios preciosos em meio à grama.

— Sempre há algo que comer — comentou Adam ao pegar os tomates, pequenos como os da Zabar's. — Você pode se esconder aqui para sempre — disse, olhando com seriedade para o menino.

Ao seu redor havia o que chamavam de mariposas de repolho, suas asas absorvendo os últimos raios de sol do dia e, acima das mariposas, as bananas, suas folhas maduras movendo-se como dedos. Abaixo da floresta verde-escura havia cipós grossos como braços ao redor das árvores que tinham cascas semelhantes à pele de elefantes. Além da cabana, atrás do carro, a escuridão solitária sangrava ao longo do regato, correndo em direção às colinas vaporosas.

Quando voltaram para a cabana, era hora de acender os lampiões e ali, sob a luz amarela do querosene, o homem encheu uma chaleira com água suja e começou a arrancar os talos dos tomates. O menino imaginou que Dial ainda estivesse lá fora no deque e sentiu-se um tanto deprimido, com pena de Adam, preso a um lugar que ninguém queria. Ele ficou ali para fazer companhia e observou os tomates virarem molho, dissolvendo-se em círculos de si mesmos.

O gatinho estava dormindo, enrodilhado sobre as almofadas como uma lagarta morta. Um morcego entrou pela porta da frente, deu uma volta e desapareceu. O menino perguntou-se quando poderiam ir embora dali.

19

Ela se deitou no alagadiço, entre pesadelos e o pegajoso dia desconhecido. Uma pega-rabuda crocitou. Em novembro, como lhe dissera o desagradável Rabbitoh, as pegas mordem a sua cabeça e o sangue escorre por seu rosto. Para que país a tinham mandado!

— Dial — disse o menino.

Ela estava dormindo em um ninho de travesseiros e cobertores mofados sob um telhado de madeira com preocupantes manchas de infiltração. Ela não queria despertar e lidar com o que havia feito. Já estava quente demais.

— Dial.

Sua pele coçava, seus cabelos ainda estavam sujos. Ela dormira com a cabeça imprensada no canto escuro e estreito onde o telhado se encontrava com o chão do sótão.

— Dial!

Ele exigia muito e com muita frequência. Ela afundou o rosto entre as mãos, brincando de esconde-esconde, mas também se protegendo do hálito do menino. Tinha de comprar para ele uma maldita escova de dente.

— Quando podemos ir embora?

Dial abriu os braços e o menino escondeu o rosto na cálida cavidade junto ao seu pescoço. Seja lá o que tenha acontecido com ele, dava para ver que ele fora amado. Não importando a vaca que era a avó, ela lhe fazia carinho e o beijava. Ele contara para Dial os nomes dos pudins que a avó preparava: rainha, puxa-puxa, abacaxi. Inacreditavelmente vitoriano.

— Quando podemos ir embora? — disse ele então, mas Dial não conseguia lidar com aquilo. Ela podia sentir a sua imensa fragilidade, mas o que podia fazer? Aquele lugar podia ser a sua última esperança. Ficava no meio do interior australiano, de acordo com a sua concepção, sem telefone ou correio. Estavam fora do radar. De que outro modo poderia usar o dinheiro para a sua segurança?

— Não importa o que aconteça, Dial, podemos ir embora?

Ela olhou para o seu rosto, pequeno e determinado, e percebeu o franzir de sua testa, a inteligência investigativa daqueles olhos cinzentos.

— Ele está *preocupado* — disse ela, imitando Adam, nem tanto para mudar de assunto, mas para começar a orientar o menino para o assunto que realmente devia ser discutido. Não iam começar a divagar. — Ele precisa *confabular* com alguém — disse ela, e revirou os olhos.

— Podemos ficar em um hotel? Podemos?

— O idiota está *preocupado* que os policiais o prendam por ter dólares americanos.

Finalmente, ela viu que ele entendeu. O corpo do menino ficou tenso.

— Você está tentando *comprar* isso aqui!

— Querido, você disse que queria parar de ir a lugares.

Ele se afastou dela. Dial não o viu sair, mas ouviu-o descendo a escada, quase caindo e aterrissando pesadamente. Quando ela se levantou dos cobertores, as moscas também se levantaram e ela sentiu uma delas andar sobre seu braço. Deu um tapa em si mesma.

— Che? Estou tentando cuidar de você.

Ela vestiu uma calcinha de modo a poder descer a escada decentemente. Os degraus eram finos e feriam os seus pés.

— Tudo o que tenho são dólares americanos. Não tenho muita escolha.

O menino não respondeu.

Ela disse:

É inútil para eles, imagina uma coisa dessas? Estamos ricos, mas nosso dinheiro não vale nada.

Ela pegou a mão do menino. Ele a rejeitou.

— Ora vamos —, falou ela. Dial realmente implorava para que ele compreendesse o que acontecera com a vida dela. — Vamos, mostre-me tudo o que encontrou hoje.

Ele manteve a mão recolhida, mas a guiou através da grama alta e molhada e teve um prazer obviamente maldoso ao lhe mostrar o chamado banheiro, uma lata enferrujada de 15 litros dentro de uma caixa quadrada de madeira.

— Ora vamos — exclamou ela. O lugar em si é bonito. Vamos ver a outra cabana.

E seria bonito em fotografias, os verdes variados, as cabanas revestidas de madeira com suas varandas baixas e empenadas pareciam bonitas. Dentro da segunda cabana, encontraram camisas e calças penduradas em pregos de 10 centímetros. Uma cama com mosquiteiro estava voltada para duas janelas. Entre as janelas havia uma porta que se abria para uma varanda baixa e escura, onde os morcegos se dependuravam como trapos rasgados.

— É uma floresta de verdade — disse ela. Parecia-lhe venenosa. — Há outra cabana ali embaixo — disse ela. — Vamo ver?

— Você falou "vamo" — disse ele.

— Não, não falei.

Ela riu, mas odiava que as pessoas fizessem aquilo, apontassem os momentos em que Boston vinha à tona. O menino fizera aquilo com ela na alfândega australiana, o pequeno WASP, anunciando que ela não pronunciara a palavra "meu" direito. Bem, ele teria outros assuntos estrangeiros com os quais lidar.

Aquela seria a sua casa, não os acres do terreno e nem as duas cabanas, mas aquela pequena terceira cabana na escuridão da floresta, mais assustadora do que as outras, com nada dentro, exceto um frasco vazio de picles.

Lá fora, no alpendre, alguém entalhara um rosto em um bloco de pedra. Não era exatamente sinistro, mas sugeria superstição, bruxaria e uma vida muito solitária reduzida a um canto oculto do planeta.

— O que quer dizer *confabular*? — O menino escondeu o rosto atrás da pedra.

— Ele é um babaca.

— Você sabe que não deve falar palavrão.

O menino estava furioso. Ela também, mas ela era adulta e não podia demonstrar.

— Qual o problema, querido?

— Você não devia falar palavrão.

"Cala a boca", pensou Dial.

Saíram da floresta, emergindo bem embaixo da varanda de uma grande cabana em ruínas, ao lado de um arbusto com folhas brilhantes e frutinhas vermelhas que, segundo ela, eram café. Ela nem mesmo tinha certeza se eram mesmo.

— Vá — disse ela —, descasque uma. Você vai ver.

Dentro da casca vermelha havia uma semente branca úmida, gosmenta e, de algum modo, errada. O menino descascava uma segunda quando ela ouviu um motor e viu fumaça azul de óleo queimado. Então viu o carro. Quando o motor foi desligado, continuou a chacoalhar e tossir. Ela esperava Adam, não Trevor. Agora, ambos caminhavam em sua direção, Trevor olhando para o menino com uma intensidade que Dial não gostou.

— Olá, menino — falou ele, sem camisa, sem quadris, oleoso sob o sol.

— Olá, Trevor.

Ela viu como o menino ergueu o queixo, permitindo ser silenciosamente interrogado.

— Legal vê-lo aqui — disse ela.

Trevor mastigou o sorriso no canto da boca.

— Bem, *alguém* tem de trocar o seu dinheiro.

"Claro", pensou Dial.

O menino também compreendeu. Seu uivo veio do nada, como um bicho provocado dentro de uma gaiola. Enlouquecido, ele avançou contra Trevor e socou com força a sua barriga sem pelos e o vão de suas pernas.

— Che! — gritou Dial, mas Trevor o ergueu e o afastou enquanto ele ainda socava e arranhava o ar.

Quando parou, Trevor devolveu-o ao chão e o menino olhou para Dial com ódio, esperando que ela fizesse algo. Quando compreendeu que ela não faria nada, agarrou o pé de café e arrancou um punhado de folhas antes de correr em meio à grama alta e orvalhada, pulando assustado por causa de algo que viu no caminho, continuando através de um denso emaranhado de cambarás que sem dúvida arranhariam a sua pele.

— Desculpe — disse ela para Trevor, mas agora ela estava assustada com tudo o que havia feito. — Melhor eu ir falar com ele.

— Não — Trevor se opôs —, ele ficará bem. Você tem de falar comigo.

E ela obedeceu. Dial andou com eles pelo caminho dos traidores, pensando no menino, sabendo exatamente onde ele estava, o que sentia dentro do abrigo com o frasco de picles, enrodilhado no chão imundo, acalmando-se e ficando pouco a pouco mais envergonhado.

20

Ela realmente compraria aquelas selvas de videiras e cambarás, palmeiras, caos e café? Ela bem poderia ter comprado um elefante — mas você não pode se esconder dentro de um elefante e certamente os dois podiam se esconder ali. Aquela era a única virtude do lugar, acomodá-los em uma trilha de terra no cu do mundo.

O menino não gostava dali, mas ele não podia decidir o seu destino. Era ela a adulta. Dial entrou com os dois homens na cabana, completamente incerta sobre tudo, se devia comprar ou ir embora, se os dois estavam ali para roubá-la ou para ajudá-la. Certamente ela podia vencê-los se fosse preciso — um sujeito não enxergava e outro não sabia ler.

Ela se sentou de pernas cruzadas e observou um passarinho amarelo através de um basculante da cabana. Era incompreensivelmente.

Adam "localizou" o chá, "organizou" a chaleira e Trevor esfregou seiva de mamão ao longo do corte que a unha do pé do menino fizera no seu peito careca em forma de barril. Ele era uma toupeira, um pit-bull, uma lontra, uma foca, simplesmente não era o tipo dela, embora ele ainda não tivesse compreendido aquilo. Todos se sentaram nas almofadas e Adam serviu o chá, sorrindo de algo que só ele sabia. Ele era cadavérico como um asceta hindu, tão diferente de qualquer tipo de vida que ela conhecesse quanto o beija-flor amarelo do lado de fora da janela.

— Então! — falou ela, tentando parecer decidida.

— Então? — repetiu Trevor. Estaria debochando dela?

— Então, estamos aqui para falar de negócios, creio eu. — Ela era uma criança brincando com dinheiro, não o dinheiro dela, mas milhares, quase incontáveis.

— Então, você quer viver *na sociedade alternativa* — declarou Trevor.

Ele *estava* debochando dela, mas Dial era mais forte do que ele. Outra coisa que ele não era capaz de entender.

— Então, Dial, você sabe que há *pobremas*.

Ele falava errado. Ela era formada em Harvard. Ele não sabia falar e nem escrever. Ela ergueu uma sobrancelha.

— Se você paga Adam com moeda estrangeira, o que ele pode fazer com isso?

— Você bem gosta da minha moeda estrangeira. Ultimamente eu o vejo em toda parte.

Trevor bufou, como se estivesse ofendido. Mas evidentemente era um criminoso, membro de uma daquelas classes evasivas que o irmão menor de Dial achava tão admiráveis.

— Tudo bem — disse ele —, agora ouça bem.

— Estou ouvindo.

— Não, você está nervosa e sarcástica. Você não sabe quem eu sou. Acha que sou um vagabundo. Você não compreende do que abri mão para vir até aqui.

— Do que abriu mão?

— Aí está — respondeu ele —, é a isso que me refiro. Eu estava construindo um novo portão.

Bem, ela estava a ponto de conseguir um emprego no Vassar.

— Um portão — respondeu ela, debochada.

— Uma paliçada — disse Adam. — Uma maldita paliçada.

Havia algo de sobrenatural em suas vozes, pensou Dial. Soavam como elfos.

— Eu tinha seis homens fortes dispostos a trabalhar para mim — disse Trevor — e agora eles foram embora. "Obrigado, Trevor", disse ele. "Foi legal de sua parte, Trevor."

No meio-tempo, as moscas desagradáveis andaram pela mesa. Ela cobriu a pele com o vestido e pôde sentir o peso do dinheiro que lhe restava, tudo que havia entre ela e Sing Sing. Ela não podia perguntar se já a tinha roubado.

— Sabe quanto vale 1 dólar americano? — perguntou Trevor. — A Austrália tem o seu próprio dólar, Dial. Você está na Austrália agora. Um dólar australiano vale mais do que um dólar americano.

"Oh, meu Deus", pensou ela. "Isso está parecendo a loja de comida natural. Eles nos odeiam. Nem sabemos que eles existem e eles aqui, nos odiando. O que fizemos para essa gente?"

— Aposto que isso lhe parece *incorreto* — disse ele.
— Você sabe que cada país tem um código telefônico. Sabe qual é o dos EUA?

Era 1, é claro. Ela entendeu e disse:

— Por que não vamos direto ao assunto? Você está dizendo que terei de pagar para Adam mais do que o combinado. É isso?

— É número 1 — disse ele. — Deus salve a América.

— Você está subindo o preço.

— Não.

— Fale logo. Na minha cara.

Mas Trevor evitou o confronto. Em vez disso, pegou um pacote de tabaco Drum e ocupou-se fazendo um cigarro. Parecia magoado e ofendido. E por que não deveria estar se ele era o que dizia ser? Mas, se ele a estava enganando, agiria da mesma forma.

— Eu não a entendo, garota. Por que quer me aborrecer?

Ele a encarou. Muito invasivo. Ela não aguentaria muito tempo.

— Quem mais irá ajudá-la?

Ela desviou o olhar, como se estivesse impaciente, mas na verdade estava com medo de estar errada.

— Talvez você não deva comprar a propriedade de Adam — disse ele. — Você não me parece uma fazendeira.

Bem, não era o dinheiro dela. Era tudo o que ela tinha.

— Só me diga o preço — falou ela. — Apenas isso.

— Seis mil dólares australianos são seis mil e seiscentos dólares americanos — disse Trevor. Ele pronunciou *dolas*.

— Dez por cento disso são seiscentos e sessenta e seis.

E ele continuou, mas ela não entendia os números. Ela era formada em Harvard, mas não conseguia fazer contas. No meio tempo, o autodidata lançava números no ar.

— Tudo bem — pensou Dial —, vou fazer isso.

Ela tirou o arame e abriu a bainha. Ela contou o dinheiro, mostrando toda a extensão de sua bela perna e jogando as notas como se fossem biscoitos sobre a mesa imunda.

O menino a odiaria. Profundamente!

Trevor riu. O dente quebrado, a orelha danificada.

— Com licença — disse ela.

Ela era uma idiota, uma completa idiota. Dial sentiu o rosto molhado antes de se dar conta de que estava chorando. Trevor chamou por ela, mas ela saiu da cabana, andando rapidamente. Assim que pisou na terra, as lágrimas verteram de seus olhos em uma inundação. Então ela correu até o bananal, desceu a colina até a nascente e foi até a floresta, onde se escondeu no abrigo.

O menino estava de pé. Parecia uma foto de Diane Arbus. Dentes trincados. Estendendo o braço para mostrar as mordidas de inseto. Pelo chão havia pedaços de papel, nenhum deles cortado reto, alguns brancos, alguns dobrados várias vezes, e também pequenas pedras, sementes e um baralho que desaparecera de sua mochila.

— Mamãe.

A força obscura do mal-entendido provocou-lhe um nó na barriga. Ela sentiu o corpo dele contra o seu, tão familiar, tão estrangeiro. Ao erguê-lo, ela olhou para o seu ninho. Havia uma fotografia de Dave Rubbo, o que fez o coração dela subir à garganta, e um pacote aberto de sementes de marias-sem-vergonha, o que de algum modo era ainda pior.

— Vamos nos acostumar — disse ele.

— Você é um menino corajoso — disse Dial. O menino se agachou e recolheu as suas coisas. Ao fazê-lo, derrubou o frasco de picles, que rolou pelo chão e caiu na floresta com um ruído abafado.

— O chão é torto — falou ela, voz grossa e nasalada.

— Vou ter a minha surpresa?

— Surpresa? — Ela riu, meio debochada, desesperada.

— Quando fomos para a Filadélfia, você sabe.

— Que aperto você passou, pobre criança.

O menino percebeu a bainha de veludo rasgada amarrada ao redor da cintura de Dial.

— Como meu pai poderá nos encontrar agora? — perguntou ele.

Subitamente, era hora da verdade.

— Seu pai não quer nos encontrar, querido. Você sabe disso.

Assim que disse aquilo sentiu as palavras se acomodarem em suas entranhas como uma rocha cinzenta de rio, com pequenos insetos rastejando embaixo dela.

— Não — disse o menino, voltando a se recompor. — Ele nos quer. Ele me quer. — Dial notou os tendões do pescoço dele, a tensão de sua pequena mandíbula.

— Você se lembra, querido. Em Seattle.

— Não — gritou ele.

Ela pensou: "Não posso fazer isso, não agora. Ele é muito frágil."

— Shhh — disse ela.

Apenas ouvira o gato. Era um fio de esperança. Dial se agarrou a ele.

— Shhh. Ouça.

Ela o fez acompanhá-la, relutante, até estarem à porta como dois cães esperando que acendessem a lareira.

21

Não havia gatinho ali. O chão se estendia abaixo deles e lá, nas sombras que mosqueavam o chão da floresta, havia um pássaro gordo, cauda curta e larga com penas verde-esmeraldas às costas, turquesa nos ombros, traseira vermelha, um belo azul sob as asas. Toda aquela beleza súbita o entristeceu. Ele queria que o pássaro estivesse morto.

— Eu falei com o meu pai em Seattle? — perguntou.
Ela deu de ombros, exausta.

— Não falei — disse ele. — Nunca vi meu pai. Ele não vai vir até aqui?

Em meio a tudo aquilo, o pássaro era parte de algum sonho idiota. Ele pegou uma concha de lesma e a atirou contra uma pedra. Por um instante, um raio do sol iluminou o lugar. Um minuto depois foi embora, engolido pelos cambarás selvagens.

— Onde está meu pai?

— No jardim, com a mangueira.

— Aquele era meu pai? Não.

Ao saírem da floresta, o menino não sabia o que sentia. Viu Adam chegar a pé. Era um fracassado. Tinha um bolo de dinheiro, muito verde para valer algo.

— Aquele era meu pai? Com a mangueira?

A mãe não respondeu. O menino viu como ela olhou em torno, como se tivesse acabado de despertar. Dial esfregou o nariz suado com as costas da mão, olhando para a colina atrás das cabanas escuras onde o sol iluminava as árvores selvagens. Troncos lisos despontavam das sombras, brancos cerosos, ao mesmo tempo verdes brilhantes, e era absolutamente claro, mesmo para um menino, que a mãe não podia cuidar dele. Ela não fazia ideia de onde estava ou o que assumira.

22

Sua melhor lembrança de Seattle era a de um sundae. Eles haviam acabado de chegar de Oakland. Pegaram um táxi. Sentaram-se junto ao balcão e ouviram uma música do Jefferson Airplane, calda de chocolate acumulando-se em uma poça sobre o sorvete.

— Está feliz, querido? — perguntou Dial.

Ele não sabia que seu pai lhe seria roubado. Por isso estava muito feliz. Havia cartazes na parede. Ele disse:

— São muito legais.

Ela riu e pousou a mão nas costas dele.

Depois do sundae, Dial sentia-se exausta. Então caminharam de mãos dadas pela avenida até um cabeleireiro unissex. Ela disse para o cabeleireiro que estava certa do que queria. Ele disse:

— Tudo bem.

Era Joel, um hippie sem camisa, cabelos longos encaracolados e um grande nariz judeu.

A mãe lhe disse como deveria ser o corte.

— Ah, não — falou ele —, não me obrigue a fazer isso, Dial. — Ele tinha um sotaque nova-iorquino e o menino gostou dele sem saber por quê.

— Estou certa disso — disse Dial. E piscou para o menino.

Ele sentiu os cabelos serem erguidos com a extremidade de uma escova e voltarem a cair sobre o seu pescoço.

— Não me faça cortá-lo, garota.

— Deixe de babaquice, cara. Você sabe o que está acontecendo. Você sabe quem ele é?

— Oi, Che.

— Oi.

— Você tem um cabelo ótimo, Che. Muito bonito. Tem certeza de que quer que eu o corte?

O menino queria tanto que nem conseguia falar.

— O que *você* acha, cara? — perguntou a mãe.

Joel acariciou o rosto do menino e o sentou em um boxe.

Quando a tesoura se aproximou de seu ouvido, o menino esperou, apertando os olhos.

— Tudo bem — disse o cabeleireiro. — Você não se importa, garoto? As coisas não estão fáceis para você.

— Estou legal.

O menino abriu os olhos e viu a mãe sair na avenida e fechar a porta de vidro à sua passagem. Ele estava agitado com quase tudo o que acontecera com ele: o hotel, o avião, o sundae, mas particularmente com aquele forte e alto zumbido contra seu pescoço. Ele estava sendo libertado, como dissera Cameron. "Eles vão libertá-lo, cara.

Sua vida vai começar de verdade." Dial era tão legal. Os homens viravam a cabeça ao passar por ela. Agora mesmo, havia um andando de costas, sorrindo. Dial enrolou um cigarro — dedos longos, uma rápida e rosada lambida. Quando ela terminou de fumar, toda a infância dele estava espalhada pelo chão.

O cabeleireiro rodou a cadeira e o menino viu que se tornara um garoto pobre de Jeffersonville. Ele era uma cigarra no subsolo.

Dial voltou para ver. Ela tocou no rosto dele e lhe deu uma piscadela.

— Pinte — falou ela.

— Mas ele é criança, Dial.

— Preto.

O cabeleireiro ergueu uma sobrancelha e parecia querer sugerir um tom diferente, mas pouco depois voltou com algo misturado em uma vasilha.

— Não é orgânico.

O menino sentiu o frio produto químico no couro cabeludo e não teve medo de nada. Aquele era o seu destino, como lhe disseram que seria. Ele estava na tevê agora. Ele ficaria com o pai, com a mãe, no lugar ao qual pertencia. Um dia desses você vai despertar cantando.

Enquanto esperava a tintura pegar, ele folheou uma revista em quadrinhos, páginas finas e ásperas, tocadas por muitas mãos. Na Batcaverna, Bruce Wayne mostrava todos os diferentes uniformes de Batman, incluindo um, todo branco, para que ficasse invisível na neve. Era a primeira revista em quadrinhos que ele via, uma animação profunda que fez os seus olhos se estreitarem. Quando terminou, viu que se tornara uma pessoa *completamente* nova, cabelos pretos, dois anos mais velho. O cabeleireiro fechou a loja e os levou de carro até o aparelho, que se revelou uma casa cuja varanda estava repleta de tapetes velhos e caixas de livros que receberam chuva e derreteram como chocolate no calor. Aquilo também o animou — os livros — como se nada que importava antes importasse agora. Era uma rua com casas de vigas de madeira colorida, crianças jogando beisebol e mexicanos trabalhando em seus carros.

Se o seu pai estava ali, deveriam ter dito para ele.

Ele e Dial atravessaram um corredor vazio que ninguém jamais havia varrido e entraram em um quarto grande e alto do qual toda vida normal fora removida. Ninguém sorria, nem o homem barbudo, nem a mulher mal lavada. O menino tinha bons olhos, olhos *excelentes*, que foram postos à prova no Guggenheim. Ninguém lhe dissera nada, mas ele adivinhou que aquilo era *clandestino*. Ele procurou seu belo pai, seu líder, mantendo-se perto de Dial enquanto andava pela sala, através dos ecos e das opiniões, afiadas como pedras e tijolos quebrados. Quando alguém olhava, ele sorria, imaginando que o pai sorriria de volta caso estivesse ali, mas ninguém sorriu, o que seria estranho mesmo na rua principal de Jeffersonville, Nova York.

Ao que parecia, toda a casa estava agitada e furiosa com ele. Estavam estressados por ele estar na tevê. Estressados por Dial estar na tevê. Eles não deviam ter ido até ali porque era um lugar secreto. Eles não mediam as suas palavras, como dizia a avó. Falavam o que lhes vinha à cabeça.

Enquanto agarrava a saia da mãe, eles começaram a atacá-la. Dial estava atraindo atenção. Por que contava piadas? Os vietnamitas haviam ganhado a guerra? Os policiais haviam deixado os guetos?

Aquilo era o oposto do que lhe dissera Cameron. Atrás de um sofá fedorento ele descobriu um saco de dormir verde e entrou ali, enfiando-se debaixo do sofá o máximo que podia. Gostaria de poder ir ao banheiro. Eles a censuravam sem parar. Ela era uma aventureira pequeno-burguesa. E agora trazia aquele maldito fedelho até lá. Sem mais nem menos. Será que ela achava que a revolução era um trabalho de meio expediente?

O menino precisava fazer cocô.

O que Dial faria com o menino agora? Planejava entregá-lo aos policiais?

Ele não podia fazer cocô. Estava muito quente dentro do saco.

Ele ouviu Dial chorar. Ela era um gigante entre aquela gente e eles ousavam fazê-la chorar.

Dial berrou com eles dizendo que eram uns cretinos sem coração. Talvez estivessem falando do menino. Ele tinha medo que o mandassem embora.

Um homem disse para os outros deixarem Dial em paz e foi aí que ele fez cocô. A coisa escorreu para fora dele e se acumulou em suas cuecas, quente e fedorenta. Então ele enfiou a cabeça dentro do saco e puxou os cordões para fechá-lo para que ninguém soubesse.

Dial disse:

— Não culpem o mensageiro.

O menino começou a chorar e ainda chorava quando o tiraram do saco e o levaram para o jardim da frente da casa onde um homem grande com cabelos no rosto e na cabeça tirou as roupas sujas dele e o fez ficar de frente para uma parede enquanto o molhava com uma mangueira. A água estava quente a princípio porque a mangueira estava no sol, mas então ficou fria e lhe provocava dor, e o sujeito só parou quando Dial veio correndo de dentro da casa, gritando.

— Vá se foder — disse ela.

Ele não se lembrava de nada do homem afora seus olhos cinza e umedecidos. Ele tocou na cabeça de Che. Ele estendeu a mão para Dial, mas ela lhe deu as costas e ensaboou o menino com delicadeza. O sujeito observou com braços cruzados, então bateu o pé, deu uma volta sobre o gramado e voltou mais uma vez para olhar.

Era verão: carros na rua, grama verde, caminhões de sorvete tocando "Greensleeves".

O sujeito segurava uma grande toalha azul, não para o menino, mas para Dial.

— Desculpe — disse ela para o sujeito. — Acho que estraguei tudo.

Dial enrolou o menino na toalha e então realmente chorou, soluçante, e o homem a tocou por trás.

— Não se preocupe, garota — disse ele.

Os olhos do homem eram gentis e estavam molhados. Seu próprio filho estava a uns 20 centímetros dele. Mais tarde, o menino achou que certamente devia haver um código que o pai era obrigado a seguir que pregava que não importando o quanto o seu coração estivesse partido, ele não podia falar com o filho, nem sequer tocá-lo, apenas viver a sua cabeluda vida secreta.

Em um jardim úmido no outro lado do planeta, seu filho estava perdido para ele, e ele para o filho. Nuvens de insetos eram iluminadas pelo sol poente. O menino tornara-se assistente de um hippie faminto. O menino estava sem fôlego. Estava opaco, desesperançado. Quando lhe pediram ajuda, ele cortou o caule de uma grande abóbora, mas apenas pela metade. Ele arrancou duas cebolas e pegou uma berinjela.

Seu pai teria se apresentado caso pudesse prever tanta infelicidade.

De volta à cabana, com suas entranhas como uma fossa chapinhante de penúria, o menino observou o hippie magrelo "localizar" as "batatas", untar uma frigideira encrostada e enchê-la com abóbora, batatas e cebolas picadas. Ele viu como o sujeito pendurou um lampião sob a plataforma de dormir, outro no meio do vão da porta que levava ao deque e um terceiro na parede, seu lugar habitual porque dava para ver a marca escura, fina e comprida que se erguia no papel de parede. O menino viveria pior do que morador de trailer. Não haveria interruptores de luz em sua vida.

Adam acendeu uma espiral repelente de mosquito e tiveram de se agrupar ao redor dela. Ele fora o proprietário, mas agora estava livre daquilo. Enrolou um baseado usando três sedas, e a fumaça da espiral era como incenso; segundo ele, parecia rançoso como cocô de vaca queimado.

Escureceu, o ar estava quente e denso e, após algum tempo, deu para sentir o cheiro dos vegetais fritando, e o menino pousou a cabeça no colo da mãe. Eram carinhosos um com o outro, mas ele tinha uma raiva secreta dentro de si, uma vibração no peito que não parava de crescer. Ela devia ter-lhe dito que aquele homem era o seu pai.

O menino ouviu um miado e lá estava Buck. Sua raiva aumentou. Na boca do gato havia uma criatura morta com quase a metade de seu tamanho.

— Meu Deus — disse Adam.

Buck deixou cair a coisa morta e abriu a boca úmida e rosada para o menino.

No chão um pássaro pita revelava um segredo de uma vida: o azul sob suas asas amarrotadas. O menino chorava. Seu pai estava furioso com ele. Tudo em sua vida estava esmagado e morto e, além disso, o fato de o pita estar em extinção, ou que os humanos só pudessem ver aquele azul durante o voo ou na morte — nada daquilo podia significar coisa alguma.

Ele chutou Buck, erguendo-o como uma bola de futebol que só foi cair diante da porta aberta.

23

— Você viu o gato — disse Dial para Adam. — Você fez carinho nele, cara. Você ficou com ele no colo, porra. Você não pode ficar com o meu dinheiro e depois dizer que gatos são contras as regras. Então, se é assim, devolva o dinheiro. O negócio está cancelado.

Adam estava todo curvado e retorcido, como um limpador de cachimbo, no peitoril da janela.

— Eu gosto de gatos — falou ele, olhando de lado para seu advogado, implorando para que este se adiantasse e salvasse a sua vida.

O nome do advogado era Phil Warriner. Era alto, ombros de surfista. Tinha uma ridícula gravata estampada, colarinho longo e alto, bastas costeletas, um bigode preto recurvado.

— Também gosto de gatos — disse Phil Warriner.

— Então devolva o dinheiro — argumentou Dial, quase embriagada de alívio. Ela não queria morar ali de qualquer modo. — Seu cliente sabia do gato desde o começo.

Então ela esperou a resposta do advogado, observando-o acariciar o bigode como um idiota. Ela não podia imaginar como aquele homem acabara naquele sórdido escritório com chão revestido de feltro. Todos aqueles anos na faculdade de Direito e, então, passar o resto da vida na maldita *Nambour* olhando pela janela para o porto de Woolworth.

— O problema não são os gatos — falou ele. — São os pássaros.

Dial voltou-se para Adam, que abraçava a si mesmo e se balançava na cadeira.

— Quando entramos no seu carro — insistiu Dial —, quando nos pegou, você tinha um galo, Adam. Nós tínhamos um gato.

O advogado pegou um bloco de papel ofício amarelo e traçou uma linha no meio.

— O problema, querida — disse Phil Warriner —, é saber se você pretende manter o seu compromisso com a Comunidade Cristal.

Ela deixou passar o *querida*.

— Não, não — falou ela —, não comece com isso. Não tenho obrigações com ninguém. Adam é quem tem uma obrigação. Ele não me disse a verdade.

Enquanto falava, o menino, que estivera de pé atrás dela todo o tempo, tirou Buck do cardigã e enfiou o rosto em seu pelo. Então agora está beijando o gato. Ótimo. Na noite passada ele o estava chutando.

O advogado enrolou um cigarro fino.

— Vamos transferir a parte de Adam para o seu nome — falou ele para Dial. — É para isso que estamos aqui.

— Mas não podem fazer isso — disse Dial. Ela ria para ele agora.

— Como? — Ele pilou as extremidades com um fósforo e acendeu o cigarro, prendendo a fumaça tempo demais.

— Há uma regra contra gatos.

— Não há regras — retrucou o advogado. — Eles são hippies, pelo amor de Deus.

— Já estive em comunidades antes, Sr. Warriner. São cheias de malditas regras, acredite.

— Phil — disse o advogado.

— Nós somos hippies *australianos* — alegou Adam. — Aqui é diferente.

Dial resmungou. O menino empurrava o gato contra o pescoço dela. O gatinho deu-lhe uma lambida.

— Pare com isso! — gritou.

— Você compra a minha parte, Dial. Você fica com a sua terra, a sua casa. É sua. Diga para ela, Phil. Ela pode fazer o que quiser, cara. De qualquer modo, ela já pagou.

Phil sorriu olhando para o tampo da escrivaninha. Dial pensou: "Você está sendo condescendente comigo?" Ela observou o advogado raspar os restos de tabaco do tampo da escrivaninha para seu colo, do colo para o chão.

— Você vai descobrir — falou ele, ainda olhando para baixo — que não há muitas regras na estrada de Remus Creek. E que as regras que existem foram quebradas há muito tempo. — Então ele sorriu para ela, olhos repletos de rugas. Ela pensou: "Ele está me cantando."

— Supostamente você é um advogado.

— Sou um advogado orgânico. — Ele riu, o cigarro encaixado no canto da boca.

— Não posso comprar esta terra — disse ela.

—Veja. — Phil Warriner pousou as mãos sobre o púbis. — Você já pagou o Jimmy Seeds.

— Jimmy Seeds?

— Adam. A mesma coisa.

— Mesma coisa? Ora. Pois bem: assim que *esta pessoa aqui* pegou o meu dinheiro, me disse que eu não podia ficar com o gato. Isso é uma violação de contrato — afirmou Dial.

— Há todo tipo de famílias — disse Adam. — Sabemos disso. Somos contra o patriarcado, cara.

— Vocês são *o quê*?

— O gato faz parte de sua família. O gato também tem de morar lá.

— O que Jimmy quer dizer — disse o advogado — é que você não tinha de ter um gato, mas ninguém a impedirá. Só dirão: esta é Dial, ela gosta de gatos. Ela é legal.

— Então o que queria dizer quando me disse que eu teria de fazer alguma coisa quanto ao gato?

— Eu estava doidão, cara, meu Deus!

— Então, podemos ficar com o gato.

— Sim — disse Adam. — S-i-m.

A mãe voltou-se para o menino e suspirou.

O menino imaginou que ela esperava a decisão dele. Demoraria anos até ele se dar conta de que aquilo não fazia sentido. Ele sempre se lembraria do modo como as sobrancelhas dela baixaram, negras como as de uma bruxa. Ele teria de responder se gostava do gato. Se moraria no meio do mato sem banheiro ou interruptores de luz onde ninguém poderia vê-lo. Não era justo. Ele olhou para a rua. Uma folha de jornal era arrastada para lá e para cá pelo vento quente. Então, chegou um caminhão e ele olhou de volta para a sala, evitando as pessoas, olhando para uma fotografia na parede. Era cor de famílias mortas havia muito tempo.

— Conhece Bo Diddley? — perguntou o advogado subitamente, tirando a fotografia da parede e entregando-a para o menino. — Andávamos juntos em Sidney.

A mãe pegou a fotografia da mão do menino e devolveu-a à escrivaninha do advogado.

— Bem? — perguntou ela ao menino.

Ela o estava culpando, mas o que ele fizera? Ele estava arrependido de ter chutado o gato. Ele amava o gato. Mas não mais do que amava o pai. Não era justo com todo mundo olhando para ele. Ele era só um menino.

— De qualquer modo — falou Phil Warriner erguendo uma pasta —, parece terem feito um contrato verbal. — Ele virou a pasta e observou o seu conteúdo se espalhar sobre a mesa.

— Aproxime sua cadeira — disse ele para a mãe.

Enquanto ela lia o documento, o menino ouvia o jornal lá fora farfalhando como algo destroçado e quebrado em uma armadilha.

A mãe perguntou:

— Quem é James Adamek?

— Sou eu — disse Adam.

O advogado entregou uma Bic de supermercado para a mãe.

O menino observou enquanto ela olhava para a caneta de plástico transparente, depois para o armário de arquivos, para a fotografia de Bo Diddley e para a pilha de papéis que repousava sob um raio de sol poeirento.

Ela perguntou:

Onde estudou?

Phil Warriner sorriu.

— Está me dizendo que isso é legal?

Warriner pegou o documento e o leu rapidamente mais uma vez. Ele abriu o passaporte de Dial, leu-o, olhou para o rosto dela, voltou a fechá-lo.

— Assina logo, Anna — disse ele. — Sabe o que quero dizer?

24

O hippie salafrário estava em um ônibus a caminho do norte de Queensland e ela foi deixada com 14 acres e um pedaço de papel onde se lia: "Dou o meu carro para Dial". Junto à Bruce Highway, em Nambour, em meio à descarga de fumaça do ônibus, o menino perguntou para ela:

— Podemos ir para um hotel agora?

— Se podemos ir para um *hotel*!

Mas então ela o viu franzir o nariz, olhos secretos e irrequietos.

"Ah, meu Deus", pensou Dial, "o que foi que fiz?" Aquele fora um menino imaculado e a coisa mais notável sobre ele não era o belo rosto que puxara do pai, mas sim sua absoluta confiança, o modo como ele segurava a mão dela e sentava ao seu lado no ônibus, tão perto, pousando o rosto contra o braço dela. Seus olhos eram límpidos, cinzentos e, dependendo da iluminação, de um adorável azul-sulfúrico. Os cabelos dele estavam despenteados, encaracolados. Era difícil não tocá-lo o tempo todo. E lá estava ele, sua alma retraída, com medo de ser atacado.

— Podemos, Dial?

Ela olhou para os olhos dele e se perguntou se uma fúria igual e oposta queimava naquela cabecinha perfeita.

— Podemos? Por favor.

Ela já estava tensa pensando em como voltariam para a estrada de Remus Creek. Ela não tinha carteira de motorista, não sabia dirigir com marchas.

— Podemos?

Ele segurou o dedo dela com o punho, marsupial. Como suportou tudo isso? No carro, ela encontrou um mapa amarrotado e manchado de óleo.

— Aqui — disse ela —, o que é isso?

— É o mar, Dial? — Ele se aproximou e esfregou o rosto contra o braço dela.

— Estamos bem perto da praia — respondeu Dial. Era a primeira vez que ela compreendia para onde o tinha levado. — Gostaria disso, querido? — Ela tocou a cabeça do menino, o motor de sua alma dentro da palma de sua mão.

— E ficar em um hotel!

Por que não? Ela ainda não estava dura. Tinha *Huck Finn* na mochila. Podiam jogar pôquer, comer pizza e nadar o dia inteiro.

— Muito bem, vá para o chão — disse ela.

Ela estava louca, claro, mesmo agora, particularmente agora. Ir para o chão? A criaturinha nem discutiu, apenas se encolheu com o gatinho, entre a poeira e os fósforos no tapete de borracha no fundo do carro.

Então ela dirigiu o melhor que podia. No lado errado da estrada.

Quanto ao menino, não parecia se importar com o cheiro de poeira e de fósforos queimados, não parecia irritado por ela ficar tirando a mão da marcha, tocando o seu ombro e voltando a segurar a marcha. Confuso, o gato logo foi dormir em cima do porta-malas, mas o menino continuou escondido, sabendo que a mãe voltara a amá-lo.

— Você foi mesmo de carro até Montana?

Ele falava de sua mãe verdadeira.

— Não estou acostumada com esse carro — disse ela. — Desculpe.

— Você tem um mapa?

— É um carro de marcha — insistiu ela. — Vou me acostumar.

— Dial?

— Sim.

Com sua teimosa tranquilidade ele a forçava a olhar para ele. Ela se voltou brevemente, realmente assustada com a seriedade do menino.

— Está com medo que me prendam, Dial?

— Não seja tolo — respondeu ela. Estava dirigindo muito devagar. Via os carros logo atrás dela; procurou um lugar para saírem da estrada.

— Somos clandestinos. É por isso que estou no chão?

— Não fale agora. Estou me concentrando.

— Você disse para eu me deitar no chão.

— Shhh! — disse ela. Havia um estacionamento de tratores adiante e ela encostou. Sete carros passaram. Teria de dizer aquilo para ele agora?

— É mais seguro no chão — disse ela. — De modo geral.

— Posso me levantar se puser o cinto de segurança?

— Claro — disse ela, voltando à estrada.

— Foi assim que você levou o meu pai de carro até Montana, não foi, Dial?

Como diabos ele sabia de tudo aquilo?

— Era um carro hidramático, querido.

— Era alugado, Dial. E você tinha uma bala no braço.

Era como se ele estivesse debochando dela. Dali a pouco desejaria ver a cicatriz.

— Veja — apontou ela. — É tão bonito.

Atravessavam o paredão verde de um canavial. Acima da grama gigante, havia uma casinha de madeira sobre palafitas.

— Era um 32, certo?

O canavial deu lugar a um bosque de árvores raquíticas, seus troncos brancos feito marcas de giz traçadas no escuro.

— Certo, Dial?

— Cameron lhe contou todas essas besteiras? — perguntou ela afinal. — Quantos anos tem o Cameron?

— Ele tem 16. É maoísta.

— Bem — disse Dial —, a imprensa é cheia de mentiras. Ele já devia saber disso.

Dial saiu da estrada, incapaz de prosseguir. Não podia olhar para ele. Ela parou junto a um trecho de solo cinzento revolvido e árvores quebradas, uma floresta triste, cortada com faca.

O que estamos fazendo?

Ela quase disse: não sou sua mãe, mas acabou por sair do carro, fingindo estar procurando algo. Ela não podia viver assim, dia após dia. Alguns bárbaros haviam passado por cima daquele bosque com tratores. Não havia uma flor para ser colhida, nada afora aquelas árvores feridas com cascas que pareciam sofrer de psoríase. Ela puxou uma casca, que se desprendeu em uma longa lâmina, como se fosse papel.

Era isso. Ela levaria aquilo para ele.

— Veja — disse Dial. — Não é legal?

Ele olhou para ela mais do que para a casca de árvore. Será que o menino sabia que ela havia enlouquecido?

— O que é isso, Dial?

— Casca de árvore australiana, querido. Dá para escrever nela.

Ele a virou em sua mão, franzindo as sobrancelhas.

— O que quer que eu escreva? — perguntou, afinal.

— Desenhe Buck — disse ela animada, de volta ao volante.

— Vou escrever uma palavra — disse ele.

— Mostre quando terminar.

Ela sentiu-o trabalhar lá atrás, sério, aplicado.

— Terminou?

Ele escrevera: ANA.

"Não posso suportar isso", pensou.

— Tem dois enes — disse ela.

— Está com raiva de mim de novo, Dial?

— Não, querido. Eu amo você.

Ela beijou o alto da cabeça do menino.

— Sabe, tem gatos que adoram a praia.

— Você é Anna? — perguntou ele.

— Olhe só! — exclamou ela.

Haviam chegado a uma elevação e lá estava o mar, quilômetros e quilômetros de praias amarelas desaparecendo em meio à neblina leitosa.

— Praia! — disse ele.

25

Cansados, bronzeados e sujos de areia, bordejaram a planície costeira em direção ao oeste de Coolum, e as copas e os troncos das bétulas já se afogavam na melancolia noturna. O céu ainda estava verde-escuro. Os faróis estavam acesos, mas a mãe teve dificuldade de enxergar por causa dos insetos amassados no vidro. Abaixo do céu não havia nada além de uma estrada difusa, troncos brancos despontando na mata.

A luz fez com que o menino sentisse saudade da avó. À tardinha, iam de carro até Jeffersonville comer no Ted's Diner. Certa vez, no verão, levaram a sua bicicleta e ele andou em círculos pelo estacionamento vazio do Peck's.

Havia crianças locais, mas não eram amigas dele. Tinham cabelos curtos e olhos maliciosos e, certa vez, quando comiam no Ted's Diner, roubaram a sua bicicleta. Ele sabia quem havia feito aquilo e onde morava, de modo que, toda vez que ia à cidade, ele andava pelas ruas secundárias ao redor do Pete's Auction Barn e, em uma dessas ocasiões, pouco após o pôr do sol, finalmente viu a sua bicicleta caída em um gramado pequeno. Não havia dúvida que era a dele. Tinha fita isolante preta enrolada no meio da barra transversal.

Ele já se afastava com a bicicleta quando o menino saiu da casa e perguntou o que ele pensava que estava fazendo.

— A bicicleta é minha.
— Mentira!
— É sim.
— Mentiroso.

O outro menino tinha uns 8 anos, mas quando desceu da varanda até o jardim, Jay deixou a bicicleta e voou para cima dele com tanta força que o derrubou, caindo sobre ele com os joelhos, socando-o, e não parou de bater até o pai do menino afastá-lo.

— Meu Deus, o que está fazendo?
— Ele roubou a minha bicicleta.

O pai era um sujeito alto e magro com tatuagens nos braços e no pescoço. Tinha costeletas pretas e olhos inchados.

— Ei, menino —- disse ele —, é só uma droga de bicicleta.

— Sim, senhor.

O menino nunca apanhara. Esperou que aquilo acontecesse. Em vez disso, o homem pousou o braço ao redor dos ombros do filho que chorava e ambos voltaram para a varanda, e o menino viu uma mulher correndo, como uma mariposa ao redor de uma lâmpada. Então o menino chorou com um soluço feio.

De volta ao Ted's, ele viu a avó.

— Você a encontrou!

O menino devia ter dito: "ele teve o que mereceu" ou algo assim, mas estava envergonhado e sujo, e não sabia o que dizer. Lembrava-se do pai, do carinho em seus olhos mortiços enquanto pousava o braço sobre os ombros do filho.

— Está acordado? — perguntou Dial.

— Estou bem — disse ele.

26

O Peugeot tossiu uma última vez e avançou mais 1 metro pela profunda escuridão sob as acácias e cambarás. À frente, viam a luz de uma casa.

Ele agora trazia *Huck Finn* em um dos bolsos do cardigã de malha. "Você nada saberá a meu respeito sem antes ter lido um livro chamado *As aventuras de Tom Sawyer.*" O gatinho estava no outro bolso e o menino o levou pela escuridão entre as duas cabanas. Subiu os degraus ao lado do mamoeiro e entrou na cabana maior, onde só haveria eles dois, cobertores e um livro. Não conseguia imaginar nada melhor àquela altura. Havia uma fraca luz amarela lá dentro, não suficiente para iluminar a penumbra do teto, apenas para revelar rostos estranhos junto à mesa.

Ele parou à entrada, sem saber o que fazer. A mãe abraçou-lhe e puxou-o contra ela, ofegante como um saco de papel. Ele estava tão cansado que teve vontade de chorar.

Eles eram hippies. O que mais poderiam ser? Braços e rostos na penumbra como uma pintura tediosa no Met. Havia uma densa nuvem de insetos ao redor deles, alguns voando, outros morrendo, alguns batendo no lampião. Tinham cheiro de remédio. Pousaram no nariz suado do menino, e uma mariposa preta e endurecida ergueu-se subitamente da mesa e rebateu brevemente na lâmpada.

Ninguém disse nada.

— Posso ajudá-los? — perguntou Dial. O único que ela reconhecia era Rabbitoh, um dos olhos oculto por seus cabelos de corvo.

Uma mão feminina ofereceu-lhe um baseado. O lampião revelou pedras verdes e pequenas contas de prata no pulso. Dial manteve os braços ao redor do menino.

— Estamos esperando Jimmy Seeds — disse a mulher com a droga.

— Adam foi embora — falou a mãe.

— Se foi embora — disse um sujeito —, vai voltar.

— Acreditem — garantiu-lhes Dial —, ele não vai voltar. Acabamos de comprar este lugar. É sério, pessoal. Lamento. Temos de ir para a cama. Tivemos um dia cansativo.

Havia apenas cinco pessoas à mesa e tudo o que tinham era um saco de maconha e uma chaleira, mas exalavam um mau humor mais fedorento que a fumaça.

— Ela é Dial — falou Rabbitoh —, caso não saibam.

— Sou Dial — disse a mãe, intransigente. — Este é Jay, meu filho.

— Dial? — Quem falou foi um homem magro com um belo rosto barbeado, cabelos revoltos e emaranhados.

Tinha o lábio superior borrachudo, que talvez fosse engraçado caso você fosse amigo dele.

— Conhecemos Jimmy há muito, *muito* tempo, Dial.

Uma risada idiota de drogado. Uma mulher. O menino podia vê-la em meio à penumbra: cabelos grossos, pretos e encaracolados e seios grandes soltos sob a camiseta.

— Adam pegou o ônibus para Cairns esta tarde — informou-lhes a mãe.

O menino pegou o livro e o entregou para a mãe, para o caso de ela ter esquecido o combinado.

A hippie afastou os cabelos e esticou a mandíbula larga e comprida dentro do raio de luz.

— Não pretendo ser autoritária, Dial — falou ela —, mas Jimmy Seeds não poderia ter vendido a sua parte sem que o novo comprador conhecesse a comunidade.

Ela ergueu o lampião. Buck fechou os olhos, ofuscado pela luz.

— De qualquer modo, você não pode ficar com o gato.

Ela se levantou, revelando ser mais baixa que Dial.

Ela tinha a cintura volumosa e pernas bronzeadas e robustas.

— Nada disso é culpa sua — disse ela para Dial.

— Está tudo bem — interveio Rabbitoh. — Só precisamos sentar e conversar a respeito.

— Claro — disse Dial, devolvendo o livro para o menino.

O menino soltou Buck. Então, quieto como uma sombra nadando no escuro, subiu a escada íngreme e estreita até o sótão. Ali, deitou-se em seu ninho e puxou o cobertor sobre a cabeça. Esperou que fossem embora, abstraindo o som de suas vozes estrangeiras intermináveis.

27

Ela se deitou ao lado dele sob a luz azul, ouvindo o barulho metálico do impacto dos excrementos dos gambás que caíam sobre o telhado. Com seus lábios enegrecidos iluminados pela lua, ele parecia ainda mais com uma criança enjeitada. Continuar a enganá-lo parecia muito cruel, mas contar a verdade seria ainda pior. Na úmida escuridão, Dial ergueu a cabeça imaginando como era ter todos os alicerces de sua vida arrancados de seus pés. A mãe verdadeira dele também fora uma estrela mirim, tão talentosa que, quando você a via fazendo as coisas mais simples, vestindo um suéter ou começando a correr, por exemplo, logo se dava conta de que era um ser perfeitamente simétrico, cada pé igual, cada olho azul idêntico, os dentes brancos e perfeitos além do alcance dos ortodontistas. Ela fora para Radcliffe aos 16 anos, *summa cum laude* de Dalton, fluente em três idiomas. Quando voltou a Belvedere no Natal de 1964, aquela criança já estava na sua barriga, um peixe com guelras, coração de girino.

Corria a década de 1960, mas anos antes as meninas de Radcliffe já tomavam pílulas e os meninos dormiam com elas nas noites de sexta-feira. Aquela fora uma gravidez adolescente com toda vergonha e segredos dos anos 1950, feita de ilustrações de revista de moças.

Talvez nem soubesse estar grávida. Ela nada confessou, mas não demorou muito para Phoebe Selkirk fazer o seu diagnóstico. Era manhã de Natal quando as coisas chegaram ao clímax, a notícia dava a Buster Selkirk todos os motivos para tomar uma dose de vodca. O dia prosseguiu assim, repleto de gritos e choros, as bandejas e embalagens de comida foram abandonadas e Susan se trancou no quarto sozinha com uma bandeja de purê de batata com alho.

À meia-noite, deitada mas desperta, ao ouvir a filha vomitando no banheiro, Phoebe Selkirk ainda não fazia ideia de quem era o pai ou como a garota imaginava que seria a sua vida dali para a frente, apenas que o assunto de "dar um jeito" em sua "condição" não era aceitável. O fato de ela não ter ameaçado suicídio era um sinal encorajador dadas as circunstâncias.

Até então, a Sra. Selkirk gostava de dizer que tinha muita energia para ficar sentada quieta em um avião, mas no dia seguinte — que insistiu em chamar de Dia do Encaixotamento — ela tomou um Valium e voou de Idlewild para Boston e, dali, para Harvard, onde seu pai lhe legara uma biblioteca e uma cadeira. Ela não falou com ninguém sobre aquela viagem, nem com a filha e nem com o marido, este último tendo ido dormir no Harvard Club, que estava meio vazio no feriado. Ela deixou a jovem dormindo e convocou Gladys no meio de suas férias para dar um jeito na bagunça e fazer companhia a ela. Na Quigley House ela se reuniu com o reitor e o presidente e os persuadiu a relevarem aquele pequeno "tropeço", que ela achava equivaler a um soluço, mas que não foi assim compreendido pelos dois. Não expressaram curiosidade em saber se o pai era aluno de Harvard e, nos anos seguintes, enquanto bebia o seu primeiro martíni exatamente às 18h, a Sra. Selkirk faria comentários irônicos sobre os três reis magos que discutiam a concepção virgem.

A Sra. Selkirk não ofereceu nenhum presente imediatamente, mas encorajou o reitor e o presidente a considerarem o que a Faculdade de Artes poderia incluir em sua lista de presentes de Natal. Na época, ela não podia imaginar que algum dia viria a culpar Harvard de alguma coisa.

Phoebe Selkirk estava, para dizer o mínimo, curiosa sobre quem era o pai da criança, mas, toda vez que fazia a pergunta, a menina se recolhia mais, e seu quarto, geralmente tão claro e organizado, assumia o aspecto úmido e escuro mais adequado ao quarto de um menino adolescente do que ao da menina que, em seu aniversário de 12 anos, anunciara seu plano de ser embaixatriz americana na França.

— Então, pretende se casar? — perguntou a mãe.

A risada da jovem chocou-a a um ponto de a mãe começar a pensar se o maior problema da filha não seria esquizofrenia em vez da gravidez.

De certo modo, aquele desastre foi uma dádiva para Phoebe Selkirk, dando-lhe energia em uma época em que ela estava começando a causar grandes problemas na diretoria da cooperativa. Enquanto as cartilagens do menino se transformavam em ossos, sua avó encontrou uma casa a duas horas da cidade de Nova York, no lago Kenoza, no condado de Sullivan, a um milhão de quilômetros de qualquer conhecido.

Ela anunciou aquilo para a filha, que não fez qualquer comentário, e para o marido, que sorriu e ergueu ambos os braços, um hábito muito irritante que parecia absolvê-lo de toda responsabilidade por qualquer coisa, até mesmo por seus investimentos em obras de arte que ele sempre vendia cedo ou tarde demais. Ele era um tanto famoso, embora ela desejasse que ele parasse de falar a respeito, por ter "se livrado" do Pollock.

— Vamos amanhã — disse ela.

Mais tarde, todos ouviriam que Susan era jovem demais para Radcliffe e que, portanto, passaria um ano na Sorbonne, uma história que a mãe posteriormente retificou quando soube que as filhas dos Kelvin e dos Goldstein fariam o mesmo e que queriam dividir um apartamento no VI Distrito.

Ela ficou com o Peugeot e deixou o marido com o ridículo Alfa Romeo Spider com o indefectível teto conversível da crise da meia-idade. O dia estava claro e ensolarado na Palisades Parkway mas, assim que cruzaram a montanha Bear, o tempo mudou e atravessaram os dois últimos quilômetros da 17B debaixo de uma chuva gelada. Na 52, derraparam para fora da estrada, mas estavam perto o bastante para caminharem. Durante todo o tempo, aquela estranha criatura, sua filha, outrora tagarela e feliz, não disse uma palavra. Ela caiu no gelo e ralou os joelhos.

— Você quer matar o meu bebê — afirmou ela.

Quando Che demorou a falar, sua avó disse que era porque a mãe não falara com ela durante toda a gravidez.

Obviamente, a jovem mantinha contato com o pai. Quanto a isso, Phoebe estava certa, mas ela nunca descobriu como aquilo acontecia. Chegavam livros para a menina, livros de um tipo inteiramente novo: filosofia, economia, livros que nunca a tinham interessado. Durante vários anos depois, ela se culparia por não ter prestado atenção no conteúdo venenoso daqueles livros — Marx, Sartre, Marcuse — enquanto passava um longo tempo observando as notas nas margens tentando decifrar o código. Não havia código. Falavam ao telefone, mas quando chegou a primeira conta — que era quadrimestral naquela época — o menino já estava formado e suas entranhas funcionavam como devido. Então, as duas mulheres foram até a cidade e se hospedaram no Gramercy Park Hotel onde sabiam que nenhum Selkirk se hospedaria.

Foi dali, no fundo da avenida Lexington, que a mãe pegou um táxi para levá-la ao Beth Israel, onde ela deu à luz o menino que registrou como Che David Selkirk.

O nome causou uma grande comoção no hospital, mas foi o David que realmente perturbou a avó. Muito tempo depois, quando David Rubbo brandiu o punho para o secretário de Estado, a avó o reconheceu imediatamente.

— Ha — gritou —, conheço aquele nariz!

A mãe não conseguiu ver o pai de dezembro de 1964 até 23 de julho de 1965, na noite em que o menino nasceu. Foi descoberto pouco antes do amanhecer, adormecido com a cabeça pousada sobre seus seios repletos de leite. Ele tinha cabelos louros, compridos e encaracolados, longas pestanas, sobrancelhas largas e um nariz com protuberância romana. "Adunco", a avó diria depois, o que representava um abrandamento de sua opinião. Era "um nariz da Nova Inglaterra", decidiu. As enfermeiras, que já haviam imaginado como seria o pai de um Che, mudaram de opinião ao vê-lo. Juntaram-se em um semicírculo e, quando ele despertou, trouxeram-lhe o bebê. Ele mesmo ainda era um bebê. Elas assoaram os narizes.

O menino, a mãe e o pai não voltariam a ficar juntos até a matrícula de calouros de 1966, quando a Srta. Selkirk e a babá — uma bolsista da Girls' Latin — discretamente ocuparam um andar de uma casa de três pisos em Somerville, e a mãe voltou para Radcliffe.

O reitor Gilpin deu as boas-vindas à estudante e à mãe durante o chá. Naquela ocasião, ela deixara Che e, embora o Reitor Gilpin não tivesse mandado que ela escondesse o bebê, era o que queriam dizer ao usar a palavra *discrição*.

Assim, Che esteve meio escondido desde o começo da vida. Primeiro no lago Kenoza e, depois, em Somerville. Nesses dois lugares, ele foi cuidado pela garota do sul de Boston.

O reitor estava preocupado com coisas mais graves que bebês. Havia cinquenta mil hippies morando em Haight-Ashbury. Os Beatles haviam dito que eram mais populares que Jesus Cristo. Dave Rubbo queimara o seu certificado de alistamento militar na NBC. Todo mundo estava pronto para qualquer coisa exceto, como observou Anna Xenos, que os "homens" de Harvard ainda "desejavam ardentemente o seu corpo" e chocavam as suas taças quando uma jovem atravessava o salão de jantar. Eles achavam que era um mundo completamente novo, mas eles é que eram os bebês. Harvard não estava pronta para que a primeira mãe com filho pequeno cursasse Economia 1.

Che também frequentou a matéria Governo 146 como ouvinte. É difícil imaginar quão impossível era aquilo. Os formandos de Harvard com memórias infalíveis dirão que isso não pode ter acontecido, mas saiu uma fotografia no *Crimson* no dia seguinte. Volume 23, número 3. O pai também frequentava as mesmas páginas, primeiro por causa do certificado de alistamento militar, depois por ser líder da ESD.

Quando Robert McNamara visitou Harvard em setembro de 1966, foi a ESD quem liderou o protesto. Havia facções de extrema esquerda na ESD, mas ainda faltavam três anos para ocorrer a famosa dissensão que criou os Weathermen. O pai de Che não portava armas em 1966. O que ele tinha era uma lista de dez perguntas para o secretário de Defesa.

A multidão estava comportada, mas os maoistas estavam vigiando os fundos da Quincy House e um deles gritou: *porta dos fundos.*

O menino não se lembraria de nada daquilo, é claro. Mas a multidão se dividiu, correndo para os fundos. A mãe estava na frente, Che em seus braços, cabelos ao vento, o famoso e "fabuloso" xale tibetano voando atrás. A multidão empurrou. A mãe caiu. Tombou para a frente quando o Lincoln dobrou a esquina em alta velocidade. Haveria muitas críticas, mas todos que testemunharam a cena disseram que ela caiu como uma atleta, rolando, pousando de costas com a criança a salvo contra a barriga enquanto escorregava, não em direção à base, como um jogador de beisebol, mas para baixo do para-choque do carro que derrapava de lado. A multidão silenciou. Isso é sabido. Um flash espocou, cinco vezes. Está tudo registrado. A mãe ficou imóvel, a cabeça sob o radiador fumegante. Então o menino começou a chorar e, enquanto a mãe levantava a cabeça lentamente, viu um homem pequeno com um bigode de Hitler. Era Bill Hicks, do *Boston Globe*, e ele acabara de fazer a fotografia mais famosa de 1966.

As costas bronzeadas da mãe estavam todas machucadas e ensanguentadas, mas ninguém mais tinha um arranhão, muito menos Che. Portanto, aquilo não fora nada demais, pensaram o pai e a mãe, especialmente se o incidente fosse considerado à luz do número de mortos no Vietnã.

Já vovó Selkirk tinha uma opinião diferente, e a famosa foto de Bill Hicks bastou para que ela conseguisse a guarda exclusiva do menino. Depois disso, a criança nunca mais viu a mãe.

O menino obtivera algumas dessas informações com Cameron. Porém, o que ele mais tinha eram pedaços de papel e elásticos. A babá, que o olhava sob o luar em Queensland, era quem poderia lhe contar o resto. Mas ela manteve silêncio, imaginando que não adiantaria nada você saber que sua mãe tomava pílulas para secar o leite dos seios e que decidira endurecer o coração em relação a você.

28

O gatinho estava embriagado de calor, desmaiado no bolso fedorento do cardigã, sem prestar atenção às dez pessoas a alguns metros dali que tentavam combinar o modo correto de dar as mãos e formar um círculo. Esse número incluía dois dos americanos mais procurados e oito hippies australianos. Estes últimos usavam shorts cáqui, camisas da Kmart que variavam de 2,95 a 4,25 dólares, sarongues Kuta Beach, macacões e pijamas indianos de uma loja hippie em Caloundra. Estavam todos sentados de pernas cruzadas no que era chamado de Salão da Comunidade Cristal, embora não fosse mais do que uma plataforma de madeira erguida sobre cepos de campeche de 3 metros de altura, tanto uma estupidez quanto um sacrifício oferecido à chuva e ao sol de Queensland.

O cardigã estava no centro do círculo, bem em frente a Dial. O menino estava sentado ao lado dela, inclinado para a frente, ouvindo atentamente, enquanto os vizinhos continuavam a discutir qual braço deveria ficar mais alto, qual palma voltada para cima, qual palma para baixo, de modo a fazer uma bola dourada de energia circular ao redor deles.

Dial estava sentindo irritação suficiente para energizar uma bola dourada sozinha.

— Isso tudo é pelo Buck — murmurou para o menino. — Confie em mim.

Ele não se virou.

— Você me ouviu?

O menino estava surdo para ela, completamente fascinado por aquela lenga-lenga.

— Segure a minha mão — disse ela. — Vou lhe mostrar.

Em vez disso, o menino imitou Trevor e ela teve de recolher a mão. A derrota pareceu-lhe maior do que de fato era.

— Não se preocupe, isso não é nada — sussurrou para o menino.

— Shhh — disse ele.

E endireitou as costas involuntariamente imitando o assustador Rabbitoh que estava bem à sua frente.

"Shhh?", pensou Dial.

Rebecca segurou-lhe a mão, sorrindo, e Dial reparou nos dentes e nas veias estouradas das profundas olheiras embaixo de seus olhos.

Junto a Rebecca estava sentada uma mulher de cabelos curtos cujo macacão tornava visíveis os ossos de seu peito magro. Provavelmente não era inimiga de Dial, mas como saber ao certo? Ao lado havia um homem de barba rala e nariz grande que aparentemente se chamava

Chook. Então vinha Trevor, cujos olhos estavam entreabertos e evasivos. Ela pensou: "Trevor transa com Rebecca." Junto a Trevor estava seu facão. Junto ao facão estava o belo Roger, que era gay, dançarino ou talvez apenas um super hippie. Tinha dentes brancos e um colar de contas. Havia também dois meninos, Sam e Rufus, que corriam tanto por ali que Dial estava certa que iriam cair e morrer. Quem seria a mãe?

Quando o "om" foi considerado suficiente, Dial estava tão tensa que teve de falar para acabar logo com aquilo.

— Então — disse ela —, o gato. Buck.

Eles apenas olharam para ela, sorrindo.

— Conheci Phil Warriner. Ele é seu advogado, certo?

— Justo — falou Roger. — Phil Warriner, claro.

— Ele disse que posso ficar com o gato.

Ela viu que Rebecca estava a ponto de interrompê-la.

— Veja — retomou Dial —, algum de vocês quer comprar a propriedade? Vendo agora mesmo.

A Comunidade Cristal não tinha dinheiro. Seus membros olharam para ela, depois desviaram o olhar. Uma criança loura nua urinava na beirada da plataforma. A urina caiu sobre um cambará selvagem, um longo e límpido arco cristalino.

A mulher com o peito esquelético disse que a irmã gostava de gatos. A irmã ainda não estava em um grau de desenvolvimento que pudesse prescindir de seu gato. Disse que as pessoas não crescem no mesmo ritmo. Ela achava que Dial acabaria conseguindo. Então ela falou:

— Sim com um tipo de som abafado. E depois: — Então.

Roger, que tinha maçãs do rosto como lâminas de machado, disse que o problema era que eles não conseguiam resolver suas desavenças. Se olhassem para o salão da comunidade veriam que este era o problema. O gato era apenas um sintoma, apontou Roger. Achava que deveriam deixar as pessoas virem de Nimbin para lhes falarem sobre como começar uma padaria e um jornal autossustentáveis. Se havia indecisão sobre o gato, o problema era a comunidade, não o gato.

— O verdadeiro problema — argumentou Rebecca — é que temos uma regra que não admite gatos. Vamos aplicá-la ou não?

Roger disse que era exatamente isso que ele queria dizer. Exatamente.

A menina com o peito esquelético disse que ninguém ali queria entrar numa viagem autoritária. Muitas pessoas estavam ali porque estavam fartas de regras.

A conversa continuou num ritmo de água escorrendo de torneira.

— Ouçam — disse Dial afinal.

Roger estava falando, mas parou.

O menino sentiu o silêncio, tão pesado e enferrujado quanto o calor.

— Lamento quanto ao gato — falou Dial. — De verdade. Mas vocês sabiam que, enquanto estamos aqui discutindo isso, Nixon está bombardeando o Camboja e o Laos? Querem saber o que isso está fazendo com os pássaros? Quero dizer, acabo de vir de um país onde meus amigos estão morrendo tentando acabar com essa guerra. Portanto, vão me perdoar se eu disser...

— Disser o quê, Dial?

Dial balançou a cabeça e suspirou.

— Vocês são muito legais — falou ela afinal. — Esse lugar é muito bonito. Estou feliz por não estarem planejando nos explodir ou a ninguém mais. — Ela acariciou as costas do menino sem pensar no que estava fazendo.

— Você sabe onde está, Dial?

— Ora, por favor.

— Sabe que vive em um estado policial?

— Sim, sim — disse ela.

Não lhe ocorreu nem por um segundo que aquilo pudesse ser verdade, de diversos modos. Certamente o nome Bjelke-Petersen nada significava para ela. Ela nunca ouvira falar de Cedar Bay, dos ataques de helicópteros e dos incêndios criminosos cometidos pela polícia de Queensland. Ela não sabia que havia um Ato de Saúde em Queensland que permitia que a polícia revistasse qualquer casa sem mandado.

— Ótimo — disse ela.

Ela meteu a mão em um bolso e dali tirou Buck: macio, brilhante e lânguido em seu sono. Do outro bolso, tirou um guizo de prata pendurado em um pedaço de barbante e, enquanto todos observavam, ela amarrou o guizo ao redor do pescoço do gatinho e pousou-o no chão.

Buck andou ao redor do círculo, esfregando-se contra pés e joelhos.

Apenas Trevor estendeu a mão para tocá-lo, coçando-lhe a cabeça. Quando Buck viu como foi recebido pelos outros, ergueu a cauda, saiu caminhando a passos largos e desapareceu no cambará, o guizo soando suavemente entre o canto dos pássaros.

Dial levantou-se e sua longa sombra se estendeu pelo chão empenado.

— Bem — disse ela —, vejo vocês por aí.

Então ela e o menino foram de mãos dadas até a escada e subiram a trilha de terra batida, adentrando o ar quente e pesado, em direção à sua propriedade.

— Por que é ruim ser americano, Dial?

— Vão se acostumar conosco — respondeu ela. — De qualquer modo, eles que se fodam.

29

A fisionomia de seu pai existia em sua mente como um rosto formado por uma árvore curvada pelo vento, mas ele tinha uma imagem estável no bolso de trás e às vezes, nas tardes quentes, ia à floresta para olhá-la escondido. Ali, na pequena cabana abandonada com esculturas assustadoras à porta, ele se deitava no chão empoeirado junto com todos os seus papéis e elásticos. Mesmo naquele lugar sombrio, a luz brilhava através dos cabelos encaracolados do pai. "Hippie com cabelos de anjo", dizia Cameron.

Não o homem de Seattle. Não o homem da mangueira. Aquele homem tinha um bigode que se levantava e estremecia como se desgostoso com a vida que tinha pela frente. Ele não possuía semelhança com o retrato no chão.

As tardes eram lentas e numerosas como formigas. Da porta da cabana abandonada, o menino podia ver as nuvens melancólicas sobre a colina enquanto se dobravam, dissolviam e mudavam de velhos para moças bonitas, daí para mulheres chorando, com verrugas crescendo, dentes caindo, uma confusão. Ele pensou que gostasse daquilo, mas não gostava. O menino reuniu seus papéis e voltou a atá-los com o elástico. Sob a escada da frente encontrou um machado enferrujado, atacou furiosamente uma suposta acácia e observou o sangue negro verter do branco úmido. Ele odiava onde estava. Ele roubara um canivete da caixa de Adam e agora talhava um graveto e, embora não tenha sentido os cortes, a lâmina escorregou, talvez umas vinte vezes, e feriu os seus dedos. Não sangue de verdade, apenas algo pegajoso e amargo, nenhuma diferença significativa do calor suarento, tudo se confundindo com tudo.

Ele ficou na floresta, escondendo-se de Dial caso ela quisesse que ele fosse outra vez a pé para Yandina.

Dial não gostava de dirigir. Tiveram de andar 6 quilômetros ao longo de uma estrada empoeirada e outros 6 na volta. O calor poderia matar uma aranha. Os hippies não paravam para eles. Quando chegaram em casa, Trevor não os visitou. Todas as mães solteiras poderiam ter dito quão estranho era aquilo, mas nenhuma mulher falou com eles. Não gostavam de Buck.

— Vão se acostumar conosco — falou ele.

Na cidade, mantinha o coração furtivo de um traidor e devolvia como um maníaco o olhar de qualquer um que olhasse para ele. Não tendo sido preso, voltou com passos decididos ao longo da estrada de Remus Creek. Aquilo não era um lar, não importando como ela o chamasse, mas, às vezes, ele percebia que continha aspectos de um lar que preferia esquecer — a cor da tristeza, a mesma luz no lado musgoso das árvores.

Dial e Che arrancavam ervas daninhas. Dormiam quando o dia ficava muito quente. Encontraram pequenos tomates selvagens em meio à grama que lhes subia à altura dos joelhos. Os tomates estouravam dentro de suas bocas, quentes e úmidos, como vegetais de outro mundo. Ela era gentil com ele, mas chorosa pela manhã.

A floresta ao redor das cabanas era trançada por trilhas estreitas e sinuosas, como veias de uma criatura ainda sem nome. Quando o menino descobriu a primeira dessas trilhas, não contou para Dial. Às vezes ele ouvia vozes infantis ecoando ao longe, claras como batidas de martelo ou ruído de serra, mas nenhuma criança aparecia para brincar, tampouco ele desejava que aparecesse. Ele não estava habituado a crianças, tendo sido educado sozinho, de forma vitoriana.

Nas bananeiras encontrou plásticos azuis iguais ao que Trevor usava para esconder o seu dinheiro. Protegiam as frutas mais altas, para evitar que os pássaros as bicassem, supôs o menino. A bananeira era comprida e curva, morrendo como uma erva sumarenta. Ele ralou as coxas e fez os joelhos sangrarem até tirar o saco azul da fruta e então, no bananal sem grama e em penumbras, ele cuidadosamente redobrou os seus papéis e os guardou em segurança ali dentro.

Seu pai viria buscá-lo pelas trilhas entrelaçadas. O menino era muito tímido para atravessar sozinho tais caminhos, de modo que não sabia qual levava à grande curva do Remus Creek. Não fosse por Buck, eles saberiam em que se nadava, a lagoa. Haveria hippies aparecendo para tomar chá de ervas todos os dias.

Dial definitivamente não queria ver hippies. Nem mesmo pedia auxílio. Quando o menino a encontrou tentando serrar uma tábua ao longo de uma linha traçada a lápis, sugeriu que ela pedisse ajuda a Trevor ou a Rabbitoh.

Então ela começou a chorar. Ela queria morar em um lugar bonito, mas não sabia como. Tudo o que estava fazendo era construir uma prateleira para guardar arroz e lentilhas. Aquilo a estressou demais. Ela traçou esboços de manhã cedo. Obrigou-o a fazer compras com ela no Day and Grimes, a loja de ferragens, tentando se decidir a respeito de braçadeiras e parafusos.

Os homens com nariz de morango perguntaram:

— Posso ajudá-la, senhora?

— Não, obrigada.

Ela ainda não entendera. Nem o menino. Ela era hippie; portanto, devia estar furtando na loja. Além disso, os sujeitos com nariz de bêbado também pensavam nas bundas das hippies nadando. Aqueles pais de família iam até lá após o trabalho e estacionavam as suas caminhonetes ao longo da estrada usada pelos bombeiros em casos de incêndio.

À noite, Buck voltava para se deitar sob o lampião a gás, e a mãe e o menino tiravam os carrapatos dele, um por um. Havia carrapatos de gado nas costas e na barriga, e pequenos carrapatos de grama que se alinhavam ao longo das orelhas, como bebês mamando nas tetas da mãe. Os dois usavam pinças e um pouco de querosene. O modo como conviviam era mais refinado e afetuoso do que a descrição permite.

Dial leu *Huckleberry Finn* em voz alta e o ar estava abafado como em Jackson, Mississippi, formigas brancas aglomerando-se ao redor do lampião sibilante, todo mundo correndo para salvar a vida.

Não foi senão ao fim da estação chuvosa, no começo de março, que o primeiro visitante veio bater à sua porta aberta, não Rabbitoh, para quem Dial estava preparada, mas Trevor. Ele se agachou à mesa, e sua grande e nova barriga forçou os botões de sua camisa havaiana. O menino gostou de vê-lo. Ele ficara todo brilhante e lustroso, uma nova camada de gordura sob a pele.

— Estive longe — disse Trevor.

— Estava de férias?

Provavelmente, Trevor estivera preso.

— Sim — respondeu ele, olhos vasculhando a sala até pousarem na prateleira.

— Sei que não está nivelada — falou Dial.

Trevor voltou a sua atenção para as cortinas, e seu rosto se abriu em algo que para ele era um grande sorriso.

A mãe correu a mão estropiada pelo cabelos.

— Dane-se — disse ela. — Sou uma dona de casa agora. — Ela não sabia se ficava furiosa ou orgulhosa.

— Bonito — comentou Trevor, sem olhar mais para as cortinas.

— Obrigada — disse Dial, pescoço enrubescido.

— E quanto ao moleque aqui? — perguntou Trevor, sem olhar para o menino.

— Pode perguntar para ele — disse Dial, sorrindo tanto que se tornou embaraçosa.

— Será que ele gostaria de me ajudar em meu jardim?

O menino gostara de ver Trevor, sua visita sendo o primeiro evento a interromper a interminável rotina de calor e moscas, e certamente não pretendia desprezá-lo. O menino não percebeu que torcera o lábio superior em desdém, mostrando suas gengivas rosadas e dentes brancos e quadrados.

— Alguma outra hora — disse Trevor.

— Meu Deus — exclamou Dial, depois —, não precisamos declarar guerra a todo mundo.

— Desculpe, Dial. Eu não sabia. — Mas o menino sentia aquela sensação ruim de ciúmes, de modo que ele sabia sim.

— Demonstre interesse pelo maldito jardim dele.

O menino ficou assustado porque ela gritou.

— Vai ler mais um pouco para mim? — perguntou ele.

30

A estrada que levava ao esconderijo de Trevor Dobbs era como ele já contara para o menino: ilegal, muito íngreme, sulcada, erodida, repleta de buracos capazes de engolir um tanque, de rochas assassinas, uma delas manchada de óleo preto, a morte do automóvel de algum desconhecido. Era uma estrada que não queria você mais do que você a queria. No lado mais alto do barranco havia mato alto, mas nenhuma sombra naquela hora do dia, e o chão de terra era ressecado e desconfortável.

Não havia ameaças, caveiras ou ossos cruzados pregados nos troncos das árvores, mas em certo ponto havia um Volvo abandonado batido em uma árvore. Parece ter caído colina abaixo e então derrapado de ré até parar com as rodas traseiras cravadas em uma velha acácia chamuscada. As rodas da frente projetavam-se além da borda de terra amarela e o carro estava equilibrado por muito pouco. Lá embaixo, apenas vertigem.

O Volvo pegara fogo. Não dava para dizer se fora no momento do acidente ou depois. Estava preto por causa do incêndio, marrom de ferrugem e fino como papel de enrolar cigarro, como uma vespa devorada e abandonada em uma teia. Quando o menino e a mãe se aproximaram, ouviram um farfalhar. Então, um alto ruflar de asas. Os cabelos do menino eram pesados demais para ficar em pé, mas os fios eriçaram-se junto ao couro cabeludo e preencheram sua nuca de pavor.

Um enorme pássaro preto — ele pensou que fosse um abutre, mas em verdade era um peru — saiu voando pela janela da frente, deixando a concha enferrujada oscilando como uma flor morta em um ramo preto ressecado.

O coração do menino subiu-lhe às orelhas. Suas pernas doíam.

— Como ele vai saber onde me encontrar?

— Ele quem, querido?

— Meu pai — disse ele, garganta aflita.

Dial agachou-se diante dele, seus olhos enormes olhando-o como se ele fosse um rato em uma ratoeira, algo que ela não sabia como matar.

— Tem pensado no seu pai?

Em que mais ela achava que ele pensava? O tempo todo, noites suarentas adentro e dias abrasadores afora.

— Oh, querido — disse ela, e estendeu as mãos para abraçá-lo. Ele a afastou e caminhou colina acima, sentindo o cascalho cortante penetrar entre seus pés e os chinelos de borracha. Todos os dias sua pele sofria cortes ou rachaduras.

— Che, fale comigo.

— Sou Jay — disse o menino. Ele não tinha muitas maneiras de magoá-la.

— Jay, vamos dizer para o seu pai onde você está.

Ele temia que isso fosse mentira mas, ao mesmo tempo, esperava que não fosse.

— Como?

— Vou escrever uma carta.

Ele estava a uns 3 metros colina acima, finalmente olhando para ela.

— Quando?

— Hoje à noite.

— Você ama meu pai? — perguntou o menino.

Dial levou as mãos grandes e arranhadas ao peito. Ele compreendeu ou julgou compreender, mas voltou-se e continuou colina acima e não deu atenção à aflição dela até finalmente chegarem a uma ampla ravina onde a estrada parecia não levar a lugar algum, exceto a cinco grandes tambores de óleo diesel.

— Para onde agora? — perguntou o menino. Ele ainda estava furioso e ela devia saber.

Ela apontou e ele viu diversas marcas tênues de pneu, que não seguiam nenhum curso regular, mas que vinham de uma mesma direção, terminando em uma mancha cinzenta entre árvores grandes, uma espécie de nada que fez sua boca ficar seca. Ele a seguiu em direção à mancha e apenas quando estavam muito perto foi que ele percebeu que era uma rede pesada que fora jogada como uma teia de aranha sobre uma construção.

Então pôde ver um muro alto feito com grandes troncos cinzentos, cravados em pé, como árvores, o espaço entre os troncos preenchido com barro amarelo. No topo do muro percebeu um teto de ferro que fora pintado de preto.

Ele não queria entrar ali.

Dial tomou-o pela mão. Mas, assim como o menino, ela também não sabia o que era aquilo.

— Não acho que seja a casa dele — disse o menino, mas deixou-se levar. Era difícil dizer no que entraram, talvez um esconderijo, um estábulo, uma cabana, uma garagem, um forte; tudo isso ao mesmo tempo, na verdade. A base da construção acabaria se revelando como um celeiro de feno que Trevor Dobbs roubara de Conondale no Ano-Novo. Ele desmontara o celeiro e transportara a armação de ferro e o telhado em um caminhão "emprestado". Ele dirigira o caminhão pela colina esburacada, descarregara o celeiro e devolvera o caminhão antes do primeiro dia de 1968. Ele jamais diria quem foram os seus cúmplices. Ele construíra um covil, um complexo. Paredes de tijolos de barro, 30 centímetros de espessura, à prova de balas.

O menino tinha uma sensação muito forte de que se meteria em problemas só em entrar ali, mas o alto portão de madeira estava aberto e não lhe restou alternativa a não ser seguir Dial ou ser deixado para trás. Viu várias tábuas encostadas contra as paredes internas, assim como muitas vidraças estreitas com a palavra TELECOM impressa. Um pequeno trailer prateado estava estacionado a um canto. Na frente do vagão havia montes de areia, brita, serragem, coisas pretas e fedorentas que logo o menino conheceria muito bem. Metade do chão era de concreto e a outra metade de terra, e havia paredes ainda incompletas e dava para olhar diretamente para as verduras e algumas delas — as alfaces, por exemplo — cresciam do lado de dentro.

Dial chamou Trevor.

— Este é o esconderijo dele — murmurou o menino.

— Shhh — disse ela. Ele a seguiu de perto por entre alfaces até saírem no jardim pontilhado de novas culturas entre abóboras, abobrinhas e berinjelas, as quais se sobressaíam, enormes e roxas, de um leito de flores amarelas.

E lá estava Trevor Dobbs, segurando verduras cortadas em frente a seu pênis grosso e enlameado.

O menino não queria ver o pênis de Trevor, nem em parte, e ficou aliviado ao perceber que Dial sentia o mesmo.

— Trouxe o seu assistente — disse ela. Sua voz estava animada e falsamente alegre, mas seu rosto ficara vermelho. Ela deu-lhes as costas e, sem mais nem menos, foi embora.

Dial estava fugindo. Não devia ter feito aquilo. O menino correu atrás dela entre as sombras do abrigo, mas ela já havia ido embora. Ele se sentou em uma pilha de areia amarela e tentou não chorar.

Após algum tempo, percebeu que Trevor entrara e fora até o trailer. Tentou não olhar para o homem, mas viu que ele não tinha muita bunda e a que tinha estava bastante enlameada. Ele saiu dali de short.

Então Dial reapareceu.

— Você está bem? — perguntou ao menino.

O menino nem olhou para ela.

Trevor agora lavava as verduras com uma mangueira. A água se espalhava pelo chão, ou jardim.

— Você pode ficar — disse Trevor para Dial.

Ela se agachou de modo a ficar da altura do menino. Foi uma atitude idiota e bajuladora.

— A que horas você quer que eu volte?

O menino estava com raiva por ela tê-lo feito sentir tanto medo. Ele deu-lhe as costas e saiu para o jardim fingindo olhar para as coisas.

— Quando?

— Quando eu tiver terminado — respondeu ele, desejando magoá-la, mas sem querer que ela fosse embora.

Então Trevor aproximou-se do menino arrastando uma espécie de trenó, um pedaço de corda ao redor do pescoço.

— Isso é uma paleta — disse Trevor.

Ele estava errado. Paleta era o que a avó usava para pintar, mas Trevor não sabia ler e nem escrever, como já dissera. Ele amarrou ambas as extremidades da corda à frente da paleta de modo a ficar parecida com um arreio, e então mostrou ao menino como prendê-la ao peito e puxá-la. Como se fosse um cachorro.

Trevor não perdeu tempo agachando-se para falar. Ele levou o menino até um monte de uma coisa de aspecto horrível e disse que eram plantas aquáticas que ele colhera no lago Qualquer Coisa e que agora iria usá-las como cobertura para as raízes. Sabe o que é uma cobertura?

Àquela altura, era evidente que Dial o deixara.

— Sou só uma criança — disse ele.

— A cobertura impede que a água escape do chão — explicou Trevor. — Nós a colocamos ao redor dos vegetais, o que também evita as ervas daninhas. Portanto, o que pode fazer para me ajudar é pôr tanta planta aquática na paleta quanto conseguir carregar e então arrastá-la até aquelas pequenas couves-flores logo ali. Sabe o que é uma couve-flor?

— Quanto tempo terei de fazer isso?

— O quanto quiser.

— Meia hora — disse ele.

Então voltaria para casa.

— Meia hora está bom — disse Trevor.

Mais tarde, o menino viu-o no fundo do jardim empunhando uma picareta. Voltara a ficar nu, mas agora o menino estava ocupado com a planta escura e pesada, emaranhada como cabelos quando acaba a água do chuveiro. Ele dispôs o emaranhado ao redor dos brotos de couve-flor e, para sua confusão, suas narinas se encheram do cheiro mofado e distante do lago Kenoza. Então ele chorou em segredo, lamentando tudo o que perdera, todos os buracos frios e vazios, o tutano roubado de seus ossos.

31

Ela poderia simplesmente tê-lo deixado à porta de uma delegacia. Mas ela não podia deixá-lo em parte alguma, nem mesmo com Trevor Dobbs. Ela odiava ser uma boa moça, mas isso é o que ela sempre fora, aquela que operava o moedor de carne tarde da noite ou entregava salsichas para cima e para baixo na I-95. Ela era um cão domesticado, até mesmo agora, caminhando até os tambores de óleo e então voltando à rede, depois retornando aos tambores de óleo. Ela estava ligada àquele menino riquinho. Ao mesmo tempo, sabia que não podia, que não queria, que não permitiria que aquilo fosse a sua vida.

Ela se agachou com as costas apoiadas contra o tronco de um eucalipto, provocando a queda de pedaços de casca sobre as suas costas. Então, pequenas formigas pretas subiram por suas pernas obrigando-a a voltar ao complexo de Trevor.

Da porta, podia ver claramente o desaparecido Che Selkirk carregando uma substância escura e cabeluda num trenó e arrastando-o até uma horta. Ele era uma coisinha bem estranha. Tinha um belo sorriso, astuto e tímido ao mesmo tempo, muito parecido com o do pai. Dial se comoveu com a seriedade do menino, como ele acomodava a planta sobre o solo recém-regado. Ao vê-lo em segurança, ela finalmente desceu a colina. Apenas depois de algum tempo também começou a cuidar do jardim, mas o solo secava muito rapidamente e ela não tinha sementes. Dial não conseguia se concentrar em nada. De vez em quando entrava para verificar, mas o menino não estava lá, apenas um vazio pesado e viscoso, uma camada de ar, superfícies inertes das quais se erguiam pequenas moscas pretas, suas Fúrias.

De volta ao jardim, Buck apanhara uma rã e a atormentara até Dial ter de matá-la com uma pá. A rã gritou e, então, ficou imóvel e esmagada. Todas as pequenas formas de vida, em sua resistência espernеante e contorcida, eram como o menino.

Quando ficou muito quente, ela se deitou sob o mosquiteiro e Buck miou até ela deixá-lo entrar. Com ou sem guizo, estava com uma peninha azul no canto da boca.

Dial dormira demais. Começou a correr assim que deixou a cabana, estrada abaixo, colina acima. Garganta arranhando, lábios secos, atravessou as redes da casamata de Trevor. Lá estavam eles, do lado de fora do trailer, o menino sentado em uma grande cadeira de barbeiro, o homem sobre uma caixa de fruta. Trevor pegou uma faca e fatiou uma melancia dando um pedaço grande e suculento para o menino. O murmurar da voz do menino causou-lhe um espasmo. Ele alguma vez já falara tanto assim com ela?

Dial não sabia como as mães de verdade faziam as coisas, como conseguiam viver sem ficarem loucas.

Então, ela se esgueirou para longe dali uma terceira vez, acreditando que uma mãe não devia esperar como uma pilha de peixe morto dentro de sua cabana enquanto o vale lentamente escurecia. Estava quase escuro quando ela finalmente subiu a colina outra vez, agora furiosa com o menino por atormentá-la e com Trevor, por ignorar que devia mandá-lo para casa ao anoitecer, e com ela mesma por ser tão descuidada com a própria vida.

A escuridão a pegou na estrada. Pouco depois do Volvo enferrujado ela foi obrigada a estender as mãos para tatear o caminho. Algum tempo depois, viu uma luz através das árvores de troncos pálidos e sedosos e se alegrou. Mas então a luz se apagou. Ela esperou que a luz descesse estrada abaixo e a encontrasse de pé naquilo que erroneamente pensara ser o meio da trilha.

Então a luz estava bem em cima dela, ofuscante, azul como um relâmpago em seu rosto.

Ela ergueu a mão para se proteger de seu brilho brutal.

— Quem é?

Ninguém respondeu, mas a luz era forte e fria como gelo. Mais uma vez ela estava com medo.

— Trevor?

— Olá, Dial — disse o menino.

— Ora, seu cretino — gritou a mãe. — Seu merdinha. — Assim ela falou com ele. Além disso, ela bateu na mão dele com tanta força que a lanterna caiu e rolou em direção à ravina, rodopiando através da mata até se transformar em um vaga-lume em meio aos cambarás, lá, lá embaixo, e tiveram de voltar para casa em um silêncio escuro e amargo.

— Desculpe, Dial — falou o menino.

— Tudo bem. Também peço desculpas. — Ela sentia a fragilidade dele, seu pequeno coração disparado.

— Você machucou a mão?

Ela não podia falar, balançando a cabeça no escuro, envergonhada diante do menino.

Na cabana ele mostrou o que carregava às costas: mamão, melão, abóbora e berinjela. Ao pousar os presentes sobre a mesa, ela acendeu o lampião de gás e viu o seu sorriso de esguelha.

— Então — disse ela, ao começar a preparar o jantar. — Sobre o que você e Trevor conversaram?

— Nada demais — respondeu ele.

— Divertiram-se?

— Foi tudo bem.

Ela era tola o bastante para ficar magoada com sua reticência. E era esperta o bastante para saber que aquilo era uma tolice. Ela preparou um *ratatouille*, mas ele dormiu antes de a comida ficar pronta, o braço jogado para fora da almofada, a boca de lábios largos e vermelhos quase exatamente iguais aos do pai. O menino tinha um bilhão de dólares em segredos palpitantes e ela disse para ele, baixinho, em segredo, que o amava e levou-o até a outra cabana, onde era mais fácil colocá-lo na cama.

32

Ele dissera que fora tudo bem, porém, não era verdade. O sol estava inacreditavelmente quente e queimava através da camisa. Ele arrastara aquele trenó para cima e para baixo naquela trilha de serragem ao menos umas cem vezes, a carga chacoalhando lá atrás e a corda machucando o seu peito e os seus braços, como se fosse capaz de fatiar os seus sentimentos como gordura de carneiro. Quando todas as couves-flores estavam protegidas, ele foi para o canteiro seguinte. Quanto tempo aquilo durou, ele não se lembrava.

— Pausa para o cigarro!
— Senhor?
— Vamos dar um tempo.

O calor fazia Trevor parecer com algo que o menino nunca vira em sua vida: um boneco de lama, o tronco de uma árvore, uma melancia sem cintura ou quadris. Ele esfregou o rosto vermelho com as costas da mão preta e inspecionou o trabalho do menino. Não disse *muito bem* ou *obrigado*.

— Quer se lavar?

O menino não ia ficar nu ali de jeito algum.

— O quê? — perguntou ele.

Trevor apontou para o chuveiro a céu aberto, em uma espécie de buraco sob um tanque de concreto.

— Estou bem — disse o menino.

Ele seguiu Trevor, que saiu do sol e foi para baixo do telhado onde o cheiro era de serragem, terra e algo doce e bêbado como uma toca.

Trevor tomou banho e voltou de sarongue, cabelos castanhos molhados e curtos como o pelo de um cão. Ele se chacoalhou e salpicou o menino de gotas d'água. O menino gostaria de tomar um copo de leite gelado. Ele pediu água, mas Trevor mandou-o usar uma mangueira de jardim preta, surrada e emendada com fita adesiva. A água era fria o bastante, e ele a deixou escorrer por suas pernas de propósito. Em seguida, molhou o rosto e limpou as mãos enlameadas no short.

Trevor perguntou se ele gostava de melancia.

— Para mim tanto faz — disse ele.

— Sente ali. Sabe o que é aquela cadeira?

A cadeira era estranha e assustadora. Ele balançou a cabeça em negativa.

— Não existe barbearia em Nova York?

— Há todo tipo de coisas por lá — respondeu ele.

Trevor olhava acima de seus olhos. O menino sabia que seus cabelos louros estavam aparecendo nas raízes do disfarce.

Trevor perguntou:

— Você não sabe o que é um barbeiro?

O menino ficou só esperando enquanto era olhado.

— Não?

Trevor abriu uma mesa portátil e sobre ela pousou uma melancia, um pedaço de pão e uma tigela de azeitonas. Ergueu uma azeitona entre o polegar e o indicador, o que fez o menino lembrar-se de sua avó e de seu martíni das 18h. Segundo a avó, ele preparava os melhores martínis do condado de Sullivan.

— Sabe o que é isso?

— Uma azeitona.

— Come-se com pão e melancia.

O menino sabia que aquilo estava errado.

— Então — disse Trevor, rosto enterrado na melancia como um animal. — Então Dial é sua mãe. E seu pai? Está nos EUA?

O menino pegou um pedaço grande de pão e mordeu.

— Sou órfão — falou Trevor. Ele enxugou o rosto com as costas do braço musculoso. — Sabe o que é um órfão?

O menino ocupou-se com uma azeitona. Era preta, não verde, e pontuda em uma extremidade. Ele cuspiu o caroço na mão.

— É quando você não tem mãe nem pai. Sabe de onde eu sou?

O menino mordeu um pedaço de melancia, apenas para manter a boca cheia. Ele não devia ter sido deixado sozinho com Trevor.

Trevor comia as azeitonas que trazia na mão.

— Você é um menino de muita sorte — disse ele afinal.

A melancia e as azeitonas tinham um gosto errado e bom, salgado e doce.

— Você fica triste à noite?

— O quê?

Os olhos de Trevor eram pequenos mas claros, e tinham uma expressão úmida. Ele cuspiu longe os caroços de azeitona.

— Perguntei se fica triste à noite.

O menino olhou para ele, garganta queimando.

— Pergunte sobre meu pai — exigiu Trevor.

O menino ficou com medo.

— Não tive pai — disse Trevor. — Pergunte sobre minha mãe.

— Você não teve mãe?

— Danem-se todos eles — disse Trevor. — Não se preocupe. Veja onde estou. — Ele apontou com a faca e olharam juntos para as pilhas de objetos, para a paisagem. — Quando estiver pronto, filho, isso será uma fortaleza. Tenho 76 mil litros de água nesses tanques. Se quiser, posso instalar uma droga de uma fonte no meio da minha casa. Tenho vegetais frescos, maconha da boa. Ninguém pode me tocar, cara, você entende? Ninguém sabe que existo. Ninguém pode me ver com satélites. Sou totalmente órfão. Esse é o lado bom da coisa. Entendeu?

— Acho que sim.

— Ela se separou do seu pai?

— Ele logo virá me buscar — apressou-se em dizer o menino. — Está trabalhando agora e não pode vir até terminar.

— Que tipo de trabalho ele faz?

— Não posso dizer.
— Ele está preso?
— O quê?
— Está cumprindo pena?
— Ele foi para Harvard — disse o menino. Ele sabia que era algo poderoso a ser dito.

Trevor estalou a língua e balançou a cabeça.

— Talvez a gente devesse voltar ao trabalho agora — comentou o menino.

— Quer trabalhar *mais?*
— Não me importo.

Ele aprendeu a jogar a casca da melancia no composto de adubo e trabalharam um bom tempo sob o sol quente. Então, Trevor decidiu que já bastava, o menino tomou uma ducha e voltou a vestir o short enquanto ainda estava molhado.

— Quer ver algo legal?
— Não sei — disse ele.
— Diga que sim — falou Trevor —, é um presente.

O menino já tinha um presente, uma nota de 10 dólares australianos que vira na bancada e que guardou no bolso junto com suas outras coisas.

— Vamos — chamou Trevor, e o menino o seguiu em meio às cascas de árvore caídas, carregando o seu presente, enquanto os gravetos secos explodiam como fogos de artifício sob os seus pés.

Estamos quites seu rato sujo, vou lhe entregar para o gato velho.

Caminharam ao longo da ravina que era suave a princípio, mas logo ficou íngreme e irregular, com rochas lascadas como escamas, a espinha de um dragão velho e sarnento. Então, saíram ao sol e atravessaram um campo plano com grama fina e sementes roxas que brilhavam como prata. Através das lâminas oscilantes o menino imaginou poder ver linhas amarelas, como caminhos cobertos de vegetação ou marcas de pneu, mas talvez estivesse enganado. Ele ouviu o ruído das sementes roçando contra sua pele. Mantinha os olhos baixos, procurando cobras.

O que lhe seria mostrado? Certamente algo relacionado ao seu pai.

Logo chegaram a uma cerca de arame farpado. Os postes eram cinzentos, cobertos de musgo verde-claro. O arame era marrom-chocolate, afora algumas partes novas que alguém acrescentara de modo que a cerca pudesse ser aberta e fechada como um portão desossado. Mais além, o terreno despencava até um pequeno platô onde cresciam mudas de árvores, flores amarelas e velhas folhas grossas que rasgavam como couro.

— Acácias — disse o homem.

O menino não queria prosseguir, mas tinha medo de ser deixado para trás e andou rápido atrás de Trevor, até chegarem a uma espécie de calombo ou verruga do tamanho aproximado de uma casa pequena, e foi ali que o homem parou, voltando a amarrar o sarongue e farejando ao redor como um cão.

— O que vamos fazer agora?

Os olhos de Trevor eram pequenos e muito azuis e, quando se voltaram para olhar para ele, estavam brilhantes e vítreos, e o menino estava com medo de vir a ser preso por roubo. Sem dizer uma palavra, Trevor pegou a mão dele e o guiou ao redor da base da protuberância, pelo meio de um mato que parecia um bando de serpentes até chegar a uma pilha de galhos secos. Ele afastou os galhos indicando que o menino devia entrar. O menino não quis.

— Aonde vamos? — Sua garganta estava seca e áspera. Ele não sabia o que um homem desejaria mostrar para um menino.

Trevor deu-lhe um leve empurrão e então ele seguiu em frente e descobriu um abrigo rudimentar coberto com o mesmo tipo de rede que protegia a casa de Trevor, só que esta estava entrelaçada com videiras mortas e arbustos, feito uma pilha de lixo.

"Ela não devia ter me deixado sozinho", pensou o menino.

— Vai — disse Trevor. — Ninguém vai mordê-lo.

Dentro do abrigo, o menino descobriu um carro azul-claro muito bonito, eixos apoiados sobre blocos de madeira. Havia um espaço de 1 metro entre o carro e a rede, de modo que o veículo podia ser admirado adequadamente.

— Você sabe que tipo de carro é esse?

— Não — respondeu o menino, um tanto aliviado.

— Gostou?

— É legal, Trevor.

Era escuro e estranho dentro da rede, mas não era de modo algum assustador. O carro era prateado, de um azul brilhante como gelo, ou como um céu outonal. Dava também para sentir o cheiro dos produtos de limpeza e pequenos lampejos de luz do sol — aros de faróis dianteiros dentro daquele ninho de gravetos.

— Tem enormes tanques de combustível — disse Trevor. — Foi um carro de rali. Dá para dirigir mais de 1.000 quilômetros sem ter de parar. — Trevor imitou uma pistola com os dedos. — *Bang* — disse ele. — Quer acioná-lo?

— O quê?

— Ligar o motor.

— Obrigado, Trevor.

A porta nem estava trancada. O menino entrou primeiro e posicionou-se atrás do volante.

— Está vendo a chave? É só girar.

Foi o que ele fez. O motor do carro ganhou vida e Trevor lhe ensinou como se apoiar no chão, apertar o pedal e fazer o motor rugir bem alto. Era limpo ali embaixo, sem poeira, nada a não ser uma moeda de prata que ele pegou e guardou no bolso junto à cédula. Após algum tempo ele enjoou de ficar no chão, de modo que pegou um tijolo do banco de trás e pousou-o sobre o pedal.

— Precisa carregar a bateria. — Trevor explicou como aquilo funcionava. Devia se lembrar daquilo se ia ser responsável pelo Peugeot podre do Adam.

O menino não disse que ia voltar para casa. Ele aprendeu a respeito do gerador e ambos se agacharam no mato a uma certa distância do carro e ficaram observando a fumaça do cano de descarga subir e desaparecer em meio à luz do sol. Trevor tirou um pouco de tabaco da cintura do seu sarongue e começou a enrolar um cigarro.

— Todo mundo acha que a estrada acaba na minha casa — declarou Trevor. — É o que mostra o mapa. Pergunte à polícia, é o que lhe dirão. Mas não é verdade.

O menino ficou atento ao ouvir falar na polícia.

— Há uma estrada velha que passa por aqui. Esta é a minha porta dos fundos, entendeu? Posso dirigir pelo caminho que viemos. É viável agora. Não há nada que me impeça de sair na Bruce Highway, pouco antes de Eumundi. Assim, quando vierem me pegar — afirmou Trevor —, vou dar o fora. Sou órfão, entende? É por isso que você precisa me conhecer. Nós aprendemos a cuidar uns dos outros.

— Não sou órfão — disse o menino. — Não sou!

— Ei, calma. — Trevor coçou-lhe a cabeça.

O menino se afastou. Sentiu que o homem estava furioso, olhos vasculhando seu couro cabeludo, embora talvez fosse apenas a sua imaginação.

— Não vou machucar você — falou Trevor.

— Meu pai o mataria — disse o menino.

— Ele é seu pai — alegou o homem. — Que alternativa teria?

33

A pele do menino ficou escura como uma casca de árvore. Ele subia a colina descalço. Dial era deixada lá embaixo, sem saber o que fazer. Ela esperava... pelo quê? Por nada. Do lado de fora das janelas abertas o mundo era verde, fecundo, tudo apodrecia e nascia, mas ela não sabia jardinagem e ficava presa na cabana com sua miserável barreira de umidade amarela entre a madeira rústica e a moldura interna. Dentro da cabana era pior do que o lugar onde ela nascera: decrépito, repleto de teias de aranha, nenhum canto ou linha reta, tudo envenenado pelo papel amarelo e brilhante. Aquela era a arquitetura alternativa, seu componente mais confiável fabricado pela Dow Chemical, pela Monsanto, pela 3M.

Obrigou-se a dirigir o carro. Ela precisava ir a algum lugar, mas percorreu a estrada de Remus Creek sem saber aonde ir.

Em Nambour, passou diante da delegacia de polícia duas vezes. Ela estacionou a meia quadra de distância, ainda incerta. Sua boca estava seca. Ela estava enjoada com o cheiro dos plásticos automotivos. Ela trancou o carro com as janelas fechadas. Suas mãos estavam trêmulas.

Planejava dar um passo, depois outro. Trouxera o seu passaporte. Ela não sabia qual o caminho de volta para Brisbane.

Chegou a uma banca de jornais com uma varanda escura e porta baixa. Pretendia perguntar para onde era o sul, mas, em vez disso, viu que as paredes estavam lotadas de livros de bolso. Ela perguntou se teriam *O lobo do mar* e, tendo educadamente rejeitado *Mar de problemas* e *Beldades do mar*, foi mandada a uma biblioteca empoeirada na Escola de Artes. A biblioteca era inútil, mas a bibliotecária ouvira dizer que havia uma boa livraria em Noosa Junction, embora ela nunca tivesse estado lá.

Que lugar horroroso para se viver.

De volta a Yandina, começou a dirigir mais lentamente, como se querendo que algo acontecesse com ela, reduzindo diante de ameaçadores caminhões de brita, desafiando-os a destruí-la. Ao se aproximar da entrada para Remus Creek descobriu que não podia fazê-lo. Seguiu em frente mais 2 quilômetros, então mais 3. Em algum lugar perto de Eumundi ela parou no acostamento e ficou ali com o motor ligado.

Estava estacionada diante de uma trilha precária que avançava em meio à vegetação rala. Através do para-brisa manchado via montes de serragem, algumas pilhas de madeira recém-cortada estocada em prateleiras. Havia dois carros abandonados, um galpão com paredes vazadas que poderia ser o lugar onde ficavam a serra e um homem baixo e magro, de uns 60 anos, que saiu para vê-la. Usava um short e um avental que chegava até seus joelhos calejados.

O sujeito deu um passo para o lado para ela poder entrar.

Dial acenou indicando que estava indo embora. Ele se afastou mais ainda.

"Então é isso? Outro lançar de dados", pensou ela.

Logo ela estava descendo a trilha esburacada, caindo em poças e escorregando de lado, tropeçando em profundos sulcos de pneus. O carpinteiro esperou entre dois montes de serragem morta e cinza, portais de seu mundo estrangeiro. Atrás dele havia uma pilha de pranchas de madeira com uma bela tonalidade amarelo-clara.

O sujeito tinha uma boca de boneco feito de meia e um cachimbo curto de barro. Ele inclinou a cabeça para ela.

— Aqui é uma serraria?

— Da última vez que olhei ainda era.

Havia sido o amarelo que a tirara do carro.

— Isso é eucalipto — disse ele, ao ver para onde ela estava olhando.

Ela estava perto o bastante para sentir o aroma pungente da seiva da madeira.

— Está fazendo uma cerca? Serve para fazer cercas.

— Quero revestir uma parede — decidiu ela.

— Oh, não, querida, não serve. É para cerca, cerca barata. Vai encolher como o diabo.

Ela estava pensando que as paredes pareceriam douradas à luz do lampião.

— Se forem pregadas — disse ela —, não podem encolher.

— Vai enrolar que nem toucinho frito.

— Bem, posso pregar nos quatro cantos.

— Você é o que chamam de *alternativa?*

— Acho que sim.

Ele ergueu uma sobrancelha de flerte.

— Você pode usar um prego curvo — sugeriu-lhe ele —, de modo que, caso a madeira encolha, continue plana. Deve fazer um tipo de L com o prego. Pode fazer isso. Vai ficar acordada a noite inteira com esses pregos.

— Está tudo bem.

Ele meneou a cabeça. Sua boca era pequena, sorriso magro.

— Oi! — gritou o sujeito.

Das sombras do galpão de paredes vazadas emergiu um gigante de meia-idade barrigudo e de pernas nuas.

— Rápido — disse o carpinteiro —, traga o seu belo corpo até aqui.

Então, os dois homens amarraram as pranchas ao Peugeot, ela lhes pagou 20 dólares e voltou para casa com o objeto de sua compra sacolejando e batendo no teto. Pensou no paciente asmático de Camus movendo ervilhas de uma caçarola para outra. Pensou em Beckett, também. Mais divertido seria construir uma parede.

Ela não desatou as cordas corretamente, motivo pelo qual o menino veria mais tarde o hematoma amarelo e preto que lhe tomava o tornozelo e a parte superior do pé. Quando a dor diminuiu, ela pegou seis pranchas cheias de rebarbas com seus braços desprotegidos, carregando-as diretamente até a cabana maior e jogando-as de qualquer maneira no canto mais livre do chão.

— Não consigo prosseguir. Tenho de prosseguir.

— Olá, Dial.

Rebecca e um menino pequeno estavam à vontade entre as almofadas.

— Olá — falou Dial, coração batendo violentamente.

— Fazendo reformas?

— Sim.

— Revestindo o interior, afinal?

— Sim — respondeu Dial, ou algo parecido.

— Sabe que a madeira vai encolher?

— Sim.

— É bom pregá-las bem juntas porque senão você terá vãos de 3 centímetros entre as pranchas.

Quem diabos essas pessoas pensavam que eram, entrando na sua casa, coçando suas pernas cabeludas e comendo do seu mamão? Dial não se sentou. Não podia. Seu comportamento não a ajudaria. "Bem, que seja", pensou. Ela nunca viveu em algum lugar onde não houvesse conflito.

Dial logo percebeu o fedor, que atribuiu aos pelos que despontavam debaixo dos braços gorduchos de Rebecca. Os seios da visitante eram grandes e estavam suados, manchando sua camiseta cinza.

— Então, Rebecca, é sobre o gato?

Rebecca meneou a cabeça em direção a um saco de farinha que ela deixara à porta.

— Pode-se dizer que sim — disse ela.

Dial pensou: "Meu Deus, a megera matou o Buck."

— Dê uma olhada — disse a fedorenta —, por que não olha?

— Por que deveria?

— É instrutivo.

Dial aproximou-se lentamente do saco, um zumbido irreal nos ouvidos. As moscas rastejavam ao redor do tornozelo ferido.

O conteúdo se esparramou no chão como o quê? Como flores. Tufos de grama. Um pouco de esterco fedorento. Então ela entendeu para o que estava olhando: pequenos pássaros mortos, alguns claros, outros cinzentos, alguns cobertos de formigas e possivelmente — ela viu o movimento como um estômago vivo — vermes. "*O poderoso chefão*", pensou. A cabeça do cavalo na cama.

— O que diabos pretende, Rebecca? Nunca fiz nada para você.

— Aí que você se engana, Dial.

Rebecca levantou-se. O menino louro ficou ao seu lado, seus olhos sem cor repletos de dura moralidade.

— Foi isso que você fez comigo — disse Rebecca. — Você trouxe o seu gato para o vale. Foi isso o que fez. Eles são seres sencientes — disse ela, cutucando um corpo emplumado com o dedão do pé.

— São *o quê*?

— No budismo... — começou a falar Rebecca.

— Eu sei o que *senciente* significa.

Rebecca estreitou os olhos.

— Então devia saber que seu gato está destruindo o nosso meio ambiente e você tem uma escolha: pode se livrar do gato ou nós nos livramos de você.

— Rebecca, você sabe que falei com Phil Warriner.

— Você não está nos EUA, Dial. Não decidimos assuntos éticos com advogados.

E, com isso, ela foi embora, pisando forte, com o menino chorando três passos mais atrás.

Sob os corpos repletos de vermes, as pranchas amarelas repousavam na sombra, como varetas de milefólio sobre o chão empoeirado.

34

Quando ficava quente demais para trabalhar, o menino se lavava e sentava na velha cadeira de barbeiro. Entronado sob o teto escaldante, olhava para a mata prateada onde as árvores, como alienígenas, moviam suas extremidades perigosas.

Trevor lhe trazia pão e azeitonas, mamão, melancia ou cantalupo. Certa vez, havia um grande saco azul com mangas. As mangas eram "visitantes", uma categoria de coisas que também incluía o menino e o cavalo velho que no momento afastava as moscas do traseiro com a cauda nervosa, uma besta triste que passava as manhãs dando voltas no moinho de cerâmica. Trevor atirava terra com a pá, e o menino, cujo trabalho era guiar o cavalo, sussurrava em suas orelhas estúpidas e lhe dava cenouras com a palma da mão, os dedos longe de seus dentes cegos. No cerne da tarde empoeirada o menino removia os carrapatos das costas do cavalo e esmagava os seus depósitos de sangue entre as unhas. Às vezes, o cavalo tentava mordê-lo em paga.

O menino estava muito preocupado com o pobre cavalo, mas quase esquecera o gato que exigira com tanta urgência. Quando estava com Dial, ele se lembrava de Buck, é claro, mas naquele momento ele estava muito mais interessado em um gato que tinha morrido havia muito tempo e que metera Trevor em apuros quando ele era órfão, recentemente roubado de seus pais ingleses, como ele dissera, e trazido para a Austrália pelos padres do Lar do Dr. Barnardo.

O menino sabia não ter idade para ouvir as histórias que Trevor queria lhe contar, mas era por isso que ele vinha. Por isso que provavelmente era convidado. As histórias eram ricas e pegajosas, como sangue a açúcar, como algo que depois o deixaria enjoado. Havia gatos na fazenda dos órfãos. Aquilo acontecera no sul da Austrália. O menino não sabia onde ficava aquilo, apenas que era frio e sem amor, e os meninos londrinos sofriam de micoses, sarna, surras, para "conseguirem afeto", ou seja, para acariciarem um gato.

Os meninos sarnentos e peidões eram iguais a ele. Dizia-lhe isso frequentemente embora não fosse verdade. Haviam subido a um sótão procurando um gato em particular. Sabiam que estava ali, pois ouviram-no miando à noite. No espaço exíguo ralaram os joelhos e bateram com as cabeças em vigas, sussurrando: pssss, pssss, pssss. Mas o que parecia tão secreto no escuro era um evento público no dormitório lá embaixo onde o irmão Kiernan esperava, sentado em uma cama de ferro, já batendo com o bastão contra a bota. Logo os meninos seriam castigados.

— Qual era o crime? — Trevor cuspiu os caroços de azeitona contra o trailer. — *Bang! Bang! Bang!* Qual era a droga do crime?

O dormitório onde o irmão Kiernan esperava com seu bastão não era muito longe de onde os meninos tiveram de se alinhar dois anos depois para vê-lo em seu caixão. Tal cena o homem adulto podia ver com clareza: as partes arroxeadas das rosas ao longo do caminho de brita de quartzo branco, o cheiro de fertilizante de sangue e osso, o fedor da morte. O rosto do irmão Kiernan parecia feito de cera, os cabelos brancos. O menino Trevor sentia o cruel apertar dos sapatos que fora obrigado a usar naquela ocasião, sapatos que lhe foram confiscados quando os órfãos chegaram em solo australiano.

— Levaram tudo — disse Trevor.

— Coma mais pão — falou o menino.

— As menores coisas que trouxemos de casa. Castanhas-da-índia. Sabe o que é? Até os nossos elásticos. Punham nossos sapatos, meias e suéteres em caixas de cerveja e escreviam os nossos nomes ali. ERIC HOBBS, escreveram, e me puxaram a orelha quando eu disse que o nome estava errado. Só devolveram os nossos sapatos no funeral de Kiernan, mas àquela altura os nossos pés haviam crescido e endurecido, e nos acostumamos a andar sobre gelo, brita, espetos, espinhos e rosetas que nunca tínhamos visto. Os sapatos apertavam no funeral de Kiernan, mas era bom ver o desgraçado morto. Você sabe o que quero dizer — perguntou ele, olhos muito brilhantes, muito estreitados.

— Ele perguntou de novo, enfiando a faca na melancia como se para feri-la:

— Sabe o que quero dizer?

O menino estava com medo. Ele perguntou sobre o gato.

— Os órfãos haviam subido no sótão e foram pegos e então receberam cartões azuis, o que significava que deviam se apresentar no escritório de Kiernan.

Trevor fatiou mais melancia e entregou para o menino um punhado de azeitonas. Mas ele estava tenso demais para comer.

— Era um quarto muito pequeno — afirmou Trevor. — Nós o conhecíamos bem, até porque ajudamos a construí-lo. "Trabalho de homem com o corpo de um menino" é como chamavam aquilo. Assim que saímos do navio, fomos divididos em grupos para capinar, cavar trincheiras, lançar fundações, recolher granito para alvenaria, derramar concreto, nos queimar com cal. Meninos de 10 a 14 anos. Construímos os lugares onde éramos surrados. E coisa pior.

"E o irmão Kiernan fazia bom uso de nosso trabalho cristão, cara. Como punição por termos entrado no sótão, fez com que nos despíssemos e andássemos nus em um círculo ao seu redor enquanto ele nos batia com a maldita vara."

O menino estava assustado e foi lavar o prato.

Trevor o deteve, uma mão sobre o seu braço.

— Eu estava lhe falando sobre o gato — retomou ele. — Você vai gostar do gato. Foi por causa do gato que ele bateu nas nossas pernas e nádegas sem piedade, um irlandês enorme com braços grossos como nossas pernas. Ficamos lanhados durante semanas. Aquilo não era nada. Pior era o terror em nossas cabeças. Nada podia se comparar àquilo.

— Você encontrou o gato?

— Eu não sei — falou Trevor com raiva. — Não me interrompa.

— Que tipo de gato era? — insistiu o menino.

— Eu tinha olhos azuis — disse Trevor. — Essa foi a minha maldição.

— O gato?

— Eu. Eu tinha olhos azuis.

— Você ainda tem olhos azuis — afirmou o menino.

— Quem se importa com isso hoje em dia?

— O gato tinha olhos azuis?

Trevor prendeu a respiração como se fosse explodir, e então expirou.

— Os padres gostavam de meus olhos azuis, dá para imaginar uma coisa dessas? Você diria que fui um homem bonito?

— Vou ter de ir embora logo.

— Não, não sou um homem bonito, e não era um menino bonito, mas os irmãos gostavam de meus olhos e me deixaram tão desesperado que tentei feri-los com uma pedra para que mudassem de cor. Entende por quê?

O menino fez que não com a cabeça. Ele sabia que não podia ir embora.

— Não importa — disse Trevor. — Você não quer ouvir isso. Eu compreendo. Desculpe. — Ele se levantou e atirou o que restava da melancia além do jardim e o menino a viu se quebrar e se espalhar, polpa branca partida em meio à mata.

— Seja lá o que faça um padre, é a vontade de Deus — disse ele. — Desculpe.

— Está tudo bem — falou o menino.

— Mas eles me prepararam — falou Trevor, limpando a boca com as costas da mão e apreciando sua realização: os grandes tanques de água, os tijolos de adobe que fizeram pela manhã e agora secavam ao sol. — Posso sobreviver a qualquer coisa agora — continuou Trevor — e você tem sorte por ter me encontrado. Sabe por quê? Porque posso lhe ensinar coisas que ela não sabe.

O menino olhou para as árvores que balançavam ao vento. Tudo era duro e seco, folhas mortas, galhos estalando, nenhuma piedade. Ele pensou: "Isso não se aplica a mim."

— Você também pode ensinar meu pai — disse ele. — Pode nos ensinar juntos.

Trevor olhava para ele. O menino não sabia por quê. As azeitonas em sua mão estavam esmagadas. Desejou nunca tê-las tocado.

— Sente-se — pediu Trevor quando o menino começou a se mover. — Ouça-me.

Como resultado, ele só desceu a colina por volta das 17h. Ainda havia luz do sol na copa das árvores de modo que Dial não devia estar furiosa com ele. O menino ouviu três marteladas ao passar pelo Peugeot e logo depois encontrou Dial de pé em uma cadeira de palha.

— Oi — disse ela, meio paralisada na mesma posição.

Dial não estava com raiva dele e, sim, de uma prancha de madeira que tentava fixar a um caibro da parede.

— Está reto? — perguntou.

Ele não queria se envolver com mecânica.

— Você trouxe o livro? — perguntou ele.

— Meu Deus — disse ela. — Só me diga. Está reto?

— Você disse que compraria um livro para ler hoje à noite.

— Bem, não comprei. Isso está reto?

O forno estava frio e amargo de cinzas. Ele tirou a mochila e pousou uma abóbora e uma berinjela na bancada da cozinha. No bolso ele tinha outros 2 dólares australianos que agora eram um segredo em sua mão úmida e fechada, como uma ameixa esponjosa.

Dial usava um lenço branco ao redor da cabeça, três pregos despontando dos lábios, um martelo enferrujado na mão.

— Só me diga se o barbante está reto, de modo que eu possa pregar.

— Dial, por favor, posso fazer isso depois?

— Só me diga: está reto?

Súbita e violentamente, ele desejou que tudo aquilo acabasse.

— Che!

— Sim — disse ele — está reto. — E era verdade: estava reto se alinhado com a bancada, mas também estava torto se alinhado com a moldura da janela.

— Você ama meu pai?

— Já disse. Segure firme.

Dial não lhe dissera nada. Ele segurou a extremidade da tábua. Seus olhos ardiam. Ela encostou um prego contra a madeira, um pequeno prego prateado, e cravou-o com sucesso.

— Aí está — disse ela —, não foi difícil.

Mas, obviamente, quando ela se afastou, deve ter se dado conta de que tinha uma casa torta de hippie. A tábua não podia parecer reta comparada a qualquer outra coisa. Ela não falou. Em vez disso, foi até o forno onde ele a ouviu limpando a grelha. Em meio à grama alta, o menino descobriu alguns gravetos e levou-os para ela.

— Desculpe, maninho — falou ela.

— Está tudo bem — disse o menino. Na hora, achou que estava sendo sincero.

Dial acendeu uma espiral repelente de mosquito e levou-a até o deque, onde emanou anéis de fumaça típicos de histórias em quadrinhos com fedor estranho que lentamente baixavam sobre seus cabelos amarelos. Enquanto o sol se punha, ela inalou aquilo como um perfume.

— Então, por que você perguntou pelo seu pai?

O menino deu de ombros. Ela ainda não respondera o que ele perguntara.

— Seu rosto está sujo.

— Quando meu pai virá me buscar?

Dial estendeu os braços fortes e bronzeados para ele, mas agora o menino estava furioso, olhando para a prancha na parede. Se alguma vez ele se sentira em segurança, deve ter sido há muito, muito tempo. Ela recolheu os braços e cruzou-os sobre o peito e sentou-se com as costas voltadas para a porta aberta, fingindo olhar para as pranchas tortas.

— Não há nada que eu possa fazer a respeito de seu pai, querido. Você sabe disso.

— Ele está preso?

— Não que eu saiba.

— Aquele não era ele — disse ele, furioso. — Você mentiu.

— Querido, isso não é algo bonito de se dizer.

— Tenho o direito de saber a verdade.

— Você tem *o quê?*

— Tenho o direito de saber a verdade.

— É sobre isso que você conversa com Trevor?

— Não. Eu tenho o direito.

— Escute aqui seu menino mimado — falou ela. — Você passa o dia todo fora brincando com Trevor. E eu fico aqui com Rebecca.

— Ela está supervisionando.

— Onde aprendeu a falar assim? *Supervisionando?* Ela não está supervisionando. Sabe o que ela trouxe para cá?

Então Dial derramou todos os seus medos na frente dele.

— Este gato é seu — argumentou ela. — Nos o temos porque você o quis. Agora, acho bom você cuidar dele, entendeu?

— Senão?

— Senão teremos de ir embora outra vez. — Quer fazer isso? Quer encontrar outro lugar para morar?

— Eu quero ir para casa — gritou ele.

O menino esperou que ela o abraçasse, que o apertasse contra o peito, mas em vez disso ela tirou o lenço da cabeça e atirou-o no chão.

— Ah, que ótimo — falou ela —, você quer que eu seja presa. Obrigada, querido, muito obrigada.

O menino olhou para ela e a odiou. Aquele nariz grande. As sobrancelhas peludas. O suor fedorento.

— Você é inacreditável — exclamou ela.

— Cala a boca — disse o menino subitamente. — Cala a boca. — Sua mente passava por um rompante de fúria. Ao caminhar até a porta, o gato saiu de seu esconderijo debaixo do banco de Adam. O menino correu até ele, batendo os pés. — Gato maldito — gritou, e saiu rapidamente da cabana.

O menino desceu a estrada sozinho. Havia corvos. Mais tarde, em meio à penumbra, ouviu Dial chamando-o, mas àquela altura ele já estava embaixo da cabana onde se encolheu entre dois tanques de propano e esperou a escuridão chegar.

35

Trevor desceu a colina com sua lanterna nova, com quase 1 metro de comprimento, mais de 1 quilo de peso. Saíra de graça para ele devido ao sobretudo espaçoso que usava quando fazia compras.

Estava descalço, pés duros, calcanhares como couro de sela ou concreto. Ele não ligara a lanterna. A escuridão era sua amiga. A lua ainda não havia despontado quando ele cruzou o último trecho da trilha e chegou ao território dos sapos-boi junto ao regato. Ele também ouvia as rãs e a água ultrapassando a represa que os filhos de Rebecca haviam erguido. Através dos eucaliptos viu as velas tremulando na cabana. Ela estaria deitada na cama que ele construíra. Ele contara ao menino sobre o mal-entendido com Rebecca, mas o menino não entendera coisa alguma.

Mais adiante ficava a entrada para as terras de Adam. Não era difícil de achar. A moça americana tinha um lampião a gás enorme. Ela era como uma refinaria de petróleo. A lâmpada ficava pendurada em um cano amarelo de 1 metro de comprimento, conectado diretamente no tanque de gás novo em folha e sua luz se espalhava através da grama alta, o caminho amarelo-mostarda manchado de branco, insetos alados subindo pelos seus joelhos.

Trevor anunciou sua chegada, mas não reduziu a marcha. O menino observou-o de seu esconderijo sob a cabana. Ele viu os pés de Dial se encontrarem com os de Trevor à porta dos fundos, dois degraus acima dele. Ela se afastou e Trevor entrou.

Dentro da cabana, Trevor e Dial se encararam.

— Você não pode torturá-lo assim — disse ele.

— Trevor, do *que* você está falando?

— Fale para ele sobre o pai, Dial.

Ela fez uma careta e Trevor pensou: "Ela o deixou!"

Trevor foi até o pequeno deque que o fraco e preguiçoso Adam construíra, e ali se agachou, a lanterna pesada sobre o colo, o ridículo ruído do lampião de gás atrás dele.

— Sabia que dá para ver esse lugar do espaço? — perguntou ele.

— Gosto de ler — retrucou ela.

— Sou disléxico — disse ele. — Fui surrado por não conseguir ler, mas meu cérebro não consegue fazer isso.

A americana não respondeu, de modo que ele esperou até ela se aproximar. Não chegou muito perto. Ela se encostou contra a moldura da porta, meio dentro, meio fora, mas seus grandes olhos escuros estavam nus. Ele pensou: "Ela está solteira."

— Sou órfão — explicou ele.
— É mesmo?
— Você não devia me tratar mal, Dial. Sou seu vizinho.
— Não comece.
— Você devia visitá-los. Você não tem sido amistosa. Eles não sabem quem você é.
— Se quisesse amigos, teria ficado em Boston.
— Mas você é amistosa — disse Trevor. Ele estava sendo sincero. — Eu a tenho visto, Dial. Você é carinhosa. Você não é a mãe dele, mas o ama.

Ele não planejara dizer aquilo. Ele nem mesmo tinha certeza do que dissera. Ambos se entreolharam, surpresos. Por um momento ela ficou tensa, mas então abraçou os próprios ombros e suspirou.

— Sou uma acadêmica. Não devia estar aqui.
— Eu sei — disse ele.

Ela apontou para a prancha de madeira torta na parede.

— Odeio esta merda.
— Dá para ver.
— Sou do sul de Boston. Sabe o que é isso?
— Fica nos EUA.
— Fui a primeira pessoa de minha família a frequentar uma faculdade. Faz ideia o que pensariam caso soubessem o que me tornei?
— Uma hippie, como eu.
— É *tão* pior do que isso.
— Mas você não é mãe dele — falou Trevor. Ele desejou que ela se sentasse mais perto.
— Você nada sabe sobre isso.

— O pai dele está morto, não está?

Ele não sabia se aquilo era verdade ou mentira e tentou ler o sorriso amargo de Dial.

— Ele tem o direito de saber — disse ele.

— Ele tem o *direito*?

— Sim.

— Ah, claro.

— Dial, eu sei do que estou falando.

— Sabe o quê? Pare de foder com a cabeça dele, cara. Isso é muito, muito pior do que você imagina. Ele não é você. Ninguém vai queimar as pernas dele com cigarros.

Ela apenas decifrara as cicatrizes. Grande coisa.

— Eu sei que você acha que ele é como você.

Ela falava com delicadeza então, e pousou a mão sobre o joelho de Trevor. Ele deu de ombros.

— Mas esse menino veio da Park Avenue, em Nova York. Ele vai estudar em Harvard e se tornar uma droga de advogado de grande empresa. Ele simplesmente não é igual a você, Trevor. Ele é uma merda de um *príncipe*.

— Então ele logo voltará para a mãe verdadeira?

— Eu disse isso?

— Então, o quê?

Dial se inclinou para a frente sobre os joelhos e, por um louco instante, quando ela pousou a mão sobre o seu ombro nu, achou que ela o beijaria e sentiu um breve e vertiginoso fluxo de sangue.

Em vez disso, ela sussurrou no seu ouvido:

— Ouvi algo debaixo da cabana. Ele está por aí em algum lugar.

Juntos, procuraram com o facho de luz, iluminando os lugares onde os troncos das árvores se afogavam na escuridão.

— Shhh — disse ela.

Então, como se em resposta, ouviram o ruído de um animal feroz correndo sob o deque, depois rápidas passadas pela trilha e um grande estrondo quando o menino chegou à cabana, como um gambá caído da árvore, olhos inflamados como gás. Carregava Buck debaixo do braço.

O menino não disse uma palavra. Quando Trevor se aproximou, ele ficou onde estava.

Dial observou aquilo acontecer com uma sensação biliosa nas entranhas. Quando Trevor pediu sabão e uma toalha, ela teve o maior prazer em lhe entregar, e quando ele saiu com o menino, Dial pegou uma faca afiada e começou a cortar os tomates ao meio, sem saber por quê.

"Deus nos ajude", pensou.

Logo, ouviu barulho da água do chuveiro. Era apenas um cano sob o chão da outra cabana, uma laje de concreto inclinada que fazia a água escorrer para a mata. A tarde estava adorável, mas à noite havia aranhas e insetos. Quando o menino voltou, os cabelos dele estavam molhados, rosto corado e esfregado. Ela havia cortado uns dez tomates, que ficaram sobre a bancada com suas sementinhas brilhantes.

— Onde estão suas roupas limpas? — perguntou Trevor ao menino.

Ele apontou para a cama no sótão.

— Então vá se vestir.

O rosto do menino tinha um estranho brilho ensaboado, mas ele obedeceu, e Trevor foi até a bancada da cozinha. Ele tirou a faca e colocou um punhado de maconha na mão de Dial. Então, sem pedir permissão, começou a quebrar ovos em uma vasilha. As cebolas da véspera não haviam murchado e com isso e não mais do que alguns tomates preparou três omeletes que comeram em silêncio.

Depois, o menino ajudou Trevor a lavar e a secar a louça. Ao ver aquilo, Dial sentiu um ciúme verde e irascível subindo por sua garganta. Então agora ela já não queria que o tirassem dela? Que loucura era aquela?

O menino ficou perto de Trevor, esfregando as mãos molhadas no short limpo.

Trevor apagou o lampião de gás. No súbito silêncio que se seguiu, o menino ouviu o pânico de um inseto em uma teia. Ele prendeu a respiração feito uma caixa de leite amassada dentro de seu peito esquelético.

Trevor sentou-se de costas contra a moldura da porta, diante do lugar onde Dial estava agachada.

— Você sabe que essas pranchas vão encolher — comentou ele.

O menino também se sentou, pernas cruzadas, rosto rosado, mais perto de Trevor do que de Dial.

— Estão verdes — falou Trevor.

— Ah, é mesmo?

O menino viu como o luar era refletido pela gaze de inúmeras pequenas asas, formigas brancas, mosquitos, mariposas com corpos de joias negras.

— Só estou avisando — disse Trevor.

— E eu agradeço a sua gentileza.

Então ninguém falou, o que fez o menino se sentir pesaroso e preocupado como quando olhava as estrelas no lago Kenoza e tentava imaginar o fim do espaço. Você constrói um muro de tijolos, mas quando você o atravessa, ainda há mais espaço. É para ficar apavorado.

— Sou órfão, não sou? — perguntou o menino.

Ele ficou muito assustado ao ouvir-se dizendo aquilo.

O menino esperou que Dial o abraçasse para que ele pudesse rejeitá-la. Mas Dial não se moveu.

Ninguém falou nada.

O menino pensou: "O que foi que eu fiz?" Atrás dele estavam as sombras da madeira idiota deitada no chão.

— Onde está meu pai? — perguntou ele.

Os sapos cantavam um para o outro, coisas morriam na noite. Ele enxergava os cabelos de Dial, o brilho frio de suas bordas. Havia pomada de mamão no ferimento da perna de Trevor, fazendo com que ele cheirasse a fruta podre.

— Onde está meu pai, Dial?

— Eu não sei — respondeu ela afinal.

— Você prometeu escrever para ele. Você deve saber.

— Não sei.

No escuro, ela finalmente estendeu a mão para tocar seu rosto desesperançado.

O ar ficou subitamente repleto de partes dele, cada pedaço afiado o bastante para cortar.

— Sua mentirosa!

— Onde está o pai dele? — perguntou Trevor. — Ele merece saber.

— Você — disse Dial. — Você — ela começou outra vez — é um idiota cruel e perigoso.

— Nunca me chame de idiota.

— Ah, por favor. Deixe de preciosismos. Ele não é você. Ele é outra pessoa. Você não poderia imaginá-lo mesmo que vivesse cem anos.

— Então você é a mãe dele?

O menino ficou em silêncio, atento ao que diziam.

— O quê? — falou Dial.

— Você me ouviu — disse Trevor, mas Dial já havia se levantado e olhava para a escuridão às suas costas. Ela passou pelo menino, tropeçou no lampião. Ele achou que ela subiria ao sótão, mas, ao voltar, empunhava um pedaço de madeira com o qual bateu nas costas de Trevor.

O menino gritou.

Trevor berrou, rolou, um rato, uma barata.

Dial não permitiria que ele escapasse. Ela bateu nele outras duas vezes, nas costelas. O menino observou o sujeito se encolher como um bebê. Então, ele rolou para fora do deque, sobre a terra fedorenta onde Adam costumava urinar.

Dial olhou para o fedor, a madeira em sua mão. Ninguém falou.

Trevor gemeu. Ela jogou a madeira em cima dele e deu-lhe as costas. Quando ela enxugou o nariz e caminhou em sua direção, o menino não sabia o que fazer.

— Venha cá — disse ela, mas o menino saiu correndo colina abaixo no meio da noite, passou pelo carro e, na estrada escura lá embaixo, sentiu cheiro de pomada de mamão.

— Você está aí? — murmurou ele.

36

Ela empilhou os pratos molhados, chorando baixinho. Não havia onde guardá-los naquele pardieiro.

Sua mãe morreria de desgosto ao ver a filha genial numa lixeira como aquela. Mas ela já morrera de qualquer forma. De tanto Ajax, Mr. Clean, Murphy Oil. Morrera das facas e garfos de Patricia Van Gunsteren, que nunca soube quem era a sua empregada doméstica. Não faziam a menor ideia, pensava Dial. Nenhuma noção. Ela arrancou lascas de madeira da mão enquanto o lampião de gás sibilava na cabana vazia.

"Ninguém faz a menor ideia de quem eu sou. Nem aquela peste de menino que roubou seu coração e saiu correndo. Nem Trevor, nem Chook, nem Roger, nem a galinha magricela do Adam." Como aqueles hippies de segunda poderiam compreender que Dial era uma deusa do ESD? Quem podia notar aquilo? Nem ela mesma.

Em Cambridge ela se cobrira com roupas de camponesa, espelhinhos e botas de pelo de carneiro como se fosse a princesa corrupta do Nepal. As garotas de Harvard não viram a contradição.

Eles a chamavam de Dial porque ela dissera que a dialética fora inventada por Zeno. Então eles debochavam dela, os idiotas. Ela só dizia a verdade. Ela só mentiu para o menino para evitar que ele se magoasse e por esse seu pecado seus intestinos lhe foram arrancados em uma roda de Catarina.

Dial roubara o menino. Era isso o que ela queria? Ela achava que não. Talvez quisesse fazer amor com o pai bonitão ou talvez magoá-lo, fazê-lo queimar no inferno, o cretino.

Ela levou o próprio pai à casa em Somerville e o querido George pisou sobre os tapetes persas com botas empoeiradas. Ele tinha 1,62m e seus cabelos oleosos puxados para trás erguiam-se bem acima da cabeça. Ele nem mesmo notara o bebê, o pequeno Che, deitado em seu berço. Mas apertou a mão do belo Dave Rubbo.

— Quer saber sobre a revolução, camarada?

George Xenos tinha ferimentos de bala na palma de cada mão, dedos deformados, de modo que segurava garfo e faca como um urso adestrado. Ele não sentia vergonha. Ele vai lhes mostrar, camaradas, como foi obrigado a pousar as mãos sobre o travesseiro da cama de uma mulher. Os fascistas o balearam com uma Mauser. Ele lhes diria o calibre. Não eram malditos alemães. Eram gregos. Ele riu. Até mesmo o dente que lhe faltava pareceu heroico.

Ele viera para Somerville em setembro de 1966, algumas semanas antes da visita de McNamara. Havia lama em suas botas, meias brancas e limpas dobradas para cima, pernas curtas e fortes expostas pelo short de verão.

— Camaradas — falou ele sem saber por que chamavam sua filha de Dial. — Camaradas —, disse ele, preferindo não ver o buço sobre os lábios juvenis dos rapazes. Mas ele também tivera o buço macio de um menino, 16 anos, penugem de bebê, enquanto guerreiro nas montanhas da Macedônia.

"Foda-se Stalin", disse para os líderes do ESD. "Foda-se Churchill também. Em 1945 os camaradas conquistaram a Grécia. Foram traídos primeiro pelos ingleses, depois pela URSS. Vocês não têm uma situação revolucionária", disse ele. "Estamos nos EUA. Deus salve a América", falou ele.

Ainda assim eles o adoraram, um trabalhador do sul de Boston. Ele podia dizer que não havia uma situação revolucionária na América que eles não o apedrejariam. Beberam de sua ousadia, fizeram queda de braço no chão.

Papai flertou com Susan, Melinda e com a jovem Smith, de longas pernas, que tinha doença venérea. Duas semanas depois, mamãe morreu no St. Vincent's.

Ele convidou os camaradas de Harvard a visitarem o seu jardim, a admirarem a sua fábrica de linguiça ilegal. Dois dias depois, pediu para não virem.

Assim eles foram salvos, Susan Selkirk, Mark Dorum, Mike Waltzer, todas aquelas pessoas que depois apareceram nos jornais, salvas de lutarem com a dialética que era a vida dele.

Por volta do fim de 1966, seus dois filhos fugiram de casa, um para ser traficante em Nova York, o outro para fazer sexo com uma viúva em Gloucester, Massachusetts. Ele foi deixado apenas com a erudita, e era ela quem ia de carro de Cambridge até o sul de Boston à noite e nos fins de semana para fazer o trabalho dos irmãos, desossando pescoços de vitela, trabalhando no moedor, arrumando as caixas na despensa. Ela conseguia erguer os enormes recipientes de plástico com retalhos de carne do chão até a bancada de trabalho. Ela era capaz de vencer aqueles meninos de Harvard na queda de braço.

Quem contaria para eles? Não Dial. Alguém mais teria de ensiná-los: "Por favor, não seja romântico a respeito da classe trabalhadora, não importando o que você pense a respeito dos estigmas nas mãos pequenas e quadradas de meu pobre pai." Pela classe trabalhadora ele arriscara a sua adorável pele de menino nas montanhas, mas quando alguns colegas irlandeses tentaram renegociar um preço após ele ter feito a entrega, foi George Xenos quem pegou a marreta e bateu na geladeira deles com tanta força que choveram baratas em meio à catástrofe.

— É assim que renegociamos na Grécia. Virou-se para a filha: entre na caminhonete. Você dirige.

Ela aumentou a chama do lampião.

"No joelho de meu pai eu aprendi aquilo", pensou ela, "chorando no seio de minha mãe. Se vocês estão me observando do espaço, vejam isso, meninos."

Ela pegou um punhado de pregos, prendeu alguns entre os dentes e jogou o resto em um saco de papel amassado. Em seguida, pegou o martelo e um pedaço longo e flexível de madeira amarela, apoiou-a contra a parede, em cima da peça que já havia pregado

Então ela pregou. De uma só vez. Ela poderia construir um lar adequado para ele. "Estão observando, meninos?"

Dois pregos em cada caibro, um em cima, outro embaixo. E assim prosseguiu a noite inteira, trabalhando até haver neblina matinal sobre o chão e ainda assim não parou, não porque parecesse muito fabuloso mas porque sabia que morreria de tristeza caso não continuasse, porque seus olhos ardiam, a sua garganta se estreitava, e a dor vinha em ondas avassaladoras, durante as quais ela mal podia ficar de pé. Ela ficaria com ele, ela o alimentaria, ela o veria crescer. Havia vidas muito piores do que aquela. Ela as conhecia pessoalmente.

37

Ninguém o amava. Ele tirou o short e a cueca e os dobrou cuidadosamente. Então, ele se agachou sobre o buraco e olhou para o vale maldito repleto de névoa e árvores com véus brancos. Ele estava arrepiado da cabeça aos pés. Os pássaros estavam muito quietos, mas ele podia ouvir um *tape-tape* ecoando ao longe.

Ele não sabia como poderia voltar ao lago Kenoza.

Enquanto se limpava, derramou um pote de cal e um punhado de serragem no buraco e fechou a tampa pesada.

Uma pega-rabuda gorjeou quando ele se voltou para ir embora. O despertador de Trevor soou quando o menino voltou a entrar.

— Trevor? — Ele observou a boca aberta e os dentes quebrados do estrangeiro. — Quer acordar?

Trevor mostrou um olho vermelho de crocodilo, resmungou e virou-se revelando suas costas surradas: manchas pretas e roxas, feito um vestido de velha. O despertador parou de tocar. Trevor começou a roncar.

Ele a obrigaria a comprar uma passagem de avião. Era nisso que ele estava pensando quando se agachou ao lado do canteiro de couve-flor e enfiou o braço sob a cobertura das raízes. Com o rosto pressionado contra o chão, seus dedos encontraram a bolsa azul enterrada.

O sol iluminava as árvores acima da neblina, despertando alguns pássaros que precipitaram uma altissonante chuva de cascas de árvore e sementes sobre o telhado de zinco. Quando ele sentiu o cheiro de pomada de mamão, era tarde demais.

— Seu pequeno tratante — disse Trevor, cutucando o esterco com o dedão do pé e expondo seu segredo à luz. Ele tinha dinheiro naquele saco, além de outras coisas.

Trevor levou a mão aos quadris e ergueu o nariz para ele.

— O que tem aí?

— Meu pai — falou o menino, surpreendendo a si mesmo. Ele se deitou na cobertura de esterco para as raízes e enfiou o braço no fundo do saco. Pôde sentir as cartas de Uno, o baralho de pôquer, seu ingresso para o estádio Shea, um cartão de visitas, uma moeda, três notas de dinheiro, uma pedra e a página dobrada da revista *Life*. Ele nunca mostrara aquilo para ninguém, mas agora teria de mostrar para Trevor.

— Está meio amassado — disse ele.

Trevor olhou a página da *Life*. Ele não sabia ler.

— O que há com Dial? — perguntou ele enquanto voltava a dobrar a página. — Ela bate em você?

— Eu sei que ela não é minha mãe — admitiu o menino em meio às lágrimas. — Eu sei, está bem?

— Você não devia espionar — falou Trevor.

— Não é justo — disse o menino. — Você não devia falar de mim. Você mal me conhece. — Ele pegou de volta a fotografia do pai e a guardou dentro do short, queimando pelo prazer da destruição.

— Vou lhe contar uma história — expôs Trevor. — Um menino como você tinha uma alça de xícara. Era como um ossinho, um pedaço de osso de galinha, um ossinho da sorte, os restos de um santo guardados em uma caixa de madeira. Relicário.

O menino não se importava mais com as histórias de Trevor.

— O menino com a alça de xícara — continuou Trevor — nos contou que seu irmão tinha a xícara daquela alça e que seria assim que se reconheceriam, porque o irmão traria a xícara e eles juntariam as partes.

O menino mal estava ouvindo. Pensava em como compraria uma passagem sozinho.

— Conheci esse sujeito muito bem — disse Trevor. — Ele dizia que o irmão tinha dez anos a mais que ele e que estava vindo de Brisbane para Adelaide com a xícara. Está ouvindo?

Trevor queria que o menino olhasse para ele, mas o menino sentou-se com o queixo apoiado sobre os joelhos olhando para a mata.

—Vou para Harvard — declarou ele afinal. — Você não faz ideia de quem eu sou. — O menino chorava tanto que mal podia enxergar. Ele tentou se deitar sobre a terra, mas a terra o rejeitou. Ele cambaleou pela trilha, uivando, pegou a paleta e a arrastou ao longo do caminho. Em sua mente, podia ver a alça da xícara, os ossos secos, a caixa de madeira e o pobre menino órfão fedorento, provavelmente já morto.

— Venha para casa agora — falou Dial.

Ela estava atrás dele, junto aos repolhos, um casaco militar ao redor dos ombros, segurando um martelo.

Lutando contra sua raiva, o menino correu para ela e afundou a cabeça em sua barriga. Ela o envolveu com o casaco.

— Quero colo — disse ele. Seu rosto estava molhado e sujo de catarro e ele o escondeu em meio aos cabelos cinzentos de Dial enquanto ela o levava ao longo da ravina onde ficavam os tambores de óleo. Então desceram a colina amarela. Ela o apertava com tanta força que quase o partiu ao meio. Quando ele escorregava para baixo, ela o puxava de volta para cima. Ele envolveu a cintura dela com as pernas e Dial não o baixou até o casaco cair de seus ombros na terra e ali ficar como um velho cão gordo.

Aquilo foi junto ao Volvo enferrujado, onde morava o peru. Mas agora o menino tinha coisas piores a temer.

Ela beijou a sua testa suja e tentou olhá-lo nos olhos, mas o menino não queria que ela visse o que ele estava pensando. Ele pegou o martelo da mão dela e correu até o carro, onde arrebentou os faróis. Aquilo demorou mais tempo do que ele imaginava, mas ela não tentou impedi-lo e quando os faróis estavam bem destruídos ele golpeou a parte da carroceria do carro que estava presa à estrada. A carcaça não se moveu.

Ela o observou de braços cruzados, olhos brandos e vagos.

— Podemos pegar a madeira. A madeira com que você bateu nele — disse o menino, esperando para ver o que ela diria. Ele pegou uma pedra e atirou-a no carro. — Podíamos pôr a madeira debaixo do carro e fazê-lo cair.

— Claro — concordou ela.

— Detesto este carro — reiterou. — Odeio aquele pássaro. Vou matá-lo.

Para a sua surpresa, ela não disse que ele não devia matar.

— Espere — pediu ela.

— Como assim?

— Você verá.

Ele imaginou que aquilo significava que ela lhe mostraria fotografias, embora, ao pensar nisso posteriormente, tenha visto que ela não lhe dera qualquer motivo para pensar assim. Vovó Selkirk tinha muitas fotografias antigas em uma caixa de sapato, marrom e amarelo empoeirado. Quando o vento soprava sobre o lago, eles viam as fotografias junto ao fogo fumarento. Havia um tio que era louco por Packards. Havia uma tia que perdera todo o dinheiro bebendo vinho em Paris. Sua verdadeira história estava naquela caixa. Trevor não fazia ideia.

— O que é, Dial?

— Espere — falou ela. — Você verá.

Desceram a colina erodida, junto a veios profundos provocados por tempestades e buracos ainda mais profundos provavelmente feitos pelo órfão em um ataque de fúria. Havia marcas de pés-de-cabra no barro.

— Espere — disse ela, tentando fazê-lo rir. Mas a mão dela estava úmida de modo que ele sabia que ela estava com medo. Ele também. Ao entrarem em seu acesso de veículos, o sol foi engolido pelas nuvens e uma sombra triste projetou-se sobre tudo. — Feche os olhos — pediu ela.

Estavam a meio caminho na trilha. Ele prendeu a respiração quando ela o guiou pelos ombros ao longo do estreito caminho de terra batida entre as cabanas.

— Agora, levante o pé — disse ela. — Mais um degrau.

Ele sentiu cheiro de serragem antes de abrir os olhos e ver a madeira recém-cortada pregada nas paredes, a barreira amarela de umidade, agora um segredo oculto como uma letra em um livro.

— Vamos fazer isso aqui ficar muito bonito — falou ela —, é a única coisa que podemos fazer. Vamos tornar esta casa adorável. Aqueles pregos tortos são para que as pranchas fiquem retas enquanto secam. Depois, cobriremos o espaço entre elas com outros pedaços de madeira.

— Ripas — disse ele.

Ele não podia morar ali.

— Sim, chamam-se ripas. Então, vamos pintar com óleo de linhaça. Você sabe o cheiro disso?

— Não.

— Já esteve no estúdio de um artista?

— Você não é minha mãe, não é?

Estavam olhando um para o outro no meio da cabana, com a cozinha atrás deles e a grande porta aberta à frente, e havia serragem espalhada pelo chão. Dial agachou-se para ficar da mesma altura que ele.

— Conheci você quando havia acabado de nascer — respondeu ela. — Eu dei banho em você. Você ficava todo escorregadio de sabão. Eu tinha medo de deixá-lo cair.

— Você era a babá, Dial?

Ela estava chorando, mas ele não se importou.

— Você era muito pequeno. Você tinha um casaco caro que sua avó lhe deu e que eu queimei com o ferro de passar.

As lágrimas o assustavam, aquelas estranhas dobras vermelhas que provocavam no rosto dela.

— É por isso que você fala engraçado — comentou ele.

Ele pretendia ser malvado. Dial saiu do deque e assoou o nariz.

— Ela é minha avó, certo?

— Sim.

— Vovô é meu vovô.

— Sim, claro.

— Então por que você me roubou? — perguntou o menino, percebendo a careta que ela fez.

— Eu *não* o roubei. Eu estava levando você para a sua mãe.

Ele sentiu um enorme poder para feri-la, como se pudesse fazer qualquer coisa sem ser detido.

— Você me roubou — disse ele. — Você me trouxe até aqui onde ninguém pode me encontrar.

Ela estendeu a mão para ele e, embora ele não a deixasse tocá-lo, permitiu ser persuadido a ir com ela até as almofadas. Dial sentou-se ao lado dele. Seus olhos estavam vermelhos e fundos junto ao narigão. O menino achava o nariz dela horrível e que podia magoá-la o quanto quisesse.

— Eu não o roubei.

— Você mentiu!

Ele esperou que ela estendesse os braços para pegá-lo, mas ela apenas segurou a barriga, como se estivesse com dor de estômago. Os lábios dela estavam rachados e entreabertos e suas sobrancelhas voltadas para baixo.

— Minha mãe está morta — disse ele.

Ele a viu encolher.

— Sua mãe queria vê-lo, mas isso era contra a lei.

— Você quase me fez ser atropelado por um carro.

— Sim, sua mãe fez isso.

— Você quase me matou.

— Sua mãe estava na clandestinidade. Sabe o que isso significa?

— ESD — respondeu ele. — Eu sei. Você sabe que eu sei.

Ela hesitou, como se fosse dizer que ele estava enganado.

— Você se lembra da estação da Greyhound, na Filadélfia?

— Por quê?

— Havia muitas sirenes na rua.

— Não.

— Eu ia levá-lo para sua mãe, mas ela morreu. Eu não podia lhe dizer. Foi terrível.

A garganta dele estava ardendo. Sua mãe morrera. Ele não ousava perguntar como.

— Você devia ter me levado de volta.

— Querido, eu teria sido presa.

Ele deu de ombros. Não conseguia ver.

— Não se importa que eu vá para a cadeia?

— Você não devia ter me roubado. Você devia ter me levado para meu pai.

— Eu levei.

— Não, não levou — gritou ele. — Você não devia mentir.

— Ouça seu idiotinha: quem você pensa que lhe deu um banho de mangueira quando fez cocô nas calças? Quem fez aquilo com você? Seu papai querido. Até então, eu havia perdoado tudo dele. Não se volte contra mim. Minha vida foi totalmente destruída por causa disso. Sou professora. Não devia estar aqui.

— Então vá embora — disse ele.

— Você vá embora — retrucou ela. — Estou farta de você.

— Você quer que eu vá embora?

— Sim — respondeu ela. — Vá, vá agora.

Então ele foi. Ele desceu o caminho entre as cabanas, pernas tombando para a frente, quase escorregando colina abaixo. Ele não podia mais ir para a casa de Trevor, de modo que correu pelo caminho oposto no fundo do vale e ainda estava correndo ao passar pelo salão.

Havia três carros ali. Os hippies idiotas estavam na plataforma e todos olharam para ele quando desceu a estrada, chorando como um bebê em meio à poeira.

38

Ele ouviu o som do Peugeot que vinha buscá-lo, o chiado, o rodopio, a tosse. Ele ouvia aquilo acima do barulho do sangue que pulsava em seus ouvidos, o ar lhe rasgando o peito. Quando chegou ao trecho raso do riacho, parou e esperou. Se os hippies idiotas o tivessem chamado agora, ele teria se juntado a eles. Suas vozes ecoariam ao longo do riacho como serras ou martelos, mas o menino nada ouviu exceto um pássaro brilhante e sem nome: azul-escuro, peito laranja, voando a uns 5 centímetros acima do riacho. Sua avó saberia como chamá-lo. Ela conhecia o nome de tudo: gerrídeos, traças gigantes. Ela lhe mostrava abelhas mortas com uma lupa. Sua avó o amava, acariciava a sua cabeça, estava sempre ali, atravessando o lago a nado, coração em pedaços como dissera Jed Schitcher.

Além do riacho, a estrada ficava instável e ruim como um assassino, mas não havia como voltar. Logo ele estava no platô onde as trilhas se estendiam em meio à grama cinzenta e espinhenta, entre árvores escurecidas pelo fogo.

Quando levou o banho de mangueira no jardim em Seattle, a água o atingiu com a força de uma pedrada. Ela não era a mãe dele. Ela simplesmente ficou olhando. O rosto dela era muito grande. A cor de sua pele era mais escura, ela cheirava a poeira, como o abricó sob o jasmim.

Ele deve ter andado durante uma hora, calculou, e parecia não ter ido muito longe. Quando ouviu um carro se aproximando vindo da cidade, ficou alegre a princípio, mas então subiu no barranco de barro seco e agachou-se no meio da mata. Em um minuto a estrada estava vazia, então foi tomada por um azul brilhante: um carro novo puxando um trailer, seguido por um rastro espiralado de poeira rosada.

Quando o carro fez a curva, ele se deitou no chão áspero, seixos no rosto e na barriga. O carro parou e esperou, fora de vista, abaixo do corte da estrada. Então se arrastou e bateu no acostamento no outro lado da estrada. Quando o motor foi desligado, tudo ficou tranquilo como a água de um lago, de modo que o menino pôde ouvir claramente as pegas-barbudas e os pássaros marrons, pretos e amarelos do tamanho de cambaxirras.

Uma porta se abriu, então bateu ao se fechar. Agora ele via o motorista, mais ou menos à distância da primeira base do beisebol, não um daqueles hippies idiotas, mas um trabalhador braçal com óculos grossos como garrafas de refrigerante, cabelos oleosos grudados à sua cabeça velha, pequena e enrugada. Seu pescoço era fino e não preenchia o colarinho; ele esticou o nariz para a frente, como se farejando algo. Então fez xixi, produzindo muito ruído, como um animal de fazenda.

Os trabalhadores braçais do condado de Sullivan usavam camisas quadriculadas e bonés com DIESEL alguma coisa escrito na frente. Aquele não era assim. Ele caminhou um pouco por ali. Então, ajoelhou-se no chão. Os cabelos do menino se eriçaram. Mas, então, ele ouviu o som de uma serra.

O homem trabalhou cerca de uma hora. Em dado momento, parou para se sentar e fumar um cigarro. Em outro, fez uma pausa para beber algo.

Pouco depois, ele disse:

— Mary.

Havia formiguinhas pretas rastejando sobre o braço do menino. Ele as teria matado se não fosse um ato inútil. O sol se escondeu atrás das nuvens cobrindo a tudo com um verde mortiço, preto queimado, enodoado de prata. O menino se levantou cuidadosamente e começou a atravessar uma moita baixa, planejando passar por trás do barranco e, então, voltar à estrada mais adiante.

— Oi! — O grito explodiu no silêncio, um som terrível.

O homem levara as mãos aos óculos, fingindo que eram binóculos.

— Olá, meu jovem — chamou.

O menino caminhou rapidamente, coberto por uma manta de espinhos de medo.

— Você! Venha já aqui — disse o homem.

Ele podia ouvir o homem tossindo e subindo a encosta para pegá-lo. Então ele correu e se escondeu atrás do barranco. Árvores com penas de dinossauro: acácias. Ele dobrou à esquerda, tentando ficar quieto entre os gravetos que estalavam. Durante um longo tempo ele pôde ouvir a respiração do sujeito, mas ali, perto do fundo do barranco, estava silencioso e até mesmo o oceano de árvores escuras estava tranquilo.

Ele achava saber aonde ia, mas a estrada não estava no lugar esperado. Se tivesse nascido na Austrália, ele saberia mudar de curso para evitar a morte, mas ele era de Nova York e havia uma longa, seca e pedregosa vala à sua frente e, ao fim da vala, a visão de um canavial e algumas torres de eletricidade.

Ele tinha certeza de ter visto aquelas torres e aquele canavial anteriormente. Então soube o que tinha de fazer.

39

Dial adormecera encolhida na cama, sozinha com seu martelo e seu travesseiro, o mosquiteiro puxado como um véu sobre seus joelhos nus de carpinteira. O menino estava a quilômetros de distância quando ela acordou. Ela não fazia ideia, tendo dormido até aquela hora da tarde em que o sol quente caía diretamente sobre o metal corrugado, aquecendo-o até forçar suas amarras hippies. *Bum!* O telhado explodiu. Quem poderia imaginar que aquele negócio inanimado pudesse berrar tão alto.

Seus olhos se abriram e ela viu Trevor Dobbs de pé e em silêncio ao lado da cama. Dial pensou: "Veio me dizer que o menino vai morar com ele." Ela observou-lhe o sorriso, pensando que ele não fazia ideia de quão cruel fora ou do que destruíra. Ele parecia seco e arejado sob aquele calor brutal, uma maçã inglesa, manchada embora saudável.

Uma mosca conseguiu entrar no mosquiteiro. Enquanto rastejava por seu pescoço, ela a matou.

"Trevor veio buscar as roupas do menino", pensou.

— Eles querem falar com você — disse ele.

"FBI", imaginou Dial. Ela já estava esperando por aquilo.

Trevor afastou o mosquiteiro e ela estendeu-lhe a mão como se fosse uma inválida. Sua boca estava seca como giz.

— São seus vizinhos — argumentou ele. — Você tem de falar com eles. Eles podem invalidar a sua compra. — Ele dissera *invalidar*.

Dial ficou consideravelmente confusa e começou a se questionar sobre o alcance legal do FBI.

Seus *vizinhos*. Meu Deus. Quem pensou que era?

Então ela concordou em se encontrar com os vizinhos, mas como uma prisioneira, com as mãos atrás das costas, seguindo aquela fera estranhamente graciosa vestindo uma calça frouxa de pijama. Atravessaram a grama alta, a estrada, o riacho em penumbras e, então, a corredeira rasa onde Trevor pulou com leveza à sua frente de pedra em pedra. As crianças haviam feito represas, linhas de pedras, memoriais que a fizeram recuperar o fôlego.

O regato ficava a apenas 30 metros de sua cabana, mas ela nunca andara por ali. Ela nunca mostrara aquilo para o menino antes de tê-lo perdido para Trevor Dobbs. Havia cantos úmidos e musgosos que a deixavam triste. É claro que era pelo pai dela. Ele teria adorado aquilo, um lugar úmido mosqueado de verde. Ele era de Samos, uma ilha com uma metade verde, a outra seca. Pêssegos de um lado, padres no outro. Na Nova Inglaterra ele encontrara um lar com cheiro de mofo, correndo através de túneis de folhas com seus cães e sua espingarda. Caçavam lebres juntos.

Remus Creek era um paraíso com diversas variedades de samambaias, palmeiras, trepadeiras com pele de filhote de elefante, águas rasas embora cristalinas de modo que os pequenos seixos brilhavam em tons vermelho-amarelos em meio à corredeira. Pobre papai.

Chegaram a um bosque de eucaliptos altos e finos, cascas brilhantes branco-esverdeadas, e logo viram as fundações apodrecidas da plataforma. Ao subirem os amplos degraus de madeira, ela pensou em plataformas na floresta: astecas, maias, locais de sacrifício.

Os hippies idiotas a esperavam em um semicírculo e Trevor se sentou em uma extremidade próximo a Rebecca, deixando Dial sozinha, ofuscada pelo sol.

Rebecca disse:

Temos uma regra. — E, nessas três palavras, Dial sentiu o gosto bilioso de sua antipatia.

Dial não respondeu, mas viu que nem mesmo o belo Roger olhava para ela. A menina do peito esquelético brincava com os dedos do pé.

Rebecca disse:

— Você sabe do que estou falando, Dial. — Ela olhou de esguelha para Trevor enquanto falava. Mais uma vez, Dial pensou: "Ela está transando com ele."

— Sim — disse Dial —, você falou que tinham uma regra.

— Sobre gatos.

— Sim, você disse isso antes.

— Sim, e você falou que um advogado lhe pediu para não se preocupar, mas ele estava errado, Dial. Ele admite ter errado — expôs Rebecca. Ela lhe estendeu uma carta.

Dial meneou a cabeça para a carta, mas não se aproximou para aceitá-la. Ela pensava: "Não posso pegar essa merda. Não vou pegar." Ela também pensava sobre o menino que preferira ir morar colina acima com Trevor. Suas roupas lhe seriam tiradas como se ele tivesse morrido, nada deixado para trás, nem mesmo um brinquedo de plástico para lhe partir o coração. Ela pensou: "Preciso pegar isso." Então pensou, nem pela primeira e nem pela última vez: "Veja só onde vim parar."

— Então, o que querem que eu faça? — Ela tentou sorrir.

— Livre-se do gato.

— Nenhum de vocês o quer?

— Ha ha ha — respondeu Rebecca.

Ninguém mais falou, mas Rebecca se levantou e desceu a plataforma com sua bunda grande e gorda balançando dentro das calças de algodão. Logo ouviram uma porta de carro bater e, quando Rebecca voltou, Dial pôde ouvir Buck. Ele chegava à plataforma preso em uma gaiola de metal.

Rebecca estendeu a gaiola. Dial a pegou.

Buck miava desesperadamente.

— Sei que acha isso cruel — comentou Rebecca —, mas considerando que é um assassino...

Dial leu o rótulo do fabricante na gaiola pesada. ARMADILHA PARA FERAIS. Ela se abaixou e abriu a porta gradeada. Lá dentro, viu a boca rosada e queixosa de Buck. Ele se ergueu e se sentou. Sua pata da frente estava presa em uma espécie de ratoeira para gatos.

— Feral — disse ela.

— Quer dizer selvagem — explicou Rebecca. — O gato selvagem é considerado uma espécie classe 2 sob o Ato de Proteção da Terra.

— Você esmagou a perna dele. Ele não é selvagem. Ele é o gato do meu filho.

— Ele não é seu filho — disse Rebecca.

Dial olhou para Trevor, que desviou o olhar. Ela baixou a gaiola e cuidadosamente ergueu a mola da armadilha e trouxe Buck ao círculo de luz. O gato berrou e cravou as garras em seu braço.

— Você o esmagou. Você sabe que isso não vai sarar.

— É uma fêmea — disse Rebecca.

Dial levantou-se na plataforma sob o céu violeta.

"Esses idiotas anacrônicos", pensou. "Por que não lutam por algo real?"

— Você não sabe cuidar do gato — falou Rebecca. — Você nem mesmo sabe cuidar do menino.

Dial podia cuidar de Buck. Era tudo o que sabia fazer. Quando você atira em uma lebre, geralmente a encontra ferida, lutando. Você a pegava rapidamente, abrandava o coração, torcia o pescoço do animal. E pronto.

Dial se levantou diante deles. Foi rápida. Em alguns segundos, Buck era apenas uma pele quente em seus braços ensanguentados.

— Vá assistir Walt Disney — disse ela para Rebecca.

Ela se virou, desceu a plataforma asteca, passou pelo bosque de eucaliptos e caminhou ao longo do regato penumbroso com suas pedras e represas. Ela chorava, baixinho. Encontrou uma pá no jardim e levou Buck até a floresta. Ali, diante da cabana abandonada com o gárgula de pedra, ela escavou a terra, cortando raízes frescas e brancas, deitou-o no solo negro e esfarelado e cobriu-o em seguida.

Ela não rezou, camarada. "Querido papai", foi tudo o que disse.

40

Quando o menino tinha 4 anos, e provavelmente antes disso, vovó Selkirk o levava ao museu Guggenheim e mandava que ele descesse correndo a rampa em espiral, o que — segundo ela — era a intenção do arquiteto, Frank Lord Right*. Aquele fora o mal-entendido do menino. Vovó usava o nome sempre que possível.

— Que perfeito — disse ela. — Frank Lord Right não construiu um Calvário, e não pretendia que galgássemos arduamente o caminho de nossa crucificação. Aperte o botão de subir no elevador e aí corra como o vento.

Aparentemente ele tivera problemas com os guardas três vezes. Ele não se lembrava disso, mas certamente se recordava da avó discutindo com o guarda negro

---

* Há, em inglês, o trocadilho com o nome do arquiteto norte-americano Frank Lloyd Wright e a expressão "Lord Right", que significa "Deus Certo". (*N. do E.*)

baixinho após ela ter pousado as mãos em concha na cabeça de Brancusi. O guarda dissera:

— Afaste-se — então a avó chamou alguém de mais alto escalão e, no fim, ela acabou sendo a única pessoa em Nova York que podia tocar naquela cabeça.

— É arte — dissera para o guarda, que a odiou por ser uma boêmia.

Depois, ela disse:

— Aquele guarda não podia ter imaginado que Brancusi era meu amigo. — A história provaria que aquilo não era verdade, mas tudo bem. Ela tocou a cabeça do menino do mesmo modo que tocara a de Brancusi, encaixando a palma da mão ao seu redor. Ela o amava. Ele sentiu aquilo ali, uma noção quase exata de quão precioso ele era para a avó. Ela também era farejadora, sempre cheirando o sal e a morte nas algas, nas águas do lago, o cheiro de lavanda seca. Seu nariz era pequeno e reto. Era seu melhor "instrumento", dizia. Ela deitava no sofá no salão da casa no lago Kenoza e dormia e o menino sentava-se com as mãos nos joelhos e ouvia a sua respiração, o perfume de martíni na noite de verão, para todo o sempre, o mundo sem fim.

O menino sabia o nome dos cheiros, mas era sua "inteligência visual" que era considerado seu maior "dom". Aquilo fora revelado em um sábado de inverno quando o Guggenheim promovia *atividades*. O menino não podia escapar das *atividades,* e fora forçado a obedecer um folheto contendo um fragmento de uma pintura de Jackson Pollock. A avó disse que ele tinha de combinar aquele fragmento de quadro com um dos três Pollocks nas paredes do museu.

Quando o menino achou aquilo muito fácil, ela o olhou com tanto orgulho que ele viu que havia feito algo bom.

— Você tem os olhos dos Selkirk — falou ela.

Durante a semana ela levou as amigas empoadas da English-Speaking Union para ver se podiam fazer o mesmo. Não conseguiram se igualar ao seu neto. Quatro anos!

Aquilo nunca o ajudou de um modo que ele pudesse compreender.

Quando o menino viu as linhas de energia elétrica e os canaviais e desceu a vala seca, ele não fazia ideia de que a mata australiana fosse encrostada, enrugada, dobrada sobre si mesma, longas elevações cinzentas e pedaços claros onde a terra tentara se abrir em duas, ou que ele pareceria uma formiga atravessando uma pintura de Jackson Pollock sem um mapa. Ele não conhecia a história da criança perdida ou da mulher do tropeiro e desceu a vala, pulando de pedra partida para pedra partida, e quando perdeu de vista a estrada, estava repleto de preocupações, principalmente como voltar ao lago Kenoza, mas nunca lhe passou pela cabeça que ele poderia morrer ali.

Tinha um arranhão no rosto e um espinho na mão que quebrou em sua carne, mas ao entrar na floresta de pinheiros sem vida no fundo da vala caminhou sem hesitação através do silêncio assustador em direção à estrada branca e seca.

Saindo à luz do sol, ele compreendeu que podia dobrar à esquerda para chegar a Yandina, mas dobrou à direita e se internou ainda mais na mata, caminhando pela estrada solitária que ele se lembrava ter percorrido no dia seguinte à tempestade. O que era escorregadio e pegajoso endurecera, e as marcas dos pneus de caminhão tornavam-se agora nuvens de poeira, como almas mortas erguendo-se em pequenos redemoinhos e escaramuças.

Um pouco adiante, no meio do canavial, guardada por cercas de galinheiro, havia uma casa pequena com um jardim de flores na frente. Fora pintada de verde-esmeralda e o teto era de um vermelho enferrujado. Junto ao portão surrado havia uma velha gorda com um avental de motivos florais e meias de aspecto empoeirado cobrindo suas pernas enrugadas. Seu rosto era redondo e gentil.

A mulher disse olá e perguntou se ele queria um copo d'água por causa de toda aquela poeira. Eles falavam de um modo estranho, como duendes talvez.

Ele falou que preferia um copo de leite.

— Gostaria de uma bolacha também?

O menino não sabia que bolacha era biscoito, e por isso disse que não queria.

Ele esperou no portão, observando as abelhas rastejando na parte preta das papoulas e, quando a mulher voltou, ele tomou o leite.

O menino a agradeceu e disse que tinha de ir.

Ela observou-o ir embora sem dizer nada e, após ele ter caminhado um pouco, achou que ela poderia contar para alguém para que lado ele fora. Ele estava fazendo besteira, e sua avó teria dito isso para ele. Então ele voltou ao portão onde estava a velha, ainda segurando o copo vazio.

— Perdão — disse ele —, a cidade fica para lá?

— Você estava indo na direção errada — falou ela.

— Eu sabia.

— Obrigado, senhora.

O menino caminhou em direção à cidade até ela não mais poder vê-lo. Então, entrou na floresta de pinheiros e retornou, dando a volta por trás da casa velha e só voltando à estrada quando já estava fora de vista. Agora, ele estava por conta própria.

O menino saiu da floresta de pinheiros no lugar onde a estrada se dividia em duas. Ele sabia que aquela trilha íngreme e assustadora se chamava Bog Onion. Lá embaixo, ficava o lugar com o saco plástico azul.

— Vai dar tudo certo — disse ele.

Os carros queimados e as fogueiras extintas sinalizaram o caminho que ele deveria seguir e ele entrou na mata no mesmo lugar em que Trevor abrira caminho com um facão. As marcas de corte haviam escurecido e tinham um aspecto mortiço, mas em algumas despontavam brotos de folhas e pequenos espinhos rosados tão macios quanto a língua áspera de um gato.

Ele abriu caminho em meio à mata e, então, através do mar de samambaias que chegavam à altura de seus joelhos, andou ao longo da ravina até encontrar a margem de terra vermelha, a árvore tombada com raízes encrostadas de seixos. Ele tirou a camiseta para poder sentir as patas de alguma possível formiga buldogue rastejando às suas costas e manteve os olhos baixos ao caminhar sobre o tronco caído. Ele pulou como pulara antes.

Caminhou pelo chão encharcado e sentiu a lama ao redor de seus pés. Ele se curvou e fez um buraco com as mãos e bebeu a água que tinha gosto de terra, casca de árvore, amora e folhas de cambará. Ele sabia o que havia atrás dele, no oco da árvore caída que despontava da margem como se fosse um canhão: dava para ver um pedacinho de azul, enfiado bem lá dentro. Ele subiu no tronco, introduziu a cabeça no buraco escuro de madeira podre. Agarrou o saco escorregadio e o puxou até sair, volumoso e muito mais pesado do que ele esperava. Aquilo caiu no chão expelindo o ar que tinha em seu interior.

O menino esperou com as mãos dobradas à sua frente, ouvidos atentos, tentando ouvir o que se escondia em meio às árvores suspirosas. Então, arrastou o saco pela floresta, como se fosse algo que comeria em privacidade. Quando desamarrou a ponta, enfiou a mão lá dentro e tirou o que pôde. Não se apressou, mas também não contou, e guardou as notas escorregadias ao redor da cintura e no fundo da cueca, tentando acomodá-las de modo a não ferirem o seu pênis, não importando quão longe tivesse de caminhar.

Não demorou quatro minutos e ele logo devolvia o saco azul ao oco da árvore. Ao chegar à clareira com os carros, os corvos gritavam uns para os outros em meio à sombra que se alastrava, e as *kookaburras* voavam de árvore em árvore, marcando os limites de seu mundo. Ele caminhou sob os olhares deles.

41

Dial terminou de enterrar Buck. Ela enxugou o rosto e apertou a terra com força sobre ele. Papagaios aproveitaram as últimas luzes do dia, do tamanho de pulgas de circo nas serranias esfarrapadas. O menino estava lá em cima com Trevor, perdido para ela. Era o que Dial imaginava.

Lá embaixo, no vale, os mosquitos já sabiam. Sentiam o cheiro dos gases corporais dela a 30 metros de distância.

— Quais gases, Dial?
— Ácido láctico. Dióxido de carbono.

Só que não havia ninguém para perguntar isso a ela. Ninguém que se importasse com o que ela pensava.

Seu pai estava morto. O menino fora embora. Ela enterrara Buck. Dial caminhou pelo chão de folhas podres da floresta, encontrando o chuveiro na penumbra que se adensava sob a cabana do banheiro. Ela pensou: "Comprei um pardieiro, mas ao menos tenho água quente à vontade."

A água do chuveiro era como uma promessa fácil, correndo pelo longo tronco de seu corpo branco e solitário, esfriando em uma poça ao redor de seus pés horríveis. Era o que ela pensava. Certa vez, ela fora amada. Ela se encontrava com o pai do menino em aparelhos em quatro cidades diferentes. Ela fora banhada em óleo de rosas. Ela fora entregue para ele como uma princesa para seu noivo, servos confiáveis em Volkswagens, escadas de fundos para uma torre de depósito. Ele beijava suas panturrilhas, os arcos de seus pés. Mesmo quando pegou uma doença dele, condescendeu: ele era um homem, um soldado em batalha, o rei.

Ela fora uma deusa, 1,82m de altura, uma tola. Quem poderia imaginar que pudesse se sentir tão pequena e inútil, com saudade de um menino pequeno?

Até desligar o chuveiro, ela não percebeu outra coisa afora sua dor em ebulição. O primeiro berro do gato foi abafado, mas ouviu claramente o segundo, e aquilo disparou seu coração, um grande choque elétrico que a deixou com os cabelos arrepiados.

Ela se levantou nua sobre a água acumulada. Algo farfalhou. A água pingou. Ela nem mesmo acendera o lampião na cabana grande, mas, ao voltar a ouvir Buck, correu para a floresta. Havia apenas luz suficiente para ver a cova, exatamente como ela a deixara. Era muito rasa, ela o sabia. Se fosse em Massachusetts, haveria quatis ou cães para desenterrá-lo e arrastá-lo à noite. O que havia ali? Nenhum urso, era tudo o que ela sabia. Mosquitos cravavam suas trombas ocas em sua pele. Foi até a frente da cabana abandonada, pegou o rosto entalhado e pousou-o sobre a terra preta e fofa.

Lady Macbeth. Exatamente.

Ela correu para a cabana, pés enlameados, folhas mortas grudadas, mas sem pensar em se limpar, como se tivesse 6 anos e estivesse com medo. Buck voltou a berrar. Ela choramingou. Encontrou os fósforos e o lampião iluminou a sua pele nua em todo seu medo e fraqueza. Havia um macacão junto ao chuveiro, mas ela estava muito assustada para voltar lá e sentir as folhas de bananeira roçando em seus ombros.

Ela vestiu o áspero casaco militar de Adam. Não era a guerra dele, nem a sua. Ela baixou a luz e sentou-se no deque da frente onde podia ver quais coisas negras e indistintas a noite traria para ela.

Ela matara o gato, tirara a sua vida para ganhar uma discussão. Foi "lave as mãos, vista a camisa de noite; não se mostre assim tão pálido". Ela ouviu o miado fantasma até parar, o que não demorou muito, mas ela ainda não conseguiria dormir.

Ela foi até a cama do sótão e se aninhou entre os cobertores e xales. Cheiravam ao menino. Ela não conseguia dormir pensando nele, mas não foi senão pouco antes do amanhecer, quando ouviu o gato miar outra vez, que lhe ocorreu que devia haver outros gatos e que ela matara seu belo, adorável e traquinas Buck em vão.

Ela se revirou na cama até ouvir o carro descendo a colina de Trevor.

Olhos e cabeça pesados, ela desceu a escada às pressas e correu para pegar o macacão molhado de orvalho e, então, ao ouvir o carro sacolejando pela trilha ela correu colina abaixo em direção à estrada, atravessando a grama alta. Ela ouviu o estrondo quando o motor bateu na pedra amarela. Então ela pulou do barranco e posicionou-se mortalmente no meio do caminho.

Sem faróis.

Ela levantou as mãos e observou o carro se aproximar, as rodas da frente quase a atropelando, a frente fumegante enfiada nas amoreiras.

Era Rebecca quem dirigia, Dial viu Trevor primeiro, mas não estava se importando com nenhum dos dois. Ela abriu a porta de trás.

— Onde ele está?

Nada havia ali, exceto por uma escuridão estranhamente brilhante, sacos plásticos pretos. Ela os tocou, imediatamente imaginando que levavam restos da poda da cerca viva para a lixeira.

— Onde ele está?

— Bata nela — falou Rebecca. — Ela é a merda de uma espiã.

— Onde ele está?

— Quem?

— Onde está meu filho? — berrou ela, e sua voz ecoou pelo vale, através dos regatos.

— Cala a boca — disse Trevor. Ele a tomou pelos ombros. — Fique quieta.

Ambos a olhavam com estranheza.

— Onde ele está?

— Ele está com você — disse Trevor.

— Ele está com você.

Então, Dial começou a uivar. Estava além de seu controle, além de qualquer preparação ou compreensão.

— Ela ferrou com tudo — falou Rebecca, que voltou para o carro, ligou os faróis e cuidadosamente começou a dar ré e fazer a volta.

— Não saia daqui — disse Trevor para Dial. Ele segurava seus antebraços com duas mãos gordas. — Fique aqui.

Trevor voltou para o carro e bateu a porta com tanta força que doeu, e Rebecca, com seus peitões e pernas cabeludas, levou Trevor de volta colina acima deixando Dial sem outro conforto afora a poeira branca que se erguia da estrada e se depositava como talco em seus cabelos. O gato miou. O dia vazio começou.

42

O menino vira dois dos segredos de Trevor, mas ele sabia que Trevor tinha caixas dentro de caixas dentro de caixas. Trevor não confiava em bancos, mas tinha contas em Sidney, Lismore, Tweed Heads. Sua mão direita não conhecia a esquerda. Seus pulmões não conheciam o coração. Havia todo tipo de dinheiro escondido: dinheiro canadense em cofres de ferrovias, antigas libras australianas, um pacote de gelignita preso com esparadrapo dentro de um cano de concreto enterrado em sua estrada. O explosivo estivera ali por duas estações de chuva de modo que os fios elétricos estavam se curvando e o pacote estava pendurado, mas ainda havia fios subindo o barranco de terra vermelha, repousando placidamente em meio à vegetação como duas víboras mortas sob as folhas caídas. Trevor tinha um detonador escondido nos caibros de seu complexo. Era um homem de segredos, mas tão orgulhoso deles que teve de contá-los ao menino.

Trevor disse que era audiovisual. Ele tinha o Apocalipse em fitas cassete. Ele não sabia ler ou escrever, mas podia imaginar o fim do mundo melhor do que um professor de universidade, assim como a destruição de Noosa Heads por um ciclone, ou um 4x4 da polícia arremessado a 2 metros de altura pela gelignita. Ele inflava as bochechas e erguia as mãos. Ele causava pesadelos no menino: fogo, armas negras afiadas, troncos de árvores queimando na noite como pavios detonadores.

Às vezes, Rebecca era namorada de Trevor.

Será que Rebecca também tinha medo de Trevor? "Talvez sim, com certeza", pensou o menino. Quem gostaria de saber o que Rebecca sabia, ou seja, as trilhas, cabanas, barracos, os pés de maconha escondidos como cadáveres enterrados na mata. Rebecca e Trevor trilhavam juntos matas desconhecidas, disse Trevor, alças das mochilas cortando os seus ombros nus. O menino os vira carregar fertilizante fedorento, osso e sangue. Ele sabia que Trevor era órfão, invisível ao infravermelho. Nem mesmo os espiões no espaço podiam ver a sua verdadeira ocupação.

A casa de Rebecca ficava no pé da colina, do outro lado do cano de concreto e da carga explosiva. Trevor construíra-lhe uma cama. Pusera calhas no seu telhado.

Ela ficava deitada, à espera, à entrada de seu acesso de veículos, odiando Buck, odiando Che, odiando Dial por ser americana.

43

Em uma fúria ofegante, Trevor encontrou Dial, caída como um animal atropelado junto à entrada de casa.

— Levante-se — disse ele, todo setas e ordens, apontando para o carro dela.

— Dirija — disse ele. Não para aquele lado. Para lá.

As estradas se entrelaçavam em meio à mata.

Logo o dia se tornaria quente e úmido, mas agora a luz era fria e triste. Dial esperou ao volante enquanto Trevor chamava os hippies em suas casas. As melhores delas eram como casulos feitos de gravetos colados, as piores como Buckminster Fuller, demitido de Harvard, muito longe dali.

O motor do Peugeot engasgava, expelindo veneno branco. Os hippies desceram de seus poleiros, pássaros sonolentos arrastando cobertores, garças em meio à névoa da fumaça do cano de descarga. Ela pensou: "Alguns deles são formados." Eles a olharam. Ontem, ela matara o gato. Agora, perdia o filho.

Ela levou Trevor mais adiante.

A menina de peito esquelético emergiu de um horrível chalé com teto alpino, veio direto para o carro e bateu na janela. Dial baixou lentamente o vidro. Ao abraçar Dial, era puro osso, quente de sono, perfumada de patchuli e pobreza.

Uma serra foi acionada com uma tosse seca e áspera. As duas mulheres esperaram enquanto a serra fazia o seu trabalho. Logo viram cinco homens saindo da mata, cada um carregando uma vara recém-cortada. Caminharam em fila indiana pela trilha sem olhar para o carro.

Ela perguntou para a menina o que estavam fazendo.

— Vão sondar o regato.

Confusa, Dial perguntou-se se iam pescar. A menina de peito esquelético pousou a mão ossuda sobre o braço de Dial.

— Eles vão encontrar o menino — disse ela.

— Para que servem as varas?

Dial viu seu terror transparente e sardento, medo de ser obrigada a dizer o nome da coisa horrível que seria feita com as varas.

— Vão à lagoa também — disse ela.

Ah. Ela queria se jogar no chão, deitar na poeira até ser esmagada ou morta. Os homens gritavam.

— O que estão dizendo?

— Oi!

— Não, o nome dele é Che.

— Sim — disse a menina —, sabemos o nome dele.

Dial reconheceu aquela assustadora simpatia. Ela olhou distraída para os sinais da indústria hippie: colmeias, plantas da floresta em vasos sob telas de proteção. Quando Trevor voltou ao carro, ela achou que iriam à lagoa, mas em vez disso ele pediu que baixasse o vidro e dirigisse muito lentamente ao longo da estrada. Ela podia ouvir os fragmentos de brita cravando-se nos pneus, um suave ruído de rolagem e os ecos dos gritos estrangeiros, agudos como facas:

— Oi!

Ela parou no trecho raso do rio, olhando com pavor para a água que fluía ao redor dos pneus e escorria para a lagoa.

— Suba a colina — disse Trevor. Ele estava debruçado à janela, olhando para a mata. — Pelo amor de Deus, não está olhando do seu lado?

Foi o que ela fez enquanto subiam a colina íngreme, e outra vez enquanto sacolejavam pelas trilhas de madeireiros. Trevor, cabeça para fora da janela, gritava:

— Oi!

Havia muita mata, muitos hectares, além da esperança ou perdão.

Chegaram em um ponto alto acima do regato, quase no fim da trilha, quando Trevor disse:

— Pare. Desligue o motor.

Ele gritou:

— Oi!

Alguém respondeu.

Obviamente não era Che. Não era a voz de um menino, mas ainda assim ela insistiu que ele respondera.

Trevor saiu do carro sem olhar para Dial. Correu de pés descalços, pulando troncos caídos:

— Oii!

— Oii! — Ouviu em resposta.

— Não é ele — pensou Dial, mas saiu do carro. Estavam estacionados em um barranco sobre o regato. Em outra oportunidade ela acharia aquilo lindo, mas hoje era um horror e quando chegaram até um homem com um carro azul e um trailer ficou furiosa por terem perdido tempo.

— Vamos embora — disse ela.

Trevor pousou a mão em seu braço e falou com o homem que tinha óculos grossos como garrafas de refrigerante e cabelos oleosos grudados na cabeça encolhida. Trevor tocou o ombro de Dial, tão delicadamente que ela poderia ter chorado. O pescoço do homem era fino e não preenchia o colarinho e ele esticou o nariz para a frente, farejando. Ao sentir-se tocado pela mão quente de Trevor, o braço de Dial ficou arrepiado.

O velho era um professor aposentado que cortava lenha para vender na cidade. Ele vira Che.

— Oh, sim, eu vi — disse ele. Ele o vira muito bem.

— Um garoto, ombros fortes.

Dial tentou não ficar assustada com as mãos dele, com os nós dos dedos com uma largura de 3 centímetros.

— Não se preocupe, mãe — falou o velho.

Ela deixou que ele segurasse a sua mão. Era como estar dentro de um saco de água quente ou ser tocada por Deus ou alienígenas.

— Ele vai voltar — disse ele.

Ele estava morto. Agora estava vivo. Ninguém espetaria com uma vara o seu corpo inchado como salsicha branca.

Dial correu de volta ao Peugeot, tão rápido que, quando Trevor chegou, ela já tinha feito a volta com o carro.

Ele entrou, mas deixou a porta aberta, um pé descalço ainda tocando o chão de terra batida.

— Vamos — disse Dial.

Ele olhou para ela com cansaço.

— Qual é o plano?

Furiosa, ela desceu a trilha e ele não teve alternativa senão fechar a porta.

— Então, qual é o plano?

Não havia plano, exceto ela não poder voltar ao vale e ser vista. Ela estava completamente errada. Ela matara o gato. Ela matara o menino. Ao voltar à estrada, dobrou à esquerda para Yandina, vasculhando a vegetação esquelética pela janela e, quando chegaram à bifurcação de Cooloolabin, ela pegou o caminho que os afastava da cidade. Dial não suportaria que olhassem para ela. Ela passou pela casa onde o menino tomara leite. Ela não se lembrava, mas já cruzara por aquela estrada havia pouco tempo, com notas de 100 dólares costuradas na bainha.

— Vire aqui — disse ele. Ela não reconheceu Bog Onion, mas obedeceu, o estômago revirado pela inclinação da trilha, o precipício à borda.

Subitamente, Trevor pareceu um cão com as orelhas eriçadas.

— O que foi?

Ele se inclinou para a frente, pousando a testa contra o visor solar empoeirado, olhando para ambos os lados da estrada à frente.

— Pare — disse ele.

Ela pisou no freio e o Peugeot travou e derrapou.
— Oh, meu Deus! — falou ela. — O que foi?
Mas Trevor já havia saído, subindo a colina atabalhoadamente. Ela puxou o freio de mão, que não funcionou. Pelo espelho manchado ela viu Trevor pegar algo: "papel de bala", foi o que ela pensou. Ele voltou para o carro em movimento e entregou-o para ela.
— Ben Franklin. Cem dólares americanos.
Parecia furioso.
— Dirija — disse ele.
Luzes de freio ao longo de todo o caminho.

44

Dial estacionou junto à carcaça de um Volkswagen, buracos de bala na porta, uma ruína consistente com seu estômago, embrulhado num emaranhado de pavor. No retrovisor, observou Trevor sair e dar a volta no carro. Seria ele seu benfeitor ou um assassino?

Ele chegou até a sua janela aberta, desligou o motor e tirou a chave da ignição.

— Ora, vamos — disse ela. — Eu não vou fugir.

Mas por que ela dissera aquilo? No que estava pensando? Que topara com a máfia? Seria isso? Ela tentou ler os olhos de Trevor, mas ele manteve a porta aberta, um fósforo entre os dentes.

— Eu devia ficar aqui — insistiu ela —, por garantia.

Ele a escoltou pela trilha, aquela que fora proibida de seguir na primeira vez. O toque da mão dele sobre o seu braço não era grosseiro ou brutal, na verdade era bem suave, como se sentisse simpatia por ela e estivesse disposto a defendê-la, mas ela pensou no quão suavemente os gatos imobilizam as presas dentro de suas bocas.

Estaria furioso pelos 100 dólares? Ela o seguiu como um carneirinho, através dos cambarás espinhentos, das samambaias murmurantes. Sentia-se entorpecida, sem disposição para correr. Ele era um criminoso furioso, subindo ao longo do tronco horizontal de uma árvore caída e, então, sondando-lhe o interior feito um gambá, uma doninha, um animal inesperadamente maleável e liso, seus músculos e tendões aparecendo através da pele. Ele tirou dali o saco azul, mostrando-lhe os dentes antes de deixá-lo cair, como lixo em uma compactadora, apressado e violento, levantando poeira. Pegou uma folha de plástico manchada de tinta e um punhado de sacos Ziploc para sanduíche, cada um grande o bastante para suportar 50 gramas. Ele enfiou os sacos em seus bolsos de ladrão de loja e pousou o plástico à sombra azul da árvore caída. O vento soprava do oeste. O plástico teve de ser firmado com pedras e cepos.

Trevor a encarou um instante. Dial não sabia como olhar para ele. Suas pupilas eram buracos de fechadura. O vento soprou e cardumes de folhas de eucalipto passaram como facas de prata sobre as suas cabeças.

Ajoelhado diante do saco, ele tirou dali um punhado de dinheiro e o enfiou embaixo do plástico. Ela achou que aquilo era um bom sinal. Mas como ela poderia saber o que esperar ou temer do terrível nada daquele dia?

Defendendo o seu dinheiro do vento ladrão ele foi brilhante e rápido, de fato adorável em sua selvageria musculosa. Deu um último maço de notas para Dial e apontou para o osso, um osso de vaca grande o bastante para que ela pudesse bater na cabeça dele.

— Ponha o dinheiro australiano ali embaixo.

— Legal — disse ela, coração disparado.

— O americano. — Ele apontou para duas pedras amarelas. — Dólares americanos ali embaixo.

Ela se sentou de pernas cruzadas sobre o plástico, suando como queijo processado. Ele ergueu uma nota de 100 dólares amassada, a que ele encontrara na estrada. Uma violenta lufada de vento fez o plástico se levantar e folhas marrons roçaram os joelhos deles. Algo caiu com um baque surdo em algum lugar.

— O quê?

— Shhh.

Ele levou o dedo aos lábios e voltou-se para a trilha.

Ela também se levantou.

— Fique — sibilou Trevor.

Ele galgou a margem enlameada com tanta rapidez que respingos de terra sujaram o plástico. Ela esperou, olhando para o céu: azul de livro de histórias, sua violenta vida invisível.

Ele voltou logo.

— Era ele?

Dial observou enquanto ele empacotava o resto do dinheiro.

— Isso é seu — disse ele. — Está bem?

Ele a encarava com tanta intensidade que ela demorou a perceber que ele estava segurando dois sacos cheios de dinheiro.

— Se você precisava disso — falou ele —, podia ter vindo por conta própria. — A voz dele estava muito controlada. — Não precisava mandar uma criança.

Ela demorou a compreender.

— É seu — insistiu ele. — Eu estava guardando para você. Aqui é muito longe para ele vir sem a companhia de um adulto.

— Você realmente acha que eu faria isso com ele?

Ele deu de ombros.

Dial teve de se levantar para ele recolher a folha de plástico. Quando ele voltou a subir a margem, ela esperou.

— Vai se lavar? — perguntou ele.

— Eu não faria isso com ele — disse Dial. — Que tipo de monstro acha que eu sou? Quer jogar toda a culpa sobre mim?

Ele caminhou à frente dela, secando as mãos naquilo que passava por ser seu traseiro. Dial ficou junto ao Peugeot enquanto Trevor revistava o interior das duas carcaças queimadas e embaixo de uma delas. Ela não podia suportar aquela acusação.

Mas então ele exclamou e o coração de Dial subiu-lhe à garganta e ela foi até ele, sua ansiosa aliada, agachada na brita enquanto Trevor emergia debaixo do Volkswagen, já sem aquela raiva acinzentada nos olhos.

Em sua mão havia uma segunda nota de 100 dólares e um abacate verde.

Ele entregou o abacate para ela: ainda estava bem fresco, de um verde pálido e cremoso. Ele mostrou os dentes.

— Entre no carro — disse ele.

Ela obedeceu e ligou o motor quando ele pediu silêncio.

Ela engatou a marcha e ouviu um grito, uma batida contra seu assento, e ela se voltou para ver Trevor arrastar uma infância esperneante do banco de trás. Era um menino-filhote seguro pelo pescoço, gosmento, enlameado, branco, braços e dedos abertos, seu rosto de criança inchado de aflição ou mordidas de insetos, olho esquerdo fechado, boca aberta.

O carro estremeceu e sacudiu. Dial pulou para fora enquanto rolava, correu ao redor da frente letal, abriu a porta de trás, puxou o clandestino com violência, como se puxasse um coelho de um buraco, abraçando a coisa trêmula e soluçante contra o peito.

Quando Trevor avançou contra eles, ela nada tinha para se proteger do tumulto de seu coração de órfão, do terrível saco salino e mucoso de desgostos, tão grande que se rompeu completamente.

Então eles se abraçaram, os três, unidos em um tumulto — aquilo não se parecia com nada que Dial tivesse concebido para sua vida.

45

Dial voltou pela Bog Onion, deixando o carro morrer duas vezes no caminho. Obviamente, pensou o menino, ela nunca levou alguém de carro para Montana. Nunca teve uma arma, um ferimento, um filho.

— Não sentiu frio ontem à noite? — perguntou Dial.

— Estou legal — disse ele, e ouviu enquanto ela tentava fazer uma piada. Ele não riu.

Do platô, atravessaram a floresta de pinheiros e ele não lhes contou que estivera dentro da casa daquela velha no meio da noite. Aquela casa. Bem ali. Dial olhava para ele pelo retrovisor, mas o menino manteve o segredo para si. Na escuridão total, ele chegou à porta dos fundos. Podia fazê-lo, por isso o fez. Esperava ficar bem e aquecido, mas uma vez lá dentro ficou tão assustado que nem mesmo podia mover os dedos do pé. Ficou em pé na cozinha azul e preta, ouvindo a velha roncar. Foi para isso que ele fora até lá? Naquele caso havia sido um grande erro porque, quando ela parou de roncar, ele pensou que a velha tinha morrido. Ele conhecia aquela sensação do lago Kenoza, esperando a respiração voltar. Que ela não morra agora. Ele sempre pensava no que faria quando encontrasse a avó morta. Ele tinha medo de como ela estaria. A velha australiana tossiu. Ele imaginou seus olhos enormes abertos e todos os seus cabelos grisalhos espalhados sobre o travesseiro. Ela moveu algo, talvez um copo. Ele pegou o abacate da bancada pensando ser outra coisa. Não havia tempo para cobertores. O menino pegou o tapete da cozinha e saiu correndo pelos fundos. Uma cadeira caiu. O tapete ficou preso. A porta bateu. A luz do jardim se acendeu e ele quase deixou o tapete para trás. Finalmente, arrastou-se pela floresta como um urso fedorento. Estava no ventre da noite olhando para sua garganta ardente. Ele estava escondido. Ninguém podia vê-lo ou ouvi-lo. Logo chegou um carro. Não tinha giroscópio e, sim, um rádio barulhento. Ele se escondeu da lanterna que iluminava os pinheiros. Talvez fossem bater nele como os padres batiam em Trevor, com uma vara ou um cinto. Ele arrastou o tapete pesado em meio à escuridão para fora dos pinheiros e para dentro da mata, e, quando se cansou de cair e cortar a cabeça e os braços, ele se enrolou no tapete e finalmente adormeceu.

O tapete cheirava a gordura rançosa. Ele podia ter sido preso, mas não queria ir para a cadeia por ter roubado dinheiro.

Ele vomitou verde.

Quando clareou o bastante para ele poder enxergar, o menino enrolou o tapete e o enfiou no cano de drenagem sob a Bog Onion. Seu estômago tinha gosto de chumbo, e ele sabia agora que tinha de devolver o dinheiro. O abacate não seria comido. Ele devolveu o dinheiro ao saco azul e arrastou-se para baixo do Volkswagen queimado onde adormeceu. Despertou quando ouviu o Peugeot descendo a colina.

Ele fora capturado, mas ninguém sabia o que fizera. Trevor sentou-se no banco da frente sem perguntar e o menino deitou-se no banco de trás quebrado com o nariz pressionado contra o couro quente. O carro balançava sobre as irregularidades da estrada longa e reta que levava à cidade. Fizeram o retorno em direção ao vale e, por um instante, o sol percorreu as suas pernas e o seu pescoço. A estrada sinistra logo bloqueou a luz e ele respirou contra o couro rachado do Peugeot que outrora fora uma criatura com seus próprios filhotes. Ele foi inclinado e rolado, até descerem uma estrada íngreme que levava ao trecho raso do rio onde, havia apenas um dia, um martim-pescador azul e laranja passara como um anjo pelo seu caminho.

Agora, as árvores australianas se fechavam sobre ele como dedos de macacos, a luz ficou verde e a estrada, macia e arenosa, de modo que os pneus escorregavam. Nem mesmo Deus poderia vê-lo ali, enrodilhado como uma lagarta perdida, repleta de matéria verde a ser esmagada.

Ouviu-se um estrondo contra o teto. Um segundo contra a janela.

— Merda — disse Dial.

Quando o carro derrapou, ele ficou assustado e sentiu como se a sua pele estivesse sendo perfurada por sementes espinhentas com caudas de penas. As janelas encheram-se de corpos, veludo amassado, barbas e bustos.

Ela fizera os vizinhos odiarem os americanos. Agora, estavam todos aglomerados ao redor do Peugeot. Ao se sentar ele viu que havia talvez uns dez, vinte carros, alguns VW com pinturas nas carrocerias, outras caminhonetes velhas e decrépitas e, por trás delas, o chamado salão e hippies idiotas sentados na plataforma.

Mais perto havia hippies cujas bocas eram fendas segurando tocos de árvore sem casca. Eles cercaram o carro como abelhas, irrompendo como formigas buldogue de um formigueiro. Na Bíblia eles o teriam apedrejado. Ele enfiou a mão no bolso e dobrou a nota de 100 dólares.

Rebecca tirou Dial do carro.

Quando a porta dele se abriu, ele correu para o outro lado onde a mulher com peito esquelético o puxou para fora e, antes que ele pudesse dizer qualquer coisa, ela empurrou o rosto dele contra as próprias costelas fedorentas.

Ele viu Trevor falar com um homem com um cajado. Havia muito barulho, correria e todas aquelas crianças — algumas ele já vira, outras não — segurando-o com suas mãos hippies verruguentas. Uma garota com cabeça de pudim e nariz sujo estava agarrada à sua perna como velcro. Não dava para afastá-la.

Ele procurou Dial, mas Rebecca estava com o braço ao redor do pescoço de Dial e Trevor se afastava entre os cambarás, e o menino sendo levado por um garoto chamado Rufus e outro chamado Sam. Haviam feito uma padiola — um casaco marrom com duas varas — e Rufus e Sam disseram:

— Suba.
— Por quê?
— Vamos lá, Che — disseram.
Ele pensou: "Vocês não sabem o meu nome."
— Che, Che, suba.
Eram maiores, mas dava para ter brigado com eles. Seu estômago parecia cheio de ar viciado de balão enquanto era erguido da terra atordoante e quatro crianças pegaram as varas, incluindo a garota com cabeça de pudim que devia ter uns 4 anos, e correram de lado e tropeçaram ao longo da estrada. Ao se embrenharem na mata, o menino viu Trevor mais adiante. Os ombros dele eram meio arredondados. Estava sozinho, começando a solitária escalada para seu forte.

As crianças hippies o deixaram cair e ele machucou o braço, arrotou e vomitou dentro da boca.

— O que quer primeiro? Tomar banho ou comer?

O menino se sentou no chão sobre o casaco. Cuspiu. Esfregou os braços na boca e todos discutiram, e então, subitamente, voltavam a atravessar a mata.

— Ei, ei, Che, Che.

Rufus tinha uns 14 anos.

— Fique de cabeça baixa, Che — falou ele.

Eles o levavam com muita rapidez e, quando ele caiu uma terceira vez, disseram para a garota com cabeça de pudim que ela devia largar e então Rufus tomou a frente e tudo ficou mais tranquilo e Cabeça de Pudim tentou segurar a mão do menino enquanto corria ao seu lado. Logo ela bateu em uma árvore e começou a chorar, então ele foi posto no chão uma quarta vez e Rufus perguntou se ele se incomodava em caminhar. Nem um pouco.

Rufus tinha longos cabelos ruivos. Ele pousou o braço ao redor dos ombros do menino e o garoto chamado Sam arrastou a padiola através da mata fechada e a garota com cabeça de pudim pegou a mão do menino e foi assim que chegaram a uma clareira na qual havia uma cabana baixa e comprida feita de troncos, zinco e vidraças com a palavra TELECOM impressa repetidas vezes.

Lá dentro encontrou uma sombria espécie de fábrica de velas com bancos longos e estreitos ao longo das paredes. Sentaram-se em um desses bancos e afastaram algumas velas para dar espaço para um copo de leite.

Cabeça de Pudim perguntou se ele gostara. Tinha catarro escorrido no lábio superior, mas seu rosto era bonito e arredondado e seus cabelos eram quase brancos. Em um facho de luz solar ele pôde ver a penugem macia de seus braços arranhados.

— Está bom, obrigado — disse ele. Na verdade, tinha gosto de cabelo.

— Diga outra coisa — pediu ela.

— Ok.

— Algo americano.

— George Washington — disse ele. Ele tinha certeza de que precisava vomitar.

— É de cabra — explicou o menino chamado Sam. — É por isso que você não gostou.

— Do quê?

— Do leite. Eu também não gosto. — Esse Sam tinha um rosto magro e nariz pontudo como um animal selvagem, um gambá, com grandes olhos escuros e dentes muito tortos. — Tem gosto de bunda — disse ele. A voz dele era toda presa e enrolada como lascas de madeira. Saía de sua boca e de seu nariz ao mesmo tempo. — Diga algo mais — exigiu Sam. Seu modo de falar transformava tudo em um quebra-cabeça que era preciso descascar e esticar. — Diga algo mais americano.

— Posso tomar um copo d'água?

Estavam todos apertados ao redor dele, mas então todos se afastaram. Cabeça de Pudim veio com a água.

— Meu nome é Sara.

Ele assentiu, subitamente muito satisfeito.

Os meninos trouxeram pão e manteiga e um pote de mel. Rufus cortou uma fatia de pão com uma faca de uns 60 centímetros de comprimento.

— Isso é uma adaga? — perguntou o menino.

— É um facão.

— Sim, mas é uma adaga?

Ninguém sabia ao que ele se referia. Rufus cortou silenciosamente uma grossa fatia de pão e cobriu-a com manteiga e mel.

O menino não estava exatamente feliz, mas sentia-se muito melhor do que havia algum tempo.

— Pensamos que estava morto, cara — disse Sam. — Nós o consideramos perdido.

O menino não compreendeu.

— Você dormiu na mata? — perguntou Rufus.

— Sim.

— Ficou com medo?

— Não — respondeu o menino. — Estou acostumado.

— Você deve ser forte — disse Rufus afinal.

— Meu pai é muito forte — falou o menino.

Então pediu outra fatia de pão e mel e, enquanto comia, ele começou a olhar em torno, tentando localizar onde ele estava e o que realmente sentia. Ele estava comendo ótimo pão e um mel consistente, mas pensava em Trevor, seu nariz sujo, seus ombros arredondados, o caminhar pesado ao subir sozinho a sua estrada.

46

Quando o menino se tornou adulto, passou a ser conhecido por seus atos bombásticos e temerários, e ele sempre pensou que se tornara assim na estrada de Remus Creek, onde pela primeira vez fora além de onde achava ter coragem de ir e mudara por conta disso.

Ao voltar à casa de Dial ele também a encontrou mudada — tornara-se bela com os destroços de naufrágio e cargas ao mar, óleo de linhaça. Sobre a pia havia uma escada de madeira de 3,5m, pintada de amarelo e segura por ganchos de açougueiro. Estava pendurada paralela ao chão. Em cima da pia, abrigava potes e panelas, mas a escada seguia muito além acompanhando a parede dourada e, sobre as almofadas, sustentava um único lenço cor de mostarda.

O menino não podia saber que aquilo era reflexo de uma sala no Vassar, uma vida perdida com tapete Tabriz.

Dial era legal com ele, embora agora estivesse mais cautelosa e, às vezes, quando jogavam cartas, ele sentia uma nuvem de tristeza pairar sobre ambos, como mariposas ao redor de um lampião. Ela não o amava tanto quanto antes, era o que parecia, como se ele tivesse distendido ou quebrado algo sem querer. Ele estava arrependido de todas as coisas maldosas que dissera. O menino queria que ela pousasse a mão sobre seu ombro — não que ela não o fizesse, mas o fazia com menos frequência, ou diferente de antes. Ela não gritava com ele, como se não o conhecesse o bastante para tanto.

— Tem visto o Trevor? — perguntou.

— Você devia visitá-lo — disse ela, mantendo-se afastada, longe de seu alcance.

Mas ele roubara de Trevor, que já fora seu amigo. E também fora pego.

No entanto, aqueles haviam sido os melhores dias que ele já vivera. Melhor do que o lago Kenoza, melhor do que ficar triste por causa da avó nadadora e ficar acordado sob o luar azul ouvindo a respiração dela. No condado de Sullivan ele vira crianças camponesas através do para-brisa do carro da avó, meninos atirando pedras no riacho ou atravessando os bosques com suas bicicletas. Ele achava que teria de viver atrás do para-brisa.

Agora, porém, ele era o menino que dormira na floresta à noite; ele ensinara as crianças hippies a fazerem um abrigo na mata, cavando a terra negra da floresta. De acordo com suas instruções, dispuseram samambaias, gravetos e galhos no topo. Ele nunca fizera aquilo na vida, mas ninguém sabia disso. Ele era o rei dos mentirosos. Achou 2 dólares debaixo d'água. Ele sabia ficar no fundo sob a cachoeira e pegar seixos com os dentes.

A água era fria, mas tinha gosto de samambaias silvestres e, talvez, de ouro. Ele tinha certeza. As crianças hippies eram selvagens com pés duros como couro. Corriam pelas trilhas. Ele fez uma vara mágica com um cabide de arame e, depois, um mapa dos lugares onde havia ouro ou água no subsolo. O ouro marcou com vermelho, a água com azul. Ao desenhar, soube que aquilo se tornaria verdade.

Cortou os últimos fios tingidos de preto. Seus cabelos ficaram encaracolados por causa da água e alvejados pelo sol, como ficava no lago Kenoza.

Rufus era ruivo. Sam tinha cabelos pretos. Os cabelos do menino e de Cabeça de Pudim eram da mesma cor. O menino anunciou que eram uma gangue.

Ele e sua gangue subiam a encosta íngreme atrás da cabana de Dial e iam para o norte até um lugar que chamavam de Pasto das Vacas. O menino os guiava de volta passando pela casa de Trevor, o que era a graça da aventura. Foi quando o menino descobriu que todos tinham medo de Trevor. Já o menino apenas pensava em como Trevor fora surrado e não tinha mãe.

— Ele tem uma arma, cara — disse Rufus. — Não vou entrar.

O menino entrou sozinho, reconhecendo todos os cheiros de podridão e crescimento, e o cheiro forte e desagradável de sangue, ossos e erva. Encontrou Trevor deitado nu em sua rede, ouvindo a guerra.

— Podemos pegar umas cenouras, Trevor?

Trevor voltou-se para ele, como um cão, embaraçado.

— Como está Dial? — perguntou.

— Está bem. Podemos pegar umas cenouras?

— Fiquem à vontade — respondeu ele, fechando os olhos.

O menino lavou as cenouras sob a mangueira verde. Trevor não o impediu.

— Tenho uma gangue — disse ele para obrigar Trevor a olhar para ele. Trevor manteve os olhos fechados.

— Que bom. Quem faz parte de sua gangue?

— Sam e Rufus. — Enquanto a água fria molhava os seus pés, o menino sentiu falta da época em que Trevor era seu amigo e, quando jogou os talos verdes no composto de adubo, foi como se estivesse fazendo algo precioso que nunca mais poderia voltar a fazer.

— Para quem é a outra cenoura?

Seus olhos pareciam estar fechados.

— Para Sara. Onde está aquele cavalo velho?

— Eu sou a droga do cavalo — respondeu Trevor.

O menino ficou em pé na frente dele, implorando para ser visto. Em seus bolsos tinha os 100 dólares e o resto do dinheiro que roubara dele. Não conseguia continuar com aquilo.

— Estou com um dinheiro que é seu — disse ele afinal.

Os olhos de Trevor permaneceram fechados.

— Eu sei.

— Trouxe de volta — falou o menino, surpreendendo a si mesmo.

— Isso é bom.

— Onde devo deixar?

— Na mesa.

E foi tudo. O menino pôs 121 dólares sobre a mesa dobrável ao lado das cascas de melão e levou as cenouras para Rufus, Sam e Cabeça de Pudim.

Agachado, comendo cenouras, em um estado de indignação e alívio, ouviu dizer que Trevor era um ex-agente de serviços sanitários, e que tinha uma bomba de gelignita enterrada na estrada. Mas ele sabia disso. Soube que o detetive Dolce fizera uma batida na casa de Trevor em uma manhã de Páscoa, e aprendeu os nomes das casuarinas, terebintos, eucaliptos-robustos, eucaliptos-mognas, acácias, jacarandás, nuitsias, citronelas, orquídeas do sol, cambarás e senécios onde as abelhas colhiam o seu mel para o pai de Sara. Ele comeu lentilhas no almoço, enfiou a cabeça dentro da caldeira de ferro onde o pai de Rufus secava mamões para vender para a loja de produtos naturais. Não ficavam com um gosto tão bom ao perderem toda a sua água.

Ninguém lhe dissera que tudo aquilo eram férias e que Sam e Rufus logo voltariam para a escola. Subitamente, não restava mais ninguém além da pequena Cabeça de Pudim.

— Por que não posso ir para a escola? — perguntou para Dial.

Dial estava de pé sobre um grande tambor de metal, dando outra demão de óleo de linhaça na parede dos fundos. Ela deixara cair um bocado de linhaça ao redor, no short, em suas pernas longas e fortes, franzindo as sobrancelhas profundamente, estreitando os olhos e inclinando a cabeça. Ela só olhou para ele depois de ouvir a pergunta.

Então ela pulou do tambor e fez aquele negócio de se agachar.

— O quê? — perguntou ele, nervoso.

Dial acariciou os cabelos com a mão oleosa.

— É a lei — disse ele. — Tenho de ir para a escola.

Ela lhe lançou um sorriso torto que fez o seu nariz parecer grande e borrachudo.

— Também é a lei me prenderem por sequestro — disse ela.

Disse também que era uma estrangeira, uma vira-lata. O menino olhou dentro daqueles olhos estranhos, sem saber quem ela era. Ele desejou que ela voltasse a amá-lo, mas quando Dial tentou abraçá-lo, ele a evitou.

— Cadê o Buck? — perguntou.

Ela voltou a sorrir daquele jeito.

— Sou professora — disse ela. — Posso lhe ensinar melhor do que qualquer um na cidade.

Ele ficou olhando até ela desviar o olhar e voltar a pintar. Ele ficou nos degraus dos fundos e olhou para a colina em meio ao emaranhado cinzento da mata. As moscas zumbiam ao redor de seu rosto e de seus joelhos. Subitamente, na mesma hora, ficou farto de tudo aquilo. Nada lhe restava a fazer a não ser ir até a fábrica de velas, onde encontrou Cabeça de Pudim brincando com uma boneca na terra debaixo da cozinha. Juntos, caminharam calados ao longo do riacho e, quando chegaram perto da casa de Dial, Cabeça de Pudim disse:

— Vamos fazer um buraco.

O menino inventara aquele negócio de cavar buracos e agora estava farto daquilo, mas ele a pegou pela mãozinha pegajosa, foi até a floresta e começou a fazer bagunça, puxando pedras da emaranhada rede de raízes e terra. Aquilo devia ter sido um rio outrora. Mas não se importou em dizê-lo para a menina. Ela tirou a roupa para não sujá-la e encontrou um pedaço de xisto para cortar as raízes.

Enquanto cavavam, o menino ouviu Buck miar. Cabeça de Pudim olhou, mas ele não queria falar sobre Buck. Já lhe haviam contado coisas ruins a respeito. Talvez fosse verdade, talvez não. Agora ele ouviu o miado e teve a ideia de fazer algo chamado cortina de caça. Vovô Selkirk fazia cortinas de caça para atirar em pássaros aquáticos.

Cabeça de Pudim achou que encontrariam um osso de dinossauro e falava sobre isso. O menino não a ouviu, mas ela trabalhou duro e não demorou até começarem a colher gravetos para o teto, indo até os cambarás para cortar partes flexíveis que pudessem ser trançadas. Ele estava ali, a menos de 2 metros do Peugeot, quando um Land Rover branco chegou, uma luz azul piscando no teto.

47

Queensland era um estado policial gerido por um homem que nunca terminara o ginásio. Eles atacaram os hippies de Cedar Bay com helicópteros e queimaram suas casas. Estacionaram na estrada de Remus Creek à noite e revistaram os carros dos hippie sem terem mandado de um juiz. Portanto, se você veio à estrada de Remus Creek com intenções de se esconder, devia estar brincando. O menino sabia disso. Dial devia saber disso quando a polícia chegou para acrescentá-la ao que chamavam de pequeno mapa.

Quando o menino viu o Land Rover, abandonou Cabeça de Pudim sem dizer palavra. Não havia por que avisar Dial. Ele atravessou a floresta até a trilha amarela. Ele corria bem, mas a colina era íngreme e o sol estava quente. Quando chegou ao Volvo do peru, sentiu uma pontada.

Não demorou muito para a polícia ameaçar Dial e conseguir o seu nome e data de nascimento. Agora, o menino podia ouvir o rumor do Land Rover sobre as pedras e buracos do caminho, não muito atrás dele. Ele não teve saída a não ser se jogar para o lado íngreme e assustador da estrada e se agarrar a uma raiz de acácia. Ele ouviu uma voz acima do ruído do motor: *maldito sanduíche de ovo.*

Se pegassem Trevor primeiro, o menino achou que poderia ligar o motor do carro azul-gelo e mantê-lo funcionando. Fora por isso que Trevor o ensinara, é claro. Voltou à estrada com seus membros arranhados e ensanguentados e seguiu o carro de polícia através de uma nuvem de poeira. Só conseguia andar de lado, apertando a mão contra a pontada, mas quando viu que a polícia havia descido à esquerda, ele se enfiou naquele pedaço indistinto de nada feito de redes de camuflagem e árvores. Trevor podava o tomateiro, mas deixou o menino tomar a sua mão enlameada. Trevor ergueu uma gorda mochila de um gancho enferrujado e jogou-a sobre o ombro. Atravessaram o canteiro e ganharam a ravina quando o menino tropeçou e caiu. Então, Trevor o carregou. Respiravam juntos, as pálpebras roxas do menino pesadas, exaustas. Atravessaram o chão repleto de pedras afiadas até o campo com as sementes roxas, contornando a linha da cerca onde nenhum satélite podia ver. Ali Trevor ergueu o arame farpado, o menino rolou por baixo e segurou o arame para ele passar. Então os dois caminharam de mãos dadas em direção ao carro escondido, azul-gelo, azul-esverdeado, turquesa — Trevor o chamava de todos esses nomes.

O menino achava que sairiam de carro agora. Trevor sentou-o ao volante. Che tocou o anel prateado da buzina que refletia seu rosto assustado.

Trevor abriu a mochila e encontrou um saco de papaias secas e um cantil de água cáqui como o que Cameron levara para o acampamento.

— Os policiais estiveram na sua casa?

Tudo que o menino conseguia pensar era: "dirija".

— Perguntaram por mim? — Trevor observava a papaia, rolando-a de um lado para outro. — Disseram o meu nome?

— Eu só vi a caminhonete deles.

— Eles o viram!

— Não! — gritou ele.

— Meu Deus, acalme-se.

Mas o próprio pai do menino deixara de amá-lo quando ele levou o FBI até a sua porta.

— Não — disse ele. E estendeu as mãos para Trevor ver todos os seus ferimentos.

— Sei o que fizeram, Trevor. Pegaram a data e o lugar de nascimento de Dial.

— Você os ouviu?

— É o que fazem, Trevor.

— É?

— Sim, então entraram na trilha com os tambores, Trevor.

Trevor derramou água na palma da mão e a esfregou na cabeça do menino, acariciando-o.

— Foram à casa do Rabbitoh — disse ele. — Vão ter uma longa conversa com ele.

— Vamos entrar na clandestinidade, Trevor?

Trevor derramou mais água sobre a pele quente do menino.

— Devíamos ir, Trevor. — Ele abriu a porta, para permitir que Trevor ocupasse o volante. Achava que podiam conseguir dinheiro para sua passagem no saco azul. Estavam juntos agora.

Trevor trancou a porta.

— Há um caminho da minha casa que leva até Eumundi.

— Era o que eu estava pensando.

— Não está nos mapas modernos. Apenas nos mapas antigos.

— Foi o que pensei.

— Eles irão até a minha casa. Roubarão algumas verduras para levar para as esposas. Não virão aqui.

— Mas temos de *ir*.

Trevor mastigava um sorriso.

— Não entre em pânico, Tex. Lembre-se de Pearl Harbor.

O menino não entendeu. Ia perguntar, mas Trevor já baixava o vidro lentamente.

— O que foi?

— Cale-se.

Então ouviram o Land Rover descendo em sua direção e Trevor se afastou como uma sombra através de uma rede. Quando ele não voltou, o menino jogou mais água no rosto e molhou as calças. Esperou um longo tempo, mas ninguém apareceu. Então, avançou em meio aos galhos secos para ver melhor. O Land Rover estava muito perto, a perna cabeluda de um homem para fora da janela do passageiro.

Com o coração disparado ele voltou para trás do volante, pronto para girar a chave quando ordenado.

Ele tocou a chave. Deu uma volta, só para deixá-la no ponto. Era como o gatilho de um 22, era preciso pressionar duas vezes. Aprendera aquilo com o avô.

Ele ouviu uma pega-rabuda, moscas zumbindo dentro do carro. Então ouviu vozes.

Mais uma vez ele atravessou o mato seco e ajoelhou-se atrás das acácias mortas. Um policial chutava a grama.

Ele voltou para o carro e sentou-se com a buzina brilhante bem à sua frente. Passou o dedo ao redor e pôde ver o reflexo de seu polegar maior do que o de seu nariz. Achou que a buzina deveria ter duas posições, como a chave, como o gatilho. Ele apertou para encontrar a primeira posição. A buzina tocou.

Uma mão fechou-se ao redor de sua boca.

O menino teria gritado, mas estava sem ar.

— Vou torcer a merda do seu pescoço de coelho — sibilou Trevor atrás dele.

Mesmo quando a mão foi afastada, ele não conseguiu se mover, estava envenenado, paralisado, morrendo de vergonha. Achava que seriam pegos e, mesmo depois de ouvir o carro da polícia se afastar dali, escurecer e tudo dentro carro ficar preto e impregnado com o cheiro enjoativo de mamão seco, ele ficou no mesmo lugar.

— Muito bem, saia.

Ele saiu. Mal conseguia enxergar. A mão de Trevor era seca e dura. Ele o guiou através da escuridão.

— Quer que eu seja preso?

— Não pretendia, Trevor.

— Meu Deus!

Ele começou a dizer "desculpe", mas a palavra se abriu em suas entranhas como um uivo. Ele chorou e chorou e Trevor o pegou e o carregou no colo, ofegante e choroso, de volta ao complexo e dali estrada abaixo, passando pela casa de Rebecca até a entrada de sua casa onde ele o colocou no chão. No escuro, o menino sentiu-o beijar sua cabeça.

— Boa noite, cara.

— Boa noite, Trevor.

Ele ficou no escuro, à entrada do acesso de veículos, esfregando os olhos. Pouco depois, ouviu Trevor chamando do lado de fora da janela de Rebecca. Então voltou para casa para ficar com Dial.

48

É uma lei da infância você raramente ser punido imediatamente, mas ter de esperar em estado de agonia para seu crime ser descoberto. Foi assim com o menino depois de ele ter soado a buzina para a polícia. Ele já estava envergonhado, mas sabia que o problema maior só aconteceria quando Dial soubesse, e enquanto ele vagou pelo vale e Trevor permaneceu na colina, aquele momento de tormento prolongou-se indefinidamente. Ele não viu Trevor, embora ele deva ter visitado durante as longas horas quando o menino dormia, empoeirados cobertores hippies de crochê puxados sobre a cabeça para protegê-lo da luz.

Foi no meio da quarta noite que Che desceu a escada do sótão, cada degrau tão quadrado e duro que feria seus dedos dos pés, e saiu para fazer xixi. Se Dial estivesse dormindo, ele podia ter saído no deque e feito a terra fedorenta ficar ainda mais fedida. Mas Dial estava lá fora, fumando, de modo que ele se esgueirou pela porta dos fundos e descobriu que a estação mudara. Não estava frio para os padrões do condado de Sullivan, mas fazia bastante frio. Havia orvalho e, quando voltou para dentro, deixou perfeitas pegadas úmidas no chão perpetuamente empoeirado.

Ele estava quase na escada quando ela o chamou.

— Venha e me conte os seus segredos.

O menino ficou entre a bancada de trabalho e a escada, abraçando a si mesmo, desejando esconder sua horrível pessoa.

— Venha aqui, querido.

As ripas do deque também estavam molhadas de orvalho e mais frias que a terra. Ele viu que o vale estava tomado de neblina e luar azulado, folhas molhadas, papaias pretas, céu escuro e gelado acima das montanhas ao longe. Ele esperou.

— Você tem segredos guardados — disse ela. O menino olhou para Dial e ela manteve o olhar, sobrancelhas negras baixas sobre os olhos.

— Ele tem um carro escondido na mata — continuou ela. — Não vá embora.

— Vou buscar um cobertor.

Ele subiu a escada e atirou lá de cima uma das colchas de retalhos de Adam.

— Você sabia disso — falou ela. — E manteve segredo.

O menino abriu a coberta no chão do lado de dentro da porta, então se enrolou dentro dela.

— Querido, não feche os olhos.

— Estou com sono.

— Olhe para mim. Você queria que Trevor fosse preso?
— Eu o avisei — gritou ele.
— Queria que eu fosse presa?
— O quê?!
— Queria que eu fosse presa?
— Não — gritou ele tão alto que ecoou pelo vale.
— Shhh.
— Shhh você! A polícia estava aqui. Eu corri até a casa do Trevor. Eu o avisei. Me deixa em paz. Estou com sono.

Agora ela estava de joelhos, olhando para ele como se fosse uma pobre mariposa amarrada a um barbante. Ela tentou puxar o cobertor.

— Você buzinou.
— Foi sem querer — disse ele, puxando de volta o cobertor.
— Como pode ter sido sem querer, meu amor? — Ela pousou a mão no ombro dele e o menino sentiu as lágrimas iminentes.
— Achei que tinha dois pontos — respondeu ele, sentando-se.
— O quê?
— A buzina, Dial. Dois pontos.
— Não entendi.

"Bem, ela não vai entender", pensou. "Nunca vai entender." Ela não era mecânica, mas ele não podia dizer aquilo ou ela ficaria furiosa.

— Primeiro e segundo — falou ele. — Isso é tudo.

Dava para ver que ela não o estava ouvindo e o menino achou que sua avó entenderia. Há dois pontos de pressão no gatilho de um 22 e o carro tem dois pontos na chave e ele achou que havia dois pontos na buzina, mas quanto mais ele tentasse explicar, mais ela acharia que ele estava mentindo.

— Você queria que eu fosse presa — disse ela.

Ele jogou o cobertor para atingi-la, calá-la, fazê-la amá-lo. Ela ergueu a mão.

— Está tudo bem — falou ela. — É natural.

Ele afastou o cobertor.

— Não sou assim.

— Todos somos assim.

Mas ele não era assim de modo algum. Ele roubara algum dinheiro, e só.

— Dial — disse ele —, não quero que seja presa. O que aconteceria comigo se isso acontecesse?

Ela afastou os cabelos dos olhos do menino como se aquilo que ele dissera não fosse nada.

— Você não sabe o que sente — falou ela.

— Eu *posso* saber o que sinto, Dial. Você não, isso é tudo. Você não pode saber.

— Não é culpa sua.

— Eu *sei* como me sinto.

— Você quer ir para casa, querido. Claro que quer.

Ela abriu os braços e ele foi para o seu colo, cabeça entre seus seios. Dial estendeu o braço, pegou o cobertor e cobriu a ambos, apertando-o com força contra ela.

— Se você fosse crescido, saberia que tocou aquela buzina por um motivo.

— Eu errei — disse ele, agora já confortado, sem desejar outra coisa exceto ser amado.

— Porque você está com raiva de Trevor ou de mim. Se você fosse adulto, isso ficaria claro para você. *Parece* ter sido um erro, mas não foi. Você precisava de alguém para levá-lo para casa. Shhh. Isso não é errado. Você foi roubado da sua avó. Ninguém tem culpa.

Ela não podia saber que era muito pior que isso. O menino desejou que ela se calasse e o acariciasse até ele dormir.

— Precisamos descobrir. — Ela acariciou a sua cabeça. — O que é melhor para todos nós.

— Faça isso. — Ele bocejou. — Você decide o que é melhor.

— Toda sua vida depende disso. Não posso fazê-lo sozinha. Você tem de me ajudar. A questão é que você é rico.

— Acho que sou. Não sei.

— Tem de ser. Sua mãe não tem irmãos. Sua avó é uma Daschle e a Daschle Kent é uma empresa particular.

— Não sei o que é isso, Dial. Não me importo com dinheiro.

— Há milhões de dólares em obras de arte no apartamento.

Ele não se importava.

— Na Park Avenue. Querido, você terá uma vida muito boa, com um belo apartamento, lindas pinturas. E o lago Kenoza.

Ele tapou os ouvidos.

— Coisas legais, tudo bem.

Anos depois ele finalmente entenderia. Ela era socialista. No que estaria pensando?

— Você não sabe — disse ele. — Você não sabe nada sobre mim.

— É por isso que você tem de me ajudar a decidir para você.

— Não sei do que está falando.

— Temos de devolvê-lo para a sua avó — disse ela. — É isso. É tudo o que resta. Temos sido idiotas, mas nós o amamos, querido, você compreende?

Ele compreendeu o bastante para adormecer. Pela manhã despertou na outra cabana, nariz amassado contra o ombro dela.

49

Trevor tinha contusões azuis e amarelas nas costas, mas agora que havia um plano para salvar o menino, ele vinha visitá-los trazendo verduras, à luz do dia. Evitando o caminho que o faria passar diante da casa de Rebecca, ele abria caminho através da floresta molhada, emergindo com gotas d'água em sua pele marrom, gravetos nos cabelos, exibindo uma saúde corada de animal. Estava muito bonito. Ele sempre fora assim, é claro, mas Dial agora via que ele amava o menino, não de um modo adulto e moderado, mas de um modo que, de qualquer forma era bom. Ele não era inimigo, então ela se permitiu perceber a sua pele, seus claros olhos azuis, límpidos e adoráveis. Ela permitiu que ele desligasse o lampião de gás de modo que não fossem vistos do espaço, e a nova versão, de algum modo, não lhe parecia mais um atraso em relação ao Iluminismo. Também, é bom dizer, a luz das velas nas paredes era dourada e a fumaça subia nas sombras dos caibros, e filhotes de morcego entravam voando pela porta dos fundos e davam uma volta no aposento antes que saíssem pela porta da frente. O menino pareceu estar mais calmo, e a paz tomou conta de todos. Haviam feito algo decente e haveria uma breve recompensa por aquilo, não muito, embora mais do que ela merecia, provavelmente mais do que ela teria no Vassar.

Nas longas noites embaladas pelo canto das corujas mopoke, quando o menino estava dormindo, ela e Trevor Dobbs sentavam-se no deque e conversavam, e apenas a maconha não seria motivo suficiente para explicar como um corpo que antes lhe parecera tão estranho e selvagem podia agora ser estrangeiro e atraente ao mesmo tempo, cheirando a casca de árvore, aos buracos que ele escavava, à beterraba vermelho-escura em suas mãos quadradas e enlameadas. Ela tinha cabelos emaranhados, mas não era selvagem e, não importando o que a revista *Time* dissera sobre sua geração, ela só fizera amor com um único homem em sua vida. Ela fora uma tola fiel e não tinha intenção de se envolver com outro criminoso, não importando quão gentis e cheios de princípios eles fossem. Mas ela beijou Trevor, mais de uma vez, e certa noite adormeceu respirando o ar fragrante entre seu ombro e seu pescoço. Havia uma carga de violência ao redor dele, mas — sinceramente? — ela não se importava. Na verdade, ela estava familiarizada com aquele frisson em particular, um toque de fugu nos lábios, não o bastante para matá-la. E se havia algo que a surpreendia a respeito de Trevor Dobbs era que ele não foi rude — ela podia não conhecer o seu coração, mas havia poucos segredos entre os sarongues.

Ela ficava um pouco dolorida, agradavelmente excitada, era o bastante. Mesmo que fosse um momento, ela o aceitaria.

Foi Trevor quem sugeriu falarem com Phil Warriner sobre como devolver o menino sem colocar Dial em perigo.

Ela concordou com aquilo não porque seus preciosos padrões de Harvard houvessem falhado, mas porque não havia outra escolha.

Então, Trevor usou algum meio para convocar Phil — parecia não haver telefones envolvidos — e o advogado finalmente chegou ao fim de um dia úmido, uma tarde quente em que ainda chovia um pouco, pequenas poças d'água se acumulando nas folhas das bananeiras, então se espalhando em um derrame cristalino que a gente nunca se cansava de admirar. Phil estacionou seu Holden Monaro e Dial foi até o deque e observou-o um tempo até perceber que ele estava se despindo, pendurando camisa e terno em um cabide, como um caixeiro viajante antes de atravessar um caminho molhado de chuva, descalço, nu, carregando nada além de sua pasta e o que acabou se revelando um pacote de tabaco Drum.

— Olá — disse ele.

"Ah, meu Deus", pensou Dial.

Ele entrou na cabana timidamente, um homem grande com coxas cabeludas e panturrilhas brilhantes, e Trevor não fez comentários a respeito de sua aparência. Ela sabia que o menino estava deitado no sótão fingindo cochilar ou talvez realmente cochilando — ela não tinha certeza. Phil sentou a bunda molhada de chuva no chão empoeirado, pegou um bloco amarelo e fez perguntas enquanto Dial o olhava firmemente nos olhos, tudo para evitar olhar para seu pênis que sobressaía entre suas pernas cruzadas feito um cogumelo.

Mais tarde, chegou a pensar em perguntar a Trevor o que Phil achava estar fazendo, mas nunca perguntou. Achou que o advogado, que tinha um bocado de clientes hippies, sabia melhor do que ela o que estava fazendo.

O menino, é claro, espreitava as três Parcas, enquanto estas decidiam a sua vida. Não eram Cloto, que tece os Fios da Vida, ou Láquesis, que decide o comprimento do fio, ou Átropos, que dá o corte final. Eles eram, pensou Dial, mais parecidos com Karlo, Slothos e Zappa. Ela podia sentir a intensa atenção do menino.

— Como ela a chama? — perguntou Phil.

— Quem?

— A avó.

O menino ouviu aquilo, cada palavra. Viu um facho de luz na frente do jacarandá, formigas brancas nascendo com asas prateadas.

— Ela me chama de Anna — disse Dial, lambendo três papéis de cigarro e unindo-os como uma colcha hippie.

— Anna Xenos?

O menino nunca ouvira aquele nome antes. Ele viu Dial erguer a cabeça em sua direção, mas ele estava espiando através do cobertor de crochê. Ela não podia ver seus olhos.

— Eis a primeira lição — afirmou Phil. — Os ricos não sabem o nome de seus serviçais.

— Também não é assim — disse Dial.

— Você trabalhou para ela. Ela não fazia ideia de quem você era. Ela pagou seus impostos?

— Eu não tinha carteira assinada.

— Viu? — concluiu Phil, pegando o baseado que Dial oferecera. Ele fez uma careta enquanto prendia a fumaça no pulmão, encolhendo os dedos dos pés. Um pouco da fumaça pairou sobre suas costeletas peludas como neblina sobre o vale.

O menino pensou: "Ninguém vai saber como é estar aqui."

— Viu? — repetiu Phil.

— O que eu deveria ver? — perguntou Dial, rindo.

— Eles não sabem quem é você.

— Eu também não sei quem é você — falou Dial, e todos irromperam em uma gargalhada.

O menino viu Trevor acariciar o joelho de Dial. Dial tirou algo dos cabelos dele, um inseto talvez.

— Você é muito gentil, Phil — disse Dial. — Mas eles podem facilmente descobrir quem eu sou. Estive em Harvard.

Não era a primeira vez que o menino via aquilo acontecer. Phil ergueu uma sobrancelha e deu outro trago.

— Muito bem — falou ele. Todo mundo estava sério agora.

— Também tem o Che.

— Esses sujeitos não são tão eficientes quanto você pensa — argumentou Phil. — Mesmo. Eles têm um bocado de problemas com seus papéis na imigração. Pergunte ao Trevor se quiser saber.

Trevor olhou feio para Phil, e então deu de ombros para Dial, mordendo o lábio inferior.

— Phil, eu não quero ir para a cadeia.

— Por que você iria para a cadeia? A mãe do menino pediu para vê-lo. Você fez o que ela pediu. Ela era a sua patroa.

— Ex-patroa.

— Ex, tudo bem. Mas patroa naquele dia.

— Não foi assim, Phil — disse Dial. — A mãe do menino era proibida por lei de ver o menino. Eu o roubei de sua guardiã legal.

— Com a permissão dela.

— Ouça só — falou Dial.

— Não — disse Phil. Ele traçou uma linha no seu bloco. — Eis o que faremos.

O menino via aquilo. Ele viu Dial olhar para ele.

— Serei o seu advogado — declarou Phil.

— Tudo bem.

— Vou visitar a Sra. Selkirk.

— Vai para Nova York?

— Para a Park Avenue. Vou explicar a situação como seu conselheiro. Vou representar os seus interesses. Você estava agindo de acordo com as instruções do guardião legal.

— Phil, eu fui para a Filadélfia.

— Muito bem, muito bem, muito engraçado, mas ela sofreu, você sabe, aquele acidente. Você levou o menino para o pai dele, mas o pai não quis saber. Àquela altura, você foi acusada de sequestro. Ficou com medo. Fugiu. Foi tola, mas não é uma criminosa.

— Phil, você é tão gentil, mas isso não vai funcionar.
— Sou advogado.
— Um advogado imobiliário. Foi o que você me disse anteriormente.
— Se acha que sou um idiota, diga.
— Claro que não acho.
— Imóveis — assentiu Phil —, testamentos, bens. Esse é um assunto de herança. E, mesmo que eu seja um idiota, cite alguém tolo o bastante para fazer isso para você?
— Como chegará lá?
— Você me comprará uma passagem.
— Muito bem.
— Vou me hospedar em um hotel. Vou negociar o seu caso e conhecer a Vanguarda do Village, você sabe. Max Gordon. Por que não? Você não pode fazer nada na estrada de Remus Creek. Tem de se mexer. Você não pode se mexer. Você está presa aqui.
— Phil, você já fez algo parecido antes?

Phil ficou exultante. Ergueu as sobrancelhas e revirou o bigode.

— Isso é adorável — disse ele.
— É mesmo? — perguntou Dial, e o menino pôde ouvir o velho sarcasmo em sua voz e desejou que eles não brigassem. Ele gostava das coisas como estavam, ela tirando gravetos dos cabelos de Trevor.
— Não vou morrer por causa de dinheiro — afirmou Phil, exalando a fumaça.
— E o que isso significa?

— Significa que não há dinheiro que você possa me oferecer — disse Phil, voltando a encher os pulmões de fumaça —, nenhuma quantia em dinheiro que você possa pagar que me convença a não me manter vivo.

Então todos riram, as Parcas, rolando pelo chão, muito provavelmente chapados de maconha.

Àquela altura, o menino estava dormindo.

50

Posteriormente, a palavra *conspiração* foi ligada ao que aconteceu na estrada de Remus Creek, mas, nas semanas em que Phil se "preparava" para viajar, a única conspiração que o menino percebeu aconteceu no deque onde, certa vez, tarde da noite, viu Dial beijar Trevor. Talvez também tenha ouvido alguns barulhos no escuro.

Todas as manhãs, Dial subia ao sótão e jogavam pôquer e comiam as sobras do jantar. Ele sabia que aquilo era porque logo ele iria para casa, mas uma vez que aquilo fora decidido, as semanas e meses que se seguiram foram como umas férias, e ele não mais precisava se preocupar com a morte da avó ou que seu pai nunca pudesse encontrá-lo.

Ele tinha pesadelos à noite, mas todos os dias iam de carro das montanhas para o litoral, entre uma e outra cabine de telefone vermelha. Tais cabines telefônicas finalmente seriam reveladas como parte da conspiração, mas pouco importavam para o menino. O que importava era a praia, comer peixes, ensinar Trevor a nadar. Por que dirigiam tanto ele não perguntou, mas atravessaram estradas sinuosas e enjoativas a caminho de Mapleton, Maleny, então baixando até o rio enlameado de Bli Bli, até a seca Pomona, de volta a Maroochy, que era o nome de uma bela menina aborígine do passado. O menino ocupava o assento que lhe era de direito. Trevor ficava no banco de trás, tentando sintonizar seu rádio. Ele dizia que o bloco do motor interferia com a recepção, uma mentira na qual o menino acreditou durante vinte anos, e que ele não sentaria no banco da frente nem que o pagassem. Ele não sabia ler, mas sabia de tudo: cinco homens haviam sido presos invadindo o Hotel Watergate. Aviões B-52 bombardeavam o Vietnã. O menino não queria pensar em uma guerra que parecia ter tirado tudo dele. Ele preferia estudar a linha entre seu tórax e o traje de banho para ver quão bronzeado estava. Às vezes, deitava-se no chão empoeirado. Dial tinha uma tornozeleira de jade. Ele observava como o pé dela se movia, assim como a alavanca de marcha. Ele podia fazer melhor que ela, mas não o deixavam.

— Seu maluquinho, saia daí.

Estacionavam junto a uma cabine telefônica vermelha no meio de um canavial, em uma curva da estrada entre Coolum e Yandina, e em outra na praia Peregian.

Havia também uma cabine telefônica em Pomona, uma cidade pequena e enferrujada onde compraram roupas de banho em uma loja de objetos de segunda mão. Talvez Trevor tenha usado algumas moedas de 25 centavos do pote que levavam para todo lado. Os telefones tinham dois botões, A e B; ele não tentava operá-los. Em Pomona, Dial comprou um maiô preto coberto de flores brancas, algumas impressas, outras costuradas sobre os seios. Trevor a chamava de Sra. Flor. A pele dela ficou rapidamente bronzeada por conta de seu sangue grego e turco.

O menino também ficou muito bronzeado, cabelos cada vez mais claros enquanto insistia em ensinar a Trevor como respirar debaixo d'água. "Não importa o quanto você esteja triste, nadar sempre limpa a sua alma." O menino dissera isso para Trevor, exatamente com essas palavras. Ele mostrou ao homem como boiar para parecer morto, mas uma onda o pegou e lhe deu um caldo e logo estavam apenas correndo das ondas e não importava que o órfão londrino não soubesse nadar porque ele pegou ondas em Marcus, Sunshine, Peregian, Coolum.

Che, Trevor e a Sra. Flor levaram caldos, tiveram seus rostos empurrados contra a areia, suas pernas se debateram e se emaranharam no ar e essa era a graça da coisa, afora a sensação de a pele estar se esticando em suas costas e em seu rosto. Havia dias em que eles eram quase as únicas pessoas entre Coolum e Sunshine. Era quase inverno, mas absolutamente perfeito: ninguém na praia exceto por um velho excêntrico de joelhos calejados arrastando um saco pela areia úmida para colher o que eles achavam ser caramujos. Mas não tinham certeza.

Trevor adorava uma banda chamada Saints. Ele tocava suas músicas sem parar: "I'm from Brisbane" e "I'm rather plain". Ele trazia um cacho inteiro de bananas a seu lado no banco de trás e eles as comiam o dia inteiro, mas quando o sol do oeste tocava as nuvens baixas ao longo do horizonte leste, eles dançavam e pulavam sob o chuveiro frio de um estacionamento de trailers e saíam em busca de peixes. Vara da pérola. Vermelho caranha. Peixes dos recifes. Encontravam velhos rabugentos sem alguns dedos das mãos vendendo peixes na traseira de madeira compensada de vans nas estradas perto de Noosa e Alexandra. Depois, dirigiam de volta ao vale, que sempre parecia mais sombrio perante o mundo lá fora, e lá Dial e Trevor cozinhavam enquanto o menino lavava e limpava as embalagens das casquinhas de sorvete para guardar como lembrança.

Ele colecionou 18 desses papéis, todos idênticos, brancos e azuis, com a palavra BUDERIM impressa, que eram lavados e esticados no deque e, no dia seguinte, estavam secos e ele os separava de um lado. Guardava outras coisas como conchas, pedras, gafanhotos secos. Obviamente estava se preparando para dizer adeus, mas aquilo não lhe ocorria então, e ninguém tentou lhe explicar o que ele realmente sentia.

Os três começaram a consertar o jardim de Dial e, embora tempo fosse um elemento-chave de um jardim, o menino não pensava assim. Foram de carro até a represa Wappa com ancinhos e colheram o rico e fragrante tapete de plantas aquáticas para fazer cobertura para as raízes. Ele ficou encharcado de lodo do lago, agarrando os feixes molhados enquanto enchiam o porta-malas com aquilo. O Peugeot envergava com o peso e a água pingava atrás deles a caminho de casa.

Pegaram emprestada uma enxada rotativa do pai de Cabeça de Pudim, então quebraram os torrões de terra com as mãos, suas peles bronzeadas cobertas de suor e lama. Amarraram um fio em uma vareta e fizeram canteiros retos. Plantaram brócolis, repolho, couve-flor, salsa, rúcula, espinafre, beterrabas, cebolas, cenouras, rabanetes.

O menino guardou com os pacotes de sementes e em cada um depositava uma única semente e então selava o pacote com fita adesiva.

Era difícil acreditar que ele já não estivesse profundamente arrependido, e quando as suas costas bronzeadas começaram a arder e descascar, quando deixou cair a sua pele pulverizada sobre o solo australiano, Dial observou com a mão à boca.

— O que foi, Dial?

— Estou bem.

— No que está pensando, Dial?

— Nada demais — disse ela. Ela não poderia explicar aquilo para ninguém, apenas partículas de poeira à luz do sol, nada que alguém pudesse ver.

51

Um número absurdo de moedas de 25 centavos foi gasto por Trevor discutindo com Phil sobre como o menino seria transportado ao aeroporto de Brisbane, cada conversa baseada na noção de que até mesmo um telefone público em Bli Bli estava grampeado. Às vezes, Dial achava aquilo engraçado, outras vezes lhe parecia sensato e, na maioria das vezes, parecia-lhe apenas que era melhor serem cautelosos. Trevor demonstrou uma clara aversão a se aproximar do aeroporto e ela certamente não queria que ele fosse prejudicado por sua causa. Então muito cedo, em certa manhã enevoada, quando o vale a surpreendeu estando ao mesmo tempo úmido e frio, ela tirou a saia e o *twin set* de Vassar de dentro do plástico da lavanderia e desceu cuidadosamente até o Peugeot imundo, carregando nas mãos os seus sapatos e uma camiseta. A camiseta era para limpar a lama dos tornozelos.

Havia orvalho sobre os carros de polícia quando ela atravessou Eumundi a caminho de Tewantin. Dial atravessou a ponte para o Gympie Terrace exatamente às 6h, e por um instante um pelicano pairou do lado de fora de sua janela, finalmente descendo até o rio Noosa através de fios brancos de neblina. Ela estava com a boca seca, mas ainda podia apreciar a beleza do lugar e se espantar em ver como a classe trabalhadora podia viver assim, ali, agora. Você podia ser pobre, sem neve, sem merda nem Whitey Bulger e seus companheiros, sem passar a vida inteira tentando escapar de seu destino. É claro que ela pensou nisso antes de ver Phil.

Dial atravessou o terraço e deu a volta na rotatória. Agora o Iate Clube de Noosa estava à sua direita e ela via, no deque, um padre carregando dois pequenos volumes que, após olhar melhor, descobriu tratar-se de Phil Warriner vestindo um terno esquisito.

Mais tarde, ela desenhou as roupas para o menino, os botões da calça acima do umbigo, a jaqueta longa como um fraque. Ela desenhou muito bem, mas não conseguiu ilustrar o modo como as calças derretiam e flutuavam ao ao redor dele, como um vestido.

— O que é isso, Dial?

— Chama-se terno *zoot*.

"Minha vida está na mão desse idiota", pensou Dial. "Deus me ajude."

A criatura extraordinária a viu. Phil desceu os degraus, atravessou a grama e hesitou um segundo no meio do caminho. Ela pensou: "Que diabos estou fazendo?" Ela devia ter ido embora correndo.

— Você fez isso, Dial? Saiu correndo?

— Eu esperei. Como uma boa menina.

"Como uma vaca prestes a levar uma marretada na cabeça", pensou ela. Aquele era seu advogado. Seu representante. Contudo, seu maior sentimento ao vê-lo atravessar a rua vazia não era medo — o que não teria sido razoável —, mas embaraço. Ele usava polainas brancas, todo o aparato. Carregava dois volumes: uma bolsa gorda com alça e uma caixa de trompete, e quando ele as colocou cuidadosamente no banco de trás, ela não fez comentários.

— Bom dia — disse ele, alisando as calças ao se acomodar.

O paletó era amarelo-narciso.

— Oi — respondeu ela. Mas Dial não conseguia olhar para ele. Ela pensou: "Sua roupa vai ficar coberta de cinza de cigarro." Partiram em direção a Eumundi de onde pegariam a Bruce Highway até o aeroporto de Brisbane, e durante todo esse tempo Dial sentiu seu passageiro ansioso para falar de seu terno. Ela devia ter-lhe dito: "Tire essa porcaria. Queime-a." Onde, em toda a Costa do Sol, era possível encontrar um terno *zoot*? Negros americanos vestiam-se assim, negros que já morreram há muito tempo.

Por que ela não disse a ele? Porque não queria magoá-lo? Seria realmente verdade? Quando começou a lidar com os caminhões ameaçadores da Bruce Highway, Dial entrou em depressão. O prazer das últimas semanas acabou se revelando como o prazer de coisas de vida muito breve, glicínias luminosas, preciosas por serem tão efêmeras.

Ela observara o menino colecionando cada momento de sua própria pessoa. Ele fizera desenhos obstinados do jardim e da praia. Dial não perguntou o óbvio: "Não vai sentir falta de mim mais do que de todo o resto?"

Para o bem ou para o mal, Dial levou Phil de carro até o aeroporto, a duas horas de Eagle Farm, o tempo todo tensa por causa do terno que ele usava.

— Darei uma volta por Greenwich — disse Phil, e ela não o corrigiu — para ver Max Gordon. Talvez dê um pulo no Vanguard. Todo restaurante em Nova York serve pratos enormes. Os brancos estão tensos — comentou ele, como se fosse azul. — Os americanos não têm o sentido da "ironia". Os negros são legais. — Ele ia dar um pulo no Brownies, onde você cheira cocaína no balcão do bar, mas pode ser expulso se disser um palavrão.

Ela passou por uma loja com uma ampla varanda onde vendiam caranguejos de mangue para homens de negócio prestes a pegarem um voo para Melbourne. Phil lhe falou sobre isso, do caranguejo que escapou e quase derrubou um 727. Dial estacionou junto ao meio-fio do aeroporto de Brisbane, deu-lhe o dinheiro para despesas em um envelope e beijou o seu rosto áspero de perfume esquisito.

Depois que Dial voltou de Eagle Farm ela desejou em voz alta nunca ter pedido que Phil fizesse aquilo. O menino também. Mas ele não tinha permissão de dizê-lo.

Mas uma semana se passou e nada aconteceu, depois outra, e após algum tempo tudo o que sobrou de Phil foi o revirar de olhos de Dial e os desenhos dela do terno *zoot* — muito melhor, pensou o menino, do que qualquer coisa que ele pudesse fazer.

Dial, Trevor e o menino foram à praia seis dias seguidos. Descobriram os melhores abacates da Costa do

Sol, escondidos atrás de um bosque de *Pinus radiata* às margens da estrada Coolum. Então, na semana seguinte, na estrada de Bli Bli, encontraram um velho estrangeiro vendendo·peixinhos — não eram sardinhas, eram menores. Dial ficou com os olhos cheios de lágrimas e preparou os peixes como certa vez os preparara para o pai que, disse ela, tinha exatamente 1,62m de altura.

Na manhã seguinte, a chuva bateu no telhado e todos ficaram na cama durante horas. Então vieram dois dias de chuva contínua e o menino testemunhou o brotar dos alvos e sedosos caules das ervilhas, afastando o solo esfarelado. Na lama e sob o chuvisco ele cobriu as raízes dos brotos de ervilha com salvínias do modo como aprendera com Trevor havia muito tempo, subindo as trilhas com a paleta repleta. Ele amassou a coisa negra, deixando um buraco de modo que cada broto retorcido pudesse chegar ao céu — nuvens como plumas altas e geladas no azul de ficção científica.

Nenhuma notícia de Phil.

Os três subiram a colina. Os tanques de Trevor estavam se enchendo lindamente. Naquela noite, compareceram a um luau no chamado salão e o menino dançou com Dial e então com a pequena Cabeça de Pudim. Aprendeu uma dança irlandesa embora a lua estivesse encoberta pelas nuvens. Ele não morreria por dinheiro. Aquilo estava claro.

Em meio a toda essa alegria, o menino ainda carregava a vergonha de ter tocado a buzina. Ele não podia dizer que *não queria mais* voltar ao lago Kenoza.

Se Phil encontrasse a avó, ele enviaria um telegrama secreto para dizer que Dial fora perdoada por seu crime. Hamid, o chefe do correio, escreveria o telegrama e o colocaria em um escaninho. Ficaria ali até perguntarem: "Tem algum telegrama?" Ninguém entregava telegramas para hippies.

Ele ficou no carro quando Dial e Trevor foram ao correio. Quando os viu voltar de mãos vazias sentiu seu corpo relaxar como o pescoço de um filhotinho.

Choveu mais e os tanques de Trevor transbordaram, a parte rasa do rio inundou e eles estavam em casa jogando buraco quando ouviram a pequena Cabeça de Pudim gritar: "oi!" e correr com dificuldade sobre o solo enlameado. Ao pular sobre a escada dos fundos da cabana, o baque não anunciava nenhuma fada Sininho, com aquelas pernas que poderiam ser chamadas de grossas, todas arranhadas e brancas. A coisa encharcada enrolada na mão dela era a coisa ruim, o telegrama. Fora entregue para seu pai na semana anterior e, quando voltou para casa, ele encontrara cabras entre as verduras.

— O Brian disse — falou Cabeça de Pudim, trêmula, estendendo seus braços molhados. — O Brian disse — prosseguiu — que não parece ser muito urgente.

O dia lá fora estava escuro e nublado. E estava escuro lá dentro também. O menino sentiu Dial estremecer e a viu fechar os braços sobre o peito. Não disse uma palavra.

Trevor baixou sua mão de buraco com as cartas viradas para cima. Então, Dial levantou-se. Ela tirou o telegrama da mão da pequena menina loira.

— Merda — gritou, e atirou-o no chão.

O coração do menino disparou.

Dial disse:

— Cabeça de vento.

O menino não sabia o que era uma cabeça de vento, mas Dial parecia como um terremoto, boca larga desfigurada. Ela bateu a cabeça contra a parede e um prato caiu no chão e se quebrou.

— Que idiota — gritou.

Cabeça de Pudim deu as costas e saiu correndo e eles a ouviram chapinhar colina abaixo, berrando.

Trevor ajustou o sarongue e foi até onde estava o telegrama amassado, caído junto à porta. Ele o passou para que o menino o lesse.

CONHECI J. J. JOHNSON.

— Sim, o que é isso?

— Ele conheceu um trombonista — disse Dial, ajoelhando-se ao lado do prato quebrado.

— O que isso quer dizer?

— Significa que ele não é confiável.

O menino pensou: "Talvez isso seja bom."

52

O menino viu acontecer: o telegrama mudando a cabeça de Dial.

Ele sentiu o calor do sangue dela ao sair pela porta. Voltou com pérolas sobre o peito e lama nas panturrilhas. Seus sapatos de salto estavam em suas mãos. Ela subiu ao sótão e voltou com o jarro de moedas de 25 centavos.

— Quem é J. J. Johnson?
— Um trombonista.

Os cabelos dela estavam encrespados e com um aspecto insano. Ela limpou as panturrilhas com um pano de prato e perguntou a Trevor de onde deviam ligar.

— É mesmo um trombonista?
— Shhh. Sim.
— Tem uma cabine de telefone depois de Maleny — disse Trevor, e esta parte o menino entendeu —, o padrão aleatório é a sua chave para a liberdade. Entendeu?
— Não muito.

— Você espalhou os seus pés de maconha na mata. Você não fez nada que pudesse ser visto ou ouvido do espaço. Entendeu?

Foi "sim, não, mais ou menos".

— Vamos, querido — disse Dial então —, vamos dar um passeio. — Toda aquela atividade alarmante trouxe de volta a má sensação dos aviões. Ele observou as pernas enormes de Dial subindo a colina em direção ao Peugeot 203.

Trevor entrou no banco de trás e ficou muito quieto, sem comer, sem ligar o rádio, inclinando-se para a frente de modo que sua boca pequena ficasse próxima ao ouvido de Dial. Estava tão alerta e atento como quando a polícia atravessou a plantação em sua caminhonete.

— Aonde vamos?

— Shhh.

O menino pensou: "Estou sendo mandado de volta". Seu estômago se estreitou ao ouvi-los.

— Ele pode ficar com a droga do meu dinheiro — falou Dial.

— Quem, Dial?

— Shhh — disse ela, falando com Trevor baixo e rápido. Mandaria um extra para ele. Ele podia passar a noite inteira no Blue Note. Ou no Gate. E ser espancado no metrô se quisesse. Ele era excêntrico demais para aquilo. Ela sempre soube.

— Quem? — insistiu o menino, tentando não parecer lamurioso.

— Por favor — disse Dial. — Vou explicar. Confie em mim.

Em vez de explicar, ela dirigiu 10 quilômetros até Nambour, então mais 25 quilômetros até Maleny e outros 8 quilômetros até poderem ver os estranhos dentes quebrados das montanhas Glass House despontando da mata espinhenta abaixo do céu de veludo. A estrada era estreita e de um preto-claro ao longo da borda gramada e, quando chegaram a uma cabine telefônica, Dial estacionou o carro o melhor que pôde, com medo de cair no vale lá embaixo. Ela saiu do veículo com um pedaço de papel oscilando na brisa, preso entre o polegar e o indicador. Em sua outra mão trazia um frasco de geleia cheio de moedas, e o menino ficou no carro com a janela aberta, a brisa suave acariciando-lhe a pele.

Trevor também entrou na cabine.

O menino foi deixado sozinho. Ele não queria ir, não ainda: depois. Talvez Dial pudesse pagar para que a avó o visitasse de modo que ela pudesse ver que ali era muito legal. A chuva parara e as nuvens de pelo de coelho estavam altas o bastante para que se pudesse ver até o litoral. Ele imaginou a Lex e a 62, ruas escuras e profundas, que não deixavam sua mente ir muito longe.

Saíram às pressas da cabine telefônica, Trevor franzindo as sobrancelhas, Dial de bochechas infladas.

— O que foi? — perguntou ele quando entraram no carro. — O quê?

Dial estava ocupada dando a volta com o carro. Por um momento as rodas traseiras atolaram, mas logo ganharam tração, afastando-se de Maleny, deixando torrões de lama amarela no centro da estrada.

— Temos de ir a Brisbane, querido.

— Por quê?

— Não nos deixam fazer ligações internacionais de telefones públicos.

No correio central de Brisbane havia polícia por toda parte, como formigas fervilhando de um formigueiro. Ele olhou para os pés de modo que nenhum deles visse o seu rosto.

— Fique bem quietinho — disse Dial. — Está bem?

Ele pegou as mãos escorregadias e amedrontadas de Dial e ficou bem junto dela enquanto subiam a escada do prédio enorme como uma igreja ou sinagoga. Nada de ar-condicionado. Devia haver. Em um balcão alto, Dial pagou e recebeu um bilhete com um número e então foram a uma sala de espera com longos bancos de madeira e telefones pretos nas paredes, cada um instalado em seu próprio cubículo de madeira.

— Chique — disse o menino. — Antiguidade.

— Sim.

Quando seu número finalmente foi chamado, os três entraram no cubículo que cheirava aos gases que as pessoas exalam quando estão tristes ou com medo.

— Alô — disse Dial.

O menino se agarrou a Dial quando ela perguntou pelo Sr. Warriner. Phil.

O menino pensou: "Não confiável."

— Ele tem de estar em casa agora — falou ela para Trevor.

— Alô — chamou Dial. — Alô, Phil.

Ela ouviu e disse a seguir:

— É do quarto de Phil Warriner?

Então voltou a ouvir.

— Não é da sua conta — disse ela. — Quero falar com Phil.

Então, sem dizer mais nada, ela devolveu o enorme telefone preto ao gancho. O menino não viu Trevor sair, mas Dial o encontrou em meio à multidão mais adiante. Trevor levara a mão à boca, olhos inquietos como os de um louco, e o menino viu que ele estava com medo.

— Um policial — informou-lhes Dial. — No quarto dele.

Trevor fixou o olhar ao longe.

— Ele era do Brooklyn — falou Dial. — O policial.
— Ela olhou para o menino.

— Aposto que você sabe o número da sua avó.

— Encontro vocês no carro às 15h — disse Trevor.

O menino pensou: "O que vai acontecer comigo?" Ele observou o caminhar macio sem quadris de Trevor através de uma multidão de policiais que entravam em um ônibus.

— Aonde ele vai?

— Você sabe o número de telefone da sua avó?

O menino olhou para os olhos arregalados e pintalgados de Dial. Tudo estava oculto no pedacinho preto que vovô lhe dissera que nem Deus poderia enxergar.

— Por quê?

Dial pegou a sua mão e ele deixou-se levar para perto do balcão alto, onde ela fez aquele negócio de se agachar na frente dele.

— Ouça — disse ela —, o idiota está em apuros.

— Trevor?

— Phil. Se ele está em apuros, eu também estou. Apenas deixe-me explicar isso para a sua avó antes que Phil piore as coisas.

— Eu sabia — disse o menino. — Eu lhe disse isso há muito tempo.

Ele chorava agora, sem saber se estava certo ou errado. Eles não tinham lenço de papel. Ela pegou um formulário para telegramas e deu para que ele assoasse o nariz. O papel era duro e sujava a pele, e ele assoou o nariz com a mão. Dial pegou um novo formulário para telegramas e escreveu ambos os números, o da rua 62 e o do lago Kenoza. Através das lágrimas, ele a viu pagar no balcão.

Era noite no lugar onde a avó estava, seu pequeno corpo de nadadora mal devia ser discernível sobre a cama, o rádio cheio de estática ligado para afastar os pesadelos. Quando o telefone tocou, ela deve ter levado um tremendo susto.

— Alô — disse Dial —, aqui é Anna Xenos.

— Xenos?

O menino pôde ouvir uma ambulância. Foi assim que soube que Dial ligara primeiro para o endereço na cidade.

— Sou amiga de sua filha — respondeu Dial. — Anna Xenos.

O menino não foi mencionado. Sua avó não podia vê-lo ou imaginar onde ele estava. Um policial comia um sanduíche e se inclinava contra o balcão enquanto conversava com a bela e gorducha jovem que entregava os números das chamadas.

— Juro por Deus — dizia o policial.

Os sentidos de Dial estavam atentos como os bigodes de um gato. Ela percebeu como o policial olhava para o menino. Ela ouviu um copo se mover sobre uma mesa com tampo de vidro em Nova York.

— Muito bem Anna Xenos — disse a velha. — Você sabe que horas são?

Dial pensou: "Sou uma louca por tentar ter esta conversa".

— A polícia prendeu o seu cúmplice — completou a avó.

A palavra *cúmplice* revirou o seu estômago.

— Ele está no Tombs agora.

Ela não sabia o que exatamente era o Tombs, mas o que imaginou era bem parecido, e odiou a velha pelo modo como ela disse *Tombs* de um endereço na Park Avenue.

Ela olhou para o menino e viu o desespero com que ele se agarrava a ela. Parecia tenso, suado, puxando a sua saia. Pobre menino. Pobre Phil em seu terno *zoot*. Ela ficara com vergonha de falar sobre aquilo, mas seu silêncio decoroso o levara à cadeia.

— Ele vai ao tribunal amanhã pela manhã.

— Pelo amor de Deus, ele é um advogado. Ele é meu advogado.

— Deixe-me falar com Jay.

— Não, ainda não.

Dial imaginou um telefone antigo, cabo puído como o espartilho de sua mãe. Ela esperou enquanto o aparelho estalava em seu ouvido.

— Você precisa mesmo ser tão cruel? — perguntou a Sra. Selkirk.

Dial empurrou o telefone ensebado para o menino, que o pegou com ambas as mãos.

— Querido, é você?

O menino ouviu a voz dela, arrastada de um profundo sono induzido a martíni.

— Sim, vovó.

— Jay?

— Sou eu, vovó. — Ele viu os cabelos grisalhos da avó escovados antes de dormir.

— Eles o machucaram, Jay?

— Não, vovó.

O menino ouvira a avó chorar frequentemente, como o vento através das folhas de outono, mas não assim, como uma tempestade furiosa. Então, parou muito rapidamente.

— Phil vai lhe contar — disse o menino rapidamente. — Eu estou bem.

— Quem?

— O advogado, vovó. Ele foi até aí resolver tudo. Está tudo bem.

— A polícia o pegou, querido, não se preocupe.

— Todos são legais comigo, vovó. Phil é legal.

— Jay, onde você está?

Talvez ele devesse ter dito onde estava. Ele não sabia. O policial tinha sobrancelhas bastas e alouradas e estava com o traseiro projetado para trás, de modo que a alface no sanduíche caísse no chão e não sobre seu distintivo.

— Jay, você tem de dizer.

Dial estava com o ouvido junto ao telefone. Ela o tirou dele, que ficou satisfeito por não ter de decidir.

— Ouça — disse Dial —, paguei seis minutos, portanto não perca tempo.

— Vou mandá-la para Sing Sing — disse a avó Selkirk produzindo estática no ouvido de Dial. — Posso rastrear a sua chamada, sua idiota. Quanto dinheiro quer?

— Por que você simplesmente não fala com meu advogado e vê se consegue acertar alguma coisa? Não quero dinheiro.

— Advogado? Ora, faça-me um favor.

Naquele *faça-me um favor* Dial ouviu apenas privilégio e condescendência.

— Você não está ajudando, sua velha idiota.

— *Perdão?*

— Jay está aqui. Você o quer ou não?

Dial pensou: "Tornei-me uma sequestradora."

— Perdi uma filha. Não posso perder meu neto também.

— Ouça-me, por favor — disse Dial —, só queremos voltar para casa.

— Você não faz ideia da encrenca em que está metida. Ponha-o na linha, deixe-me falar com ele outra vez.

— Não há tempo.

— É melhor não tê-lo machucado.

— Ouça — falou Dial. — Você só tem uma chance. Quer aproveitá-la?

— Não, é você quem deve ouvir.

— Cale a boca e ouça — disse Dial. Ela estava assustando o menino. Não podia evitar. Ela estava em um lugar maluco, brandindo um pedaço de pau.

— Sim — disse a velha calmamente. — Prossiga, estou ouvindo.

Então ela ouviu Phoebe Selkirk chorando.

— Cale-se. Sua megera rica mimada. Se quiser ver este menino outra vez, fale com Phil. Tire-o da cadeia.

Ela desligou o telefone e começou a avaliar os danos.

53

O menino e Trevor estavam escavando atrás da cabana. Quando o buraco estivesse terminado, seria possível deitar dentro e ver tudo, do teto da cabana até a estrada amarela. Aquele era o plano, que estava sendo executado com a máxima urgência. Na cabana, Dial ouvia o baque surdo e regular da picareta de Trevor.

Atrás da pia havia um basculante através do qual, dependendo de onde ela estava, podia ver o menino com a cabeça dentro do buraco, escavando a terra para trás como um cachorro. "Coveiros", ela pensou, e este era o seu humor naquele momento. Ela, Anna Xenos, provocara tudo aquilo. Se ao menos não tivesse feito isso. Se ao menos não tivesse feito aquilo. Tudo o que ela tocava se quebrava. Como Rebecca dissera para Trevor: "Por que ela simplesmente não bombardeia o Camboja?"

Trevor estava certo de que Phil logo diria para a polícia de Nova York onde estava o menino.

— Quem não diria? — disse ele. E, na dureza de seu olhar, Dial viu amargura o bastante para acreditar no que ouvia.

— Amanhã de manhã a polícia de Brisbane estará aqui — disse ele. — Pouco antes do amanhecer. Espere e veja.

Já era tarde e não havia mais sol no vale e, embora estivesse mais que sombrio dentro da cabana, Dial achou melhor não acender os lampiões. Será que a mulher que ocupava a cadeira de Alice May Twitchell realmente acreditava que estavam sendo vigiados do espaço, que seu despertador era a sua chave para continuar livre, que ela devia rastejar por um buraco enlameado para garantir a sua liberdade?

Ela vestiu uma camisa sem mangas, um short, e caminhou descalça colina acima onde encontrou o menino nu, deitado de barriga para baixo, escavando com as mãos. Trevor, que usava cueca graças a alguma perversa polidez, escavava com uma pá, bufando, os músculos de suas costas sombreadas de terra como carvão sobre um bom linho.

Chovera o bastante para tornar o caminho escorregadio, mas toda aquela chuva não penetrou muito abaixo da superfície da colina. Estavam na estação seca e, sob alguns centímetros de terra úmida, havia terra amarela e dura que já quebrara as unhas do menino.

— Você está bem, querido?

— Estou bem — respondeu ele, mas ela pensou em animais que amputam os próprios membros para se livrarem de armadilhas.

Ele precisava ir, ser libertado, mas primeiro precisavam sobreviver àquela noite, portanto os três trabalharam juntos, desajeitados, até precisarem trazer lampiões da cabana. O buraco ainda não estava pronto quando o menino começou a ficar cansado e sonolento e ela o levou para se lavar lá embaixo. Depois, ele se sentou na bancada com uma toalha ao redor dos ombros curvados, e ambos ouviram o escavar da pá de Trevor enquanto ela preparava um tipo de *ratatouille* com abóboras e batatas, um prato bastardo e sem nome.

Enquanto o arroz cozinhava, subiram de mãos dadas e descobriram que Trevor já havia posto um telhado de zinco no buraco, que cobriu com terra e salvínia. Ele forrara o interior com o plástico preto do jardim.

— A polícia não vai nos encontrar aqui? — perguntou ela.

— Eles têm medo da floresta — disse ele. — Confie em mim.

Jantaram no escuro no deque da cabana e depois tomaram banho, enxugaram-se e vestiram as roupas limpas que tinham. Finalmente, levaram cobertores e almofadas colina acima, arrastando com eles gravetos, folhas e aranhas.

Entraram agachados na escuridão acolchoada, o menino entre Dial e Trevor, e embora suas posições sugerissem alguma proteção familiar, Dial não podia esquecer como ela magoara o menino, gritando como uma harpia para a avó naquele posto de correio colonial suarento. Ela imaginou seus dentes como os de uma mãe do pintor de Kooning, crescendo na base de seu nariz, a tia criminosa, presas afiadas prontas a fazerem picadinho dele. Obviamente, ela não queria lançar mão deste último recurso desesperado de criminoso e sim levá-lo como um pobre passarinho ferido, colocá-lo em uma caixa de bolinhas de algodão e dar-lhe leite quente com um conta-gotas. Ela o amava, amava a sua pele bronzeada e macia, o cheiro de folhas de seus cabelos emaranhados, mais que tudo amava seus olhos que estavam mais uma vez abertos, límpidos, repletos de confiança. Ele também a amava.

— Deus abençoe Phil e o proteja — disse o menino; e no silêncio atônito que se seguiu, ele adormeceu e começou a ressonar suavemente.

O buraco era apertado, cobertores embolados, e o menino chutava durante o sono, como sempre, mas Dial adormeceu rapidamente e não despertou até Trevor sacudi-la pelo ombro, uma vez, com muita força. Ao despertar, ele tapou sua boca com a mão suja de terra e ela viu que o menino estava sentado. Os três podiam ver através de um vão entre o telhado e a terra: faróis amarelos e luzes mais fortes, brancas como quartzo, varrendo a cabana. Ouviram vozes masculinas, subitamente muito altas, quando a porta destrancada da cabana foi arrombada e as luzes iluminaram o interior, como criaturas loucas e esvoaçantes com asas de vidro afiado.

O pior foi o arrombar da porta, a malícia daquilo. Ela abraçou o menino e cobriu as suas orelhas e ele se aproximou ainda mais, embora deva ter ouvido o estilhaçar da madeira, as imprecações, as botas pisando com força, o coro dissonante das instruções recebidas pelo rádio. Ela era bem filha do pai enquanto esperava que os homens viessem. Eles pousaram as mãos dele sobre um travesseiro antes de atirarem nele. Ela poderia ter queimado todos eles vivos.

54

O menino ficou deitado entre seus corpos. Estava sendo abraçado com mais firmeza do que jamais fora, pela terra, pela macia Dial, pelo rígido Trevor. Dial cobriu os seus ouvidos com as mãos e beijou-lhe a cabeça enquanto a polícia atacava a sua cabana como se quisessem tirar sangue dela. Por que estavam tão furiosos? Seria por causa dele?

O menino ouviu a última coisa se quebrar e observou os faróis oscilarem pelas copas das árvores enquanto os carros de polícia finalmente iam embora.

Então, justo quando pensou que estava acabado, ouviu-os serpentear por outras trilhas, visitando os seus vizinhos, procurando por ele. O menino despertou já com o dia claro, Trevor sacudindo-o. Desceram a colina juntos, pés molhados de orvalho. A porta da frente ainda era vermelha, mas estava despedaçada, um raio rubro despontando na grama.

— Fique — disse Trevor. Dial segurou-lhe a mão. Trevor subiu os degraus.

Dial tocou-lhe a cabeça.

Trevor voltou com os sapatos que deveriam usar para entrar.

Quando o menino chegou diante da porta aberta, pensou em quatis chafurdando no lixo de sua avó, sacos rasgados, almofadas estripadas, as paredes douradas quebradas como caixotes nos fundos do supermercado Peck's. Leve-os para casa para usarem como pilha de fogueira, se desejarem.

Ao ver o que causou, o menino soube que tinha de ir embora. Não havia escolha. Ele sabia disso antes mesmo de Cabeça de Pudim chegar e os quatro caminharem através da mata para verem o que acontecera com a fábrica de seu pai, as velas esmagadas, todas as paredes quebradas.

Ele disse para a pequena Cabeça de Pudim:

— Estou indo embora.

Quando o sol se ergueu no céu, uma multidão visitou os danos e em cada lugar que chegavam ele dizia:

— Estou indo embora.

O céu estava tão limpo. Os sons eram tão distintos. Os gritos da pega-rabuda australiana, tão diferentes de qualquer outro. Quem foi que disse que parecia um anjo gargarejando em um vaso de cristal?

Ninguém disse que ele podia ficar. Ele se viu só, à beira de um penhasco, quando tudo dentro dele esperava ser puxado para trás, mas nem mesmo Dial podia seguir com ele apesar de ela ter passado o dia inteiro ao seu lado. Caminharam através da mata, comendo um sanduíche de mel aqui, tomando um copo de leite ali. Os hippies eram legais com ele.

O menino disse para eles:

— Tenho de ir agora. — Ele sabia do que estava falando.

Foi muito súbito, mas sempre é muito súbito. Não há um sinal que avise que a artéria vai se romper. Você caminha na expectativa de que continuará a caminhar e, mesmo quando diz que tem de ir embora, você está dizendo isso no lugar que terá de deixar e é esse lugar, que logo irá desaparecer, que habita os seus olhos, seus pulmões, a terra entranhada em luas negras sob as unhas de seus dedos.

Você diz coisas sobre o futuro, mas você não esteve lá, de modo que não sabe.

O menino disse:

— Preciso ir.

Todos se afastaram dele e mesmo quando Trevor fez para ele a bolsa para seus desenhos e Dial sentou-se bem perto e começaram a reunir os rótulos de sorvete, as folhas, os desenhos, a fotografia de seu pai, o desenho que Dial fez de Phil em seu terno *zoot*, e mesmo quando o estojo foi fechado e amarrado e Dial escreveu o nome dele em ambos os lados, RUA 62, de um lado, LAGO KENOZA, no outro, ele sentira o ar solitário entre ele e os demais.

Tudo se tornara tão familiar: as *kookaburras* demarcando o seu território no fim da tarde, voando em quadrados e triângulos que formavam uma cerca, visível para elas pelo menos, significando que aquela terra era sua.

Somente então se deram conta de que o Peugeot fora roubado, rebocado dali. Eles não voltaram a entrar na cabana. Parecia que alguém havia morrido ali dentro, como se todos os morcegos e a luz dourada tivessem sido sufocados e eliminados.

O menino quis dormir na floresta, mas Trevor disse que naquela noite teriam de dormir no mesmo lugar outra vez.

— Eles vão voltar? — perguntou o menino.

Trevor disse que eles não voltariam e Dial começou a chorar. Ela disse que sentia muito. Então Trevor explicou como devolveriam o menino para a avó sem que Dial fosse presa.

Havia uma bola de gelo do tamanho de um ovo dentro de seu estômago.

— Rebecca virá buscá-lo — disse Trevor.

Ele ficou rígido entre os dois, completamente só. Dial chorava, mas ele não conseguia ouvi-la. O menino não chorou. Ele sentiu o órfão de pedra ao seu lado, todos despertos a noite inteira. Estava arruinado, ele estragara tudo. Ela não devia ter chorado. Ele não devia ter ficado com raiva. Não era culpa deles e foi isso o que ele pensou a noite inteira: "Eu estraguei tudo."

A manhã chegou, lenta e cinzenta como mãos sujas, e Dial o vestiu, e ele estava muito cansado, pálpebras repletas de areia. Ele não tomaria banho, mas sua pele estava azeda e ele carregou o estojo de desenhos, uma única nota de 100 dólares. Trevor e Dial desceram com ele pelo caminho escorregadio, passaram pelo lugar onde sempre ficara o carro. Agora, não havia nada além de uma mancha escura de óleo na estrada. Ainda estava escuro demais para poderem ver os seixos vermelhos e amarelos do caminho. Ele pegou dois mesmo assim.

Dial segurou-o pelos ombros e ajoelhou-se na estrada.

— Eu amo você, Che. As menores coisas que vivemos valeram a pena.

Ele não sabia o que dizer. Estava com raiva, mas tinha de ir e Trevor tentou dizer adeus e então o carro de Rebecca sibilou pelo caminho arenoso, silencioso como um tubarão, e antes que algo acontecesse entre eles, o menino já estava sentado no banco da frente com seu estojo e nunca mais veria aquela cabana, nem comeria ervilhas com mamão, e a pele que ele deixava para trás se tornaria pó e os séculos passariam e aquela parte dele jamais deixaria o vale.

— Você está bem?

— Sim.

Isso foi tudo. Ele não perguntou para onde estava sendo levado, embora pudesse sentir seu diminuto saco tão duro quanto uma moela de galinha, e ele observou todas as curvas familiares à luz dos faróis do carro de Rebecca.

— Você está me levando para a polícia?

— Não, não exatamente.

Talvez ela achasse que ele soubesse o que estava para acontecer, mas ele não fazia ideia. Quando saíram na Bruce Highway, ela dirigiu para o norte.

— Estamos indo para o Canadá?

— Não, não tão longe — disse ela.

Ainda assim, ela dirigiu um bocado, muito mais rápido do que Dial. Não tinha muito tráfego na estrada e logo ela pegou a esquerda e havia um desses portões com tela de arame como o que Trevor tinha, e ela abriu e fechou aquilo, e então eles subiram uma trilha até o topo da colina onde ela finalmente parou o carro.

Amanhecia, e a luz estava baixa, iluminando as bétulas e os canaviais de Coolum até o grande monte Ninderry. Quando ele saiu do carro com seu estojo de desenhos, sentiu o vento, e os pelos de seus braços, de sua nuca e de todo seu corpo se arrepiarem e ele finalmente olhou para Rebecca e compreendeu que ela não sabia o que dizer.

— Eu não conhecia você — disse ela.

— Não.

— Você é uma criança muito incrível.

— Obrigada.

— Lamento pelo seu gato — falou ela.

— Está tudo bem.

— Não, lamento mesmo.

E ela estava chorando e abraçando-o, seu rosto grande e largo, brilhante e vermelho, e ele lamentava por ela, mas não conseguia pensar.

— O que vai acontecer agora?

Ela assoou o nariz.

— Preciso ir e dizer para eles onde você está.

— Para a minha avó?

— Para a polícia — disse ela, olhando para trás. Não havia muito a ser visto. Um bosque de acácias na distante linha da cerca e algumas vacas.

— Aquilo é um touro?

— Não — respondeu ela, como se soubesse. — Agora eu tenho de ir.

— Tudo bem.

— Desculpe. Eu gritei com você.

— Está tudo bem — disse ele.

Rebecca estendeu-lhe a mão e menino a aceitou e observou enquanto o carro era ligado, descia a colina e pegava a direita. Dali de cima, pôde vê-lo ir para o norte, em direção a alguma outra cidade. O menino imaginou que ela usaria uma cabine telefônica distante dali.

Então, não havia mais nada a fazer a não ser esperar.

Deviam ter-lhe dado um suéter. Esqueceram. Ele se levantou e ouviu o rumor triste e solitário dos caminhões que passavam na estrada e observou o que talvez fosse um falcão circulando no céu. Ele estava bem assustado àquela altura. Como se pudesse ser morto ou algo assim. Quando viu um carro de polícia na estrada lá embaixo, ele se deitou. Ali perto havia um buraco onde um coelho devia ter vivido. Ele se arrastou até lá rente à grama curta a marrom. Ele queria apenas ficar deitado entre Trevor e Dial e sentir sangue, osso e terra ao seu redor, e nunca mais voltar a se mexer.

Ninguém podia vê-lo da estrada, e ele ficou deitado por talvez uns cinco minutos e depois talvez outros cinco e deve ter demorado ao menos meia hora até ouvir o carro e saber que ele finalmente chegara ao fim.

Sempre muito subitamente. Ele soube disso aos 8 anos. O fim viria como uma árvore tombando na noite.

Ele ouviu o motorista passar a marcha. Ele se voltou para olhar para o céu e somente então, usando os ouvidos, compreendeu que o carro não estava vindo da estrada e sim da direção das acácias e do touro. Não muito longe dali, um Vauxhall Cresta azul-gelo movia-se muito, muito rapidamente em meio à plantação, subindo e batendo, dirigindo-se a ela, então derrapando de lado como um avião a ponto de aterrissar, e ao volante, por trás do para-brisa brilhante, estava Anna Xenos, cotovelos abertos, cabeça esticada para a frente, e ao lado dela estava Trevor, e vinham tão rápido que o menino pulou para não ser morto, e eles o viram e abriram a porta do passageiro para recolhê-lo, para abraçá-lo com força, para levá-lo agora, temerariamente, porque eles não queriam perdê-lo.

O que aconteceu com o menino naquele momento podia ser medido com uma régua de 30 centímetros, uma dor lacerante que, de algum modo, não doía. Alguém o esfaqueou, pensou. Mesmo depois de adulto ele acreditaria que algo físico fora deixado dentro dele — pequeno, macio, não uma pérola, mais lustroso, luminoso, um tipo de semente que ele acabaria fingindo acreditar que era apenas uma lembrança, nada mais, e que ele carregaria ao longo daquele caminho desordenado que se tornaria a sua vida cômica e ocasionalmente desastrosa.

Este livro foi composto na tipologia Adobe Garamond Pro,
em corpo 12,5/15,8, e impresso em papel off-white 80g/m^2,
no Sistema Cameron da Divisão Gráfica
da Distribuidora Record.